Verstrickung

Edda Helmke

VERSTRICKUNG

Kriminalroman

berlin.krimi.verlag
be.bra verlag

Die Personen und Handlungen dieses Romans sind frei erfunden. Ähnlichkeiten mit tatsächlichem Geschehen und Örtlichkeiten sind zufällig und nicht beabsichtigt.

Bibliografische Information der Deutschen Nationalbibliothek
Die Deutsche Nationalbibliothek verzeichnet diese Publikation in der Deutschen Nationalbibliografie; detaillierte bibliografische Daten sind im Internet über http://dnb.d-nb.de abrufbar.

KulturBrauerei Haus 2
Schönhauser Allee 37, 10435 Berlin
post@bebraverlag.de
Lektorat: Gabriele Dietz, Berlin
Umschlag: Ansichtssache, Berlin
Satz: ZeroSoft, Timisoara
Schrift: Stempel Garamond 10/12
Druck und Bindung: CPI - Clausen & Bosse, Leck
ISBN 978-3-89809-549-5

www.bebraverlag.de

Mittwoch, 6. August

In einem anderen Leben wäre sie Auftragskiller geworden.

Aber da der liebe Gott ihr dieses gegeben hatte, musste sie das Beste draus machen. Sie war dreieinhalb Minuten zu früh dran, aber das war egal. Sie zog die Handschuhe aus weichem, burgunderrotem Leder über die Finger und stieg aus dem Wagen. Als sie sich der Galerie näherte, kam ihr ein Mann mit einer Promenadenmischung entgegen. Der Mann starrte sie neugierig an. Als sie zurückstarrte, senkte er den Blick zu seiner Töle hinab.

Das Tor zum Skulpturengarten stand weit offen. Das war in der Planung nicht vorgesehen. Die Galerie hatte noch bis Montag Sommerferien. Sie ging durchs Tor zum Galeriegebäude, um nachzusehen, was los war. Wenn die Galeristin früher zurückgekommen war, konnte sie die Aktion abblasen. Aber das Eingangsportal war verschlossen, alles ruhig, bis auf die Fliegen, die in der Nachmittagsschwüle surrten. Sie kehrte der Galerie den Rücken zu und ging zu dem remisenartigen Nebengebäude, hinter dem sich der Durchschlupf zum Nachbargrundstück befand. Er hatte direkt davor geparkt. Deshalb also das offene Tor. Die Tür der Remise stand eine Handbreit offen. Sie verbreiterte den Spalt mit der Stiefelspitze und trat in einen kurzen dunklen Flur, von dem rechts eine Tür abging, auch diese nur angelehnt. Lautlos schob sie sich durch den Spalt, die Hand an der rechten Hüfte, wo sie die Pistole in der Jacke spüren konnte. Der Raum war überraschend hell. Zwischen ein paar von den Wänden gerückten Möbelstücken standen Kisten und Kartons, als sei jemand im Umzug begriffen. Am Ende des Raums trennte ein schwerer brauner Vorhang eine Nische ab. Der Stoff zitterte leicht. Mit einigen schnellen Schritten ging sie auf den Vorhang zu und schlug ihn auseinander.

Sie sah das hohe Fußteil eines altertümlichen Bettgestells und einen Rücken, der sich über eine zweite Person auf dem Bett beugte. Intuitiv griff sie nach der Metallskulptur, die rechts von ihr auf einem Jugendstilsekretär stand, und holte zum Schlag aus.

Das scharfkantige Metalldreieck am Kopf der Skulptur blieb in seinem Schädel stecken. Eine Sekunde lang sah es aus, als wolle er sich aufrichten, aber dann geriet sein Körper ins Schwanken und kippte übers Bett. Sie riss die Skulptur aus dem Kopf und ließ sie auf den Boden fallen. Dann zog sie die Pistole aus der Jackentasche und zielte auf die Frau. Sie zielte genau zwischen die Augen.

Donnerstag, 7. August

Ariane bekam kaum Luft, so schwül war es. Heftig atmend lehnte sie sich gegen das steinerne Brückengeländer. Nach dem Unwetter der letzten Nacht war der Wasserstand höher als gewöhnlich. Außerdem hatte der Regen allerlei Unrat aus dem Ufergebüsch gelöst, der nun in der Panke trieb. Zum Beispiel einen braunen Herrenschuh, der, Ferse nach oben, aus dem Wasser ragte. Aber der Schuh trieb nicht. Der Schuh steckte fest.

Sie löste die Hände vom Geländer und ging, immer noch mit spürbar beschleunigtem Puls, auf die kleine Grünanlage, von der ein paar flache Betonstufen zum Flussbett führten. Fluss war leicht übertrieben war. Normalerweise war die Panke hier nicht mehr als ein sanft plätscherndes Bächlein. An warmen Sommertagen ließen die Anwohner ihre Kinder darin spielen.

Der Mann, dessen Fuß in dem Schuh steckte, lag bäuchlings im Wasser, ungefähr dreißig Zentimeter vom Ufer entfernt. Sie hätte ihn berühren können.

Sie ging in die Hocke und stützte ihre Unterarme auf die Schenkel, die vom Joggen leicht brannten. Sie spürte den Atem durch ihren Körper fließen, während sie sich zwang, den Toten anzusehen.

Er trug eine dunkle Stoffhose und ein weißes Hemd. Das braune Haar breitete sich in der leichten Strömung wie ein Fächer um seinen Kopf. An einer Stelle schimmerte hell die Kopfhaut durch. Das Hemd blähte sich in der Strömung rhythmisch auf, als wolle es signalisieren, dass es im Gegensatz zu seinem Träger noch lebte.

Sie schloss die Augen und konzentrierte sich wieder auf ihren Atem. Weglaufen ging nicht. Weglaufen hatte noch nie funktioniert.

Sie musste etwas tun. Aber was? Die Polizei rufen, oder die Feuerwehr?

Wen rief man in solchen Situationen eigentlich an?

Sie hatte nicht einmal ihr Handy dabei. Sie nahm es nie mit, wenn sie laufen ging.

Sie stieg die Stufen hoch und machte ein paar Dehnungsübungen auf der Wiese, um die Verkrampfung im Brustbereich zu lösen. Es funktionierte nicht. Ihre Brust war wie zugeschnürt.

Auf der anderen Seite der Ossietzkystraße sah sie zwei Jogger aus dem Schlosspark kommen. Sie riss beide Arme in die Höhe und winkte wie wild.

Die Frau, die ihm von innen die Ladentür aufschloss, trug ein enges, schwarzes Kleid und hochhackige Holzpantoletten. Das dunkle Haar hatte sie auf der Schädelmitte zu einem Knoten zusammengezwirbelt, aus dem zwei Stäbchen ragten, mit denen er unwillkürlich Stricknadeln assoziierte. Für die Inhaberin eines Wollfachgeschäftes sah sie eigentlich ziemlich sexy aus. Aber wegen der Brille war ihr Alter schlecht zu schätzen. Bei Frauen war vierzig seine magische Grenze.

»Frau Keppler?«

»Ariane Keppler«, erwiderte sie und gab ihm die Hand. »Kaffee?«

Er folgte ihr durch ein mit Wollknäueln vollgestopftes Hinterzimmer und stand vor der fettesten Kaffeemaschine, die er jemals in Privatbesitz vorgefunden hatte. Das Ding war mindestens fünftausend Euro schwer.

Sein Journalistenhirn begann umgehend zu rattern:

1.) War so eine Kaffeemaschine allen Ernstes steuerlich absetzbar, wenn man einen Wollladen hatte?

2.) Beruhte der Name des Geschäftes »Der Faden der Ariane« auf einem Defizit in griechischer Mythologie oder auf einem ausgeprägten Sinn für Selbstironie? (Er stand total auf Ironie. An der Selbstironie arbeitete er noch.)

4.) Gehörte sie zu diesen reichen Neu-Pankowerinnen, die sich von ihren schwergewichtigen Ehemännern kleine Hobbys wie zum Beispiel einen Wollladen finanzieren ließen? (Ja, vermutlich.)

3.) Wie alt war sie hinter ihrer Brille wirklich? (Die Wadenmuskulatur war für über vierzig jedenfalls spektakulär.)

»Schießen Sie ruhig schon mal los, Herr Lorenz.« Ariane Keppler kippte Bohnen aus einer Gourmetpackung in die Maschine.

Meik Lorenz arbeitete für die Freie Presse, eine links-alternative Tageszeitung, an einer Serie über Berliner Kiezfeste. Ursprünglich hatte er Pankow gar nicht auf dem Plan gehabt. Aber dann hatte Moni, seine Chefin, ihn auf die Florastraße aufmerksam gemacht. Die Florastraße war die einzige Straße in der Altstadt Pankow, wo der Altersdurchschnitt unter fünfzig lag. Laut Moni erlebte Alt-Pankow gerade eine große Zuwanderungswelle junger Familien. Eine Zielgruppe der FP, die ihm persönlich eher nicht so am Herzen lag. Ehrlich gesagt waren ihm Kleinkinder sogar ein Gräuel. Er durfte sich diese Haltung erlauben. Er war erst siebenunddreißig.

Die erste Portion Kaffee schnurrte in die Tasse und verbreitete betörenden Duft.

Er räusperte sich.

»Das Motto des diesjährigen Flora-Straßenfestes lautet ›Spiel und Spaß für Groß und Klein‹. Mit welchen Attraktionen werden Sie sich denn ins Programm einbringen?«

Sie reichte ihm seinen Kaffee, leider schwarz. Frauen ihres Kalibers nahmen weder Milch noch Zucker.

»Knäuelweitwerfen und Nadelfechten.«

»Echt?«

Sie grinste. »Kleiner Scherz. Mein Laden bleibt natürlich zu. Zuckerwatte auf Kaschmir macht sich nicht so gut …« Das Kling-Klang des Windspiels an der Ladentür unterbrach sie.

Sie ging nach vorn, er folgte ihr. Im Verkaufsraum stand eine Ordnungshüterin mit den berufstypischen eingefrorenen Gesichtszügen.

»Ist das Ihr Wagen da draußen im Parkverbot?«

Ariane Keppler trippelte auf ihren Holzabsätzen zum Schaufenster.

»Leider nicht.«

Der blaue Audi Cabrio war ihm vorhin schon aufgefallen. Sein Besitzer hatte vergessen, das Verdeck zuzumachen, und es hatte in der Nacht ziemlich geschüttet.

»Dann lass ich den jetzt abholen«, sagte die Politesse in entschiedenem Ton. »Oder kennen Sie jemanden in der Nachbarschaft, dem der gehören könnte?«

Ariane Keppler hob bedauernd die Schultern.

»Wenn man sich so einen Wagen leisten kann, sollte man vielleicht ein bisschen besser darauf aufpassen«, sagte er, als die Politesse gegangen war.

»Vielleicht.« Offensichtlich interessierte sie sich nicht für Autos.

»Also, was für Highlights erwarten uns auf dem diesjährigen Fest?«, nahm er den Faden wieder auf.

»Zum Beispiel Flora Couture, eine Modenschau der ansässigen Mode- und Designerläden.«

»Die da wären?«

»Die Boutique ›Bullerbü‹ am S-Bahnhof Pankow, die ›Knopfkiste‹ hier gegenüber und ›gut behütet‹, das Hut-Atelier in der Gaillardstraße. Lee-An Tau, die Inhaberin, war als Hutmacherin an den führenden Opernhäusern Europas tätig, unter anderem in Sydney.«

Beeindruckend. Nur dass Sydney leider nicht in Europa lag. Aber das sah man im guten alten Pankow vermutlich nicht so eng.

Er lächelte zuckersüß.

»Ich sehe, Sie sind international aufgestellt. Verraten Sie mir noch, wie Sie auf die Idee kamen, ausgerechnet ein Wollgeschäft in der Florastraße zu eröffnen? Bestimmt sind Sie eine leidenschaftliche Strickerin.«

Ihre Brauen zuckten über den Rand ihrer Nana-Mouskouri-Brille.

»Ganz bestimmt nicht! Ehrlich gesagt bin ich über Leprabinden nie hinausgekommen.«

Er hatte sich wohl verhört. »Leprabinden?«

»In den Achtzigern. Wir haben Tonnen davon gestrickt. Meine längste war viereinhalb Meter lang. Ich habe mehrere Knäuel dafür gebraucht.«

Alles klar. Sie verarschte ihn. Blöde Kuh!

Er reichte ihr die Hand.

»Wirklich hochinteressant. Aber ich glaube, ich muss mal weiterziehen.«

»Klar.« Sie griff in ein Körbchen auf der Ladentheke und hielt ihm eine Karte entgegen.

»Falls Sie Lust haben, bei unserer Modenschau mitzumachen, rufen Sie einfach an. Wir sind immer auf der Suche nach attraktiven männlichen Models.«

Vor dem Laden drehte er noch eine Runde um den blauen Audi. Was für ein Prachtstück! Der Fahrer musste besoffen gewesen sein, als er den mit runtergeklapptem Verdeck stehen gelassen hatte. Eine dünne Frau mit Adlernase und rostfarbenen Rasta-Nudeln auf dem Kopf beobachtete ihn von der gegenüberliegenden Straßenseite aus. Das musste Madeline Mittmann sein, die Inhaberin der »Knopfkiste«. Sie gehörte neben der Keppler, Lee-An Tau und Bente Köslick zum Organisationskomitee des diesjährigen Straßenfestes und wäre seine nächste potenzielle Interviewpartnerin gewesen. Leider waren Rasta-Frauen nicht so sein Ding. Sie stanken nach Räucherstäbchen und hatten total vorhersehbare Ansichten. Er probierte besser gleich die Chinesin.

Als der Typ von der Freien Presse gegangen war, rief Ariane als Erstes Lee-An an.

»Der Typ von der FP ist gerade gegangen. In einer halben Stunde dürfte er bei dir aufkreuzen. Falls Maddy ihn nicht an Ort und Stelle vernascht.«

Lee-An kicherte nervös. Sie machten sich gern ein bisschen über Maddys Jagdtrieb lustig. Aber eigentlich waren sie drei, beziehungsweise vier, wenn man Bente hinzurechnete, Freundinnen. »Ich hab ihm erzählt, dass du für die Oper in Sydney Hüte gemacht hast.«

»O Ari, du sollst nicht immer so aufschneiden. Der prüft das bestimmt im Netz nach. Aber egal, ich habe immerhin Hüte fürs Schlosspark-Theater gemacht.«

»Na also. Sonst alles okay bei dir?«

»Tote Hose wie immer. Bis später, ja?«

Sie legten auf.

Von dem Ertrunkenen in der Panke hatte sie also noch nichts gehört, was aber nicht weiter erstaunlich war. Lee-An hatte keine Laufkundschaft, sondern einen kleinen, erlesenen Kundenstamm, der sich über die ganze Stadt verteilte. Da auch dieser Kundenstamm nur einen begrenzten Bedarf an Hüten hatte, plante sie jetzt eine Kinderkollektion. Alles was mit Kindern zu tun hatte, lief in der Florastraße nämlich prächtig. Die besten Chancen hatten Angebote, die auf Mütter *und* Kinder zugeschnitten waren. Aus diesem Grund hieß Bentes Laden auch »Bullerbü – Mode für Groß und Klein«, obwohl sie hauptsächlich Frauensachen in Übergrößen verkaufte. Ihr Geschäft hatte außerdem die beste Lage, nur ein paar Schritte vom S-Bahnhof entfernt. Bente könnte schon etwas gehört haben.

Es dauerte fast eine Minute, bis sie abnahm.

»Ich wollte dir nur sagen, dass der Typ von der FP im Anmarsch ist.«

»Aha. Und wie ist er so?«

»Niedlich. Ich habe ihn gefragt, ob er bei unserer Modenschau mitmachen will.«

Bente lachte. »Ich führe doch gar keine Herrenmode.«

»Und ich war schon immer der Ansicht, dass du es tun solltest. Die Ära der alleinerziehenden Mütter ist vorbei.«

»Ich werde darüber nachdenken. Sag mal, hast du schon von dem Ertrunkenen in der Panke gehört?«

»Kann man in der Panke ertrinken?«

»Es sind schon Leute in der Badewanne ertrunken. Vielleicht war er blau – oder ein Junkie.«

»In Pankow?«

»Die Gentrifizierung schreitet voran. Du, ich muss wieder nach vorne.«

Ariane legte das Telefon zur Seite und brühte sich noch einen Crema auf. Ein Cappuccino wäre ihr lieber gewesen, aber die Maschine war so neu, dass sie noch nicht dazu gekommen war, Milch zu kaufen. Während sie ihren Kaffee trank, blätterte sie in der Gebrauchsanweisung, die mit der Kaffeemaschine geliefert worden war. Dann hängte sie das »Wir-haben-Ferien«-Schild zurück ins Schaufenster und ging zu Maddy rüber.

Maddy war von ihnen allen am längsten in der Florastraße. Sie hatte vor fünfzehn Jahren mit einem Secondhandshop für Mode und Schmuck angefangen. Nach der letzten Mieterhöhung war sie zu dem Schluss gekommen, dass sie ihr Konzept ändern musste, wenn sie weiterexistieren wollte. Sie hatte das Inventar um eine vorsintflutliche Kaffeemaschine und ein paar Klapptische erweitert, die sie bei schönem Wetter auf den Gehsteig stellte. Vor kurzem war eine kleine Speisetheke dazu gekommen, bei deren Bestückung sie allerdings sorgsam darauf achtete, Luigis Enoteca ein paar Häuser weiter keine Konkurrenz zu machen.

Ariane setzte sich auf eines der bunten Kissen im Schaufenstersims und klopfte an die Scheibe.

Ein paar Minuten später trat Maddy mit einem Tablett auf die Straße. Auf dem Tablett standen zwei mit einer dicken, gelb-grünen Flüssigkeit gefüllte Gläser.

»Kiwi-Limette-Ingwer, mein Neuester.«

Ariane probierte vorsichtig.

»Guck mal da!«

Vor ihrem Laden stellte sich ein Abschleppwagen in Position, um den falsch geparkten Audi zu verladen. Maddys Katzenaugen funkelten schadenfroh.

Sie hatte sich schon gedacht, dass es Maddy gewesen war, die das Ordnungsamt informiert hatte. Der Audi gehörte einem der Mitarbeiter der NordInvest, der Wohnungsbaugesellschaft, die den Flora-Park hochgezogen hatte. Und die standen alle auf Maddys Liste.

»Nicht sehr nett, Maddy.«

»Nett ist ein Synonym für dämlich.« Maddy setzte sich auf das Kissen neben ihr. »Der Dippeling glaubt wohl, ihm gehört die ganze Straße. Warum benutzt er nicht den Parkplatz vom Flora-Park?«

»Himmel, Maddy, woher soll ich das denn wissen?«

»Vielleicht kennst du ihn ja besser?«

Maddy musterte sie eindringlich. Die Häuser, in denen ihre Läden lagen, wurden beide von der NordInvest beziehungsweise deren Tochtergesellschaft Kiez am Park verwaltet. Aber nur Maddy hatte im letzten Herbst eine Mieterhöhung erhalten. Außerdem war sie in Sachen NordInvest ein bisschen paranoid.

Ein paar Minuten nippten sie schweigend an ihren Smoothies – das Getränk enthielt entschieden zu viel Ingwer –, dann fragte Ariane vorsichtig: »Wie war es denn mit dem jungen Herrn von der Freien Presse?«

Maddy gab ein missmutiges Schnauben von sich. »Der hat mich ausgelassen. Ist wahrscheinlich gleich zu Lee-An weitergezogen.«

»Du hast nichts verpasst.«

Maddy machte eine wegwerfende Handbewegung. »War sowieso nicht mein Typ.« Dann hellte ihre Miene sich auf. »Weißt du schon das Neueste? Sie haben heute Morgen einen Ertrunkenen aus der Panke gezogen.«

»Im Ernst?«

»Hat Luigi erzählt. Sein Vater hat ihn gefunden.«

»Luigis Vater?«

»Er war mit einem Kumpel im Schlosspark walken. Eine Joggerin hat ihnen von dem kleinen Park am Elisabethweg aus zugewunken und sie auf den Mann im Wasser aufmerksam gemacht.«

»Eine Anwohnerin?«

»Keine Ahnung. Nachdem Luigis Vater die Polizei angerufen hatte, war sie verschwunden.«

»Stand bestimmt unter Schock, die Ärmste.«

»Vielleicht.«

Maddy beobachtete unter finster zusammengezogenen Augenbrauen einen silbernen VW-Kombi, der versuchte, sich auf der gegenüber liegenden Straßenseite in eine Parklücke zu quetschen. Schon wieder einer.

Als Ariane wenig später ihre Wohnung betrat, fiel deren Leere mit aller Macht über sie her. Sie war gestern Abend erst aus dem Urlaub zurückgekommen und nur in den Laden gegangen, weil sie den Termin mit dem Journalisten hatte. Mina, ihre Neunjährige, war noch bei ihrem Vater, bei dem sie die Sommerferien verbrachte. Und Paul, ihr Erstgeborener, befand sich auf einem Auslandsjahr in den USA, wo er in wenigen Stunden seinen achtzehnten Geburtstag feiern würde.

Sie griff nach einem Stapel Strickzeitschriften und ging damit in Pauls Zimmer. Routinemäßig schaltete sie den Computer an, auf dem er Skype installiert hatte, damit sie jederzeit miteinander kommunizieren konnten. Durch die unterschiedlichen Zeitzonen war »jederzeit« ziemlich eingeschränkt, obwohl Paul viel Zeit vor dem Rechner verbrachte. Er gehörte zu jener Spezies digitaler Blumenkinder, die sie nicht ganz verstand. Trotzdem vermisste sie ihn schrecklich.

Sie ließ sich auf seinem schwarz-weiß gewürfelten Sitzsack nieder und schlug die oberste Zeitschrift auf. Es war ein Sonderheft mit dem Titel »In 80 Socken um die Welt«, in dem die ethnologischen Hintergründe komplizierter Sockenmuster erläutert wurden. Ihre Kundinnen würden das Heft lieben. Sie selber strickte wirklich nicht. Der Laden war ihr Job, nichts weiter. Von einer Chefsekretärin erwartete man ja auch nicht, dass sie die Tagesschau mitstenografierte.

Die Leprabinden-Phase hatte es allerdings wirklich gegeben. Eines Tages, es musste in der zwölften Kasse gewesen sein, hatte eine Mitschülerin einen Karton naturbelassenes Baumwollgarn mitgebracht und verteilt. Zwischen zehn und fünfzehn Maschen anschlagen, dann immer kraus rechts, bis das Knäuel aufgebraucht war. Die fertigen Binden gingen an einen Missionsverein, der sie an Leprastationen in Afrika verteilte. Ihre Freundinnen hatten sich damals auch an Pullovern versucht, grobmaschige Kettenhemden aus Naturgarnen, die nach Schaf rochen, wenn man damit in den Regen kam. Sie selbst hatte sich darauf beschränkt, für die Strickkränzchen Tee zu kochen, die Räucherstäbchen anzuzünden und Zigaretten zu drehen. Im Prinzip machte sie heute genau das Gleiche, wenn die Frauen sich dienstags zur »Strickmeditation« im »Faden der Ariane« trafen. Nur dass sie anstelle von Wildkirschtee aus dem Chinaladen biologisch angebaute Kräutertees und anstelle der Räucherstäbchen edle Duftkerzen anzündete, und selbstverständlich wurde nicht geraucht. Dafür verwöhnte sie ihre Strickmädels ab und zu mit einem Bio-Prosecco von Luigi. Mittlerweile war die Strickmeditation zwischen Oktober und März so beliebt, dass sie die Frauen bitten musste, Klappstühle mitzubringen, wenn sie nicht im Lotussitz nadeln wollten. Die Teilnehmerinnen wohnten fast alle im Flora-Park, manche ließen für den Abend sogar einen Babysitter kommen. Und sie konnten sich die edelsten Garne leisten.

Fachlich geleitet wurde die Meditation von Rieke. Rieke war die Tochter ihrer besten Freundin Stine. Sie studierte Modedesign und strickte auch die Modelle fürs Schaufenster. Für das Septemberfenster hatte Ariane einen Strickmantel mit Himalaja-Muster bei ihr in Auftrag gegeben. Sie musste sie unbedingt anrufen und fragen, wie weit sie damit war.

Sie hatte den Gedanken kaum zu Ende gedacht, als ihr Telefon klingelte. Die Nummer auf dem Display gehörte Stine. Stine hatte eine Praxis für Physiotherapie in der Florastraße. Bestimmt hatte sie gerade von dem Toten in der Panke gehört.

Sie nahm den Anruf entgegen. Aber Stine war gar nicht in ihrer Praxis, sondern bei ihren Eltern in der Uckermark. Sie klang völlig aufgelöst, irgendwas war mit ihrem Vater passiert.

»Kannst du mir einen Gefallen tun und im Kastanienhof einen Zettel an die Tür machen, dass ich bis Ende der Woche weg bin?«

»Was hat er denn?«

»Die übliche Geschichte. Das Herz.«

»Ist er im Krankenhaus?«

»Nicht mehr. Aber ich glaube, es ist besser, wenn ich noch ein paar Tage bleibe. Leider komme ich hier nicht an meine Patientenkartei heran. Die haben hier immer noch kein Netz.«

»Tja, die Freuden des Landlebens.«

Sie tastete auf Pauls Schreibtisch nach einem Stift.

»Was soll ich auf den Zettel schreiben?«

»Irgendwas mit familiären Gründen. Und dass ich Montag zurück bin.«

»Alles klar. Grüß deine Eltern.«

»Danke«, sagte Stine.

Sie machte sich sofort auf den Weg. Das Heilzentrum Kastanienhof befand sich im Gartenhaus des letzten noch nicht sanierten Altbaukomplexes in der Florastraße. Mittelpunkt des Hofes war eine riesige Kastanie. Das Gewitter der letzten Nacht hatte etliche der stacheligen grünen Früchte von den Zweigen gerüttelt, die jetzt das Pflaster sprenkelten. Bye bye Sommer, dachte sie wehmütig.

Sie stellte ihr Rad im Fahrradständer ab und setzte sich für einen Moment auf die Bank, die rund um den dicken Baumstamm angebracht war. Hinter den Fahrradständern wucherte Calendula, neben der Eingangstür stand ein Topf mit zartviolettem Lavendel. Die beiden Heilpraktikerinnen, mit denen Stine sich die Räume teilte, hatten noch ihre Urlaubszettel im Fenster hängen. Stine war die Einzige, die während der Sommerferien durchgearbeitet hatte.

Sie pinnte den Zettel mit zwei Reißzwecken an die Tür.

Liebe Patienten! Wegen einer Familienangelegenheit müssen meine Termine am Donnerstag und Freitag, den 7. und 8. August, leider ausfallen. Am Montag bin ich wieder für Sie da.

Vielen Dank für Ihr Verständnis, Stine Bernau

Die meisten Patienten kannten Stine seit Jahren und konnten sich vorstellen, was passiert war. Ab einem bestimmten Alter ging es bei »familiären Gründen« immer um Vater oder Mutter. Stines Eltern hatten einen Bauernhof. Als Rieke und Paul noch klein gewesen waren, hatten sie dort oft zusammen die Ferien verbracht. Rieke und Paul kannten sich seit dem Kindergarten und waren unzertrennlich gewesen. Ihr und Stine war gar nichts anderes übrig geblieben, als sich ebenfalls anzufreunden. Daher kannte sie auch Stines Eltern ganz gut. Als sie die beiden das letzte Mal gesehen hatte, hatten sie noch einen ganz rüstigen Eindruck gemacht.

»Sieh mal an, die Ariane! Etwa auch der Rücken?«

Sie zuckte zusammen.

Die Stimme gehörte Hanka Israel, Honoratiorin Pankows, Galeristin und einträgliche Privatpatientin. Eine Hand in den Lendenbereich gepresst, humpelte sie zur Praxistür und studierte den Zettel.

»Mist! Dabei brauche ich sie so dringend. Ich muss mir was verklemmt haben.«

»Das tut mir leid.«

Hanka musterte sie mit zusammengezogenen Augenbrauen. Sie wusste, dass Ariane sie nicht ausstehen konnte. Der Grund dafür war George. George MacDonald war freier Pankower Kunstmaler, Arianes Ex und Minas Vater. Seit einiger Zeit saß er zusammen mit Hanka im Vorstand des Pankower Kunstvereins. Die beiden waren seit Ewigkeiten befreundet, was Hanka als Legitimation dafür betrachtete, sich in all seine Angelegenheiten einzumischen – und in die seiner Frauen. Hanka hatte die Herrschsucht eines römischen Imperators und trat auch so auf, wenn sie nicht gerade einen Hexenschuss hatte. Sie war einen Meter und achtzig groß, für ihre rund sechzig Jahre ziemlich sportlich und hatte hennarotes Haar, das wie eine Fackel leuchtete. Heute trug sie ein bodenlanges violettes Leinenkleid, das ein wenig an einen Kostümfundus erinnerte, aber vermutlich von einer Künstlerfreundin handgewebt war.

»Sag mal, warst du heute Morgen nicht im Schlosspark laufen?«, fragte sie.

Ariane ging zu ihrem Rad. »Nö, wieso?«

»Mir war so, als hätte ich dich gesehen. Hast du schon gehört, wen sie aus der Panke gezogen haben?«

»Aus der Panke gezogen?«

»Den Dippeling.«

Inzwischen verwendete sogar schon der Kunstverein den von Maddy eingeführten Spitznamen.

»Den, bitte, wen?«

»Stell dich nicht dümmer, als du bist«, fauchte Hanka. »Herr Diplom-Ingenieur Thomas Imhoff von der NordInvest ist dir doch wohl ein Begriff, oder?«

Ariane strich sich eine Haarsträhne hinters Ohr. »Ach so, der. Was hatte der denn in der Panke zu tun?«

»Keine Ahnung! Jedenfalls hat er's nicht überlebt.« Hanka schnaufte. »Ich war zwischen halb sieben und halb acht laufen. Auf dem Rückweg sehe ich ein paar Leute auf der Grünanlage am Elisabethweg rumstehen. Dann rückt auch schon Blaulicht an, Feuerwehr, Polizei, das volle Programm.

Also stell ich mich unauffällig dazu und werde Augenzeuge, wie sie den erfolgreichsten Investor des Bezirks mausetot aus dem Wasser ziehen.«

»Thomas Imhoff ist kein Investor. Er ist bei der NordInvest *angestellt.*«

»Er ist Geschäftsführer von Kiez am Park, oder?«

Ariane schwang sich auf den Sattel. »So genau weiß ich das nicht. Hast du der Polizei gesagt, wer er ist?«

»Zahle ich Steuern, um denen die Arbeit abzunehmen? Ich habe ganz dezent die Hufe geschwungen.« Hanka rieb sich wieder ihren Rücken. »Und in dem Moment, in dem ich meine Wohnungstür aufschließen will, schießt es mir voll hier rein ... Du hast nicht zufällig ihre Nummer?«

»Stines? Die steht doch da.« Sie deutete auf das Praxisschild.

»Da geht aber keiner ran. Ich meine ihr Handy.«

»Tut mir leid.«

Sie stieß sich mit dem Absatz ab und rollte in die Durchfahrt.

»Dir auch noch einen schönen Tag«, rief Hanka ihr hinterher.

Kurz nach neunzehn Uhr erreichte sie Paul endlich. Dort, wo er sich gerade aufhielt, war es ungefähr Mittag. In seinem rechten Mundwinkel klebte etwas Braunes.

»Herzlichen Glückwunsch zum Geburtstag, mein Sohn. Hast du die Torte schon angeschnitten?«

Er wischte sich mit dem Handrücken über den Mund. »Das ist Maplesirup. Jody hat Pancakes gemacht.«

»Jody?«

»Die Dinger sind voll lecker.«

»Jody?«

»Eine Freundin.«

»Aha. Und was ist mit Schule?«

»Fällt aus. Feiertag.«

»Was für ein Feiertag?«
»Mein Geburtstag.«
Er grinste. Sie liebte dieses Grinsen. Das Grinsen ihres nun erwachsenen Sohnes.
»Hast du mein Geschenk bekommen?«
Sie hatte ihm einen Scheck geschickt. Vierhundert Dollar für einen Surf-Kurs.
»Ja, geil, danke.«
»Na, dann viel Spaß damit. Und mit Jody«, fügte sie hinzu.
Er beugte sich vor, sodass der untere Teil seines Gesichtes vom Monitor rutschte. Sie konnte nur noch seine Augen und den Haaransatz sehen. Seine Augen verschwammen zu graubraunen Höhlen. Sie waren eigentlich blau.
»Du hast unsere Abmachung nicht vergessen, oder, Mutter?«
Sie zögerte keinen Moment. »Selbstverständlich nicht. Aber ich würde es dir lieber persönlich sagen.«
»Jetzt geht es aber nur über Skype. Oder soll ich bis nächstes Jahr warten?«
Sie biss sich auf die Unterlippe.
»Das ist nicht besonders befriedigend, wie?«
»Ich würde sagen, es ist unfair. Achtzehnter Geburtstag war ausgemacht.«
Sie seufzte. »Ich finde es schwierig ...«
»... über Skype, verstehe. Dann schreibe eine E-Mail.«
»Lass mich kurz darüber nachdenken.«
»Wie lang ist kurz?«
»Ein paar Tage?«
»Geht in Ordnung«, sagte er unerwartet schnell.
Sie hatte das Gefühl, dass jemand ins Zimmer gekommen war. Jody?
»Okay, Mutter, dann mach ich mal Schluss. Wir wollen noch an den Strand.«
»Jody und du?«
»Ich und ein paar Freunde. Mach's gut.«
Der Monitor wurde schwarz.

Sonntag, 10. August

Er hatte sich den Weg richtig gemerkt. Die Schliemannstraße mündete auf den Helmholtzplatz. Rainer Schade schob die Sonnenbrille ins Haar und wischte sich mit dem Handrücken den Schweiß von der Stirn. Für neun Uhr morgens war es ganz schön heiß. Und für einen Sonntagmorgen um neun war hier auch ganz schön viel los. Das lag an dem riesigen Spielplatz, der ungefähr zwei Drittel des Platzes einnahm. Kinder waren nämlich Frühaufsteher, besonders gern am Wochenende. Diese Erfahrung hatte er mit seiner Tochter auch gemacht. Als Becca im Buddel-Alter gewesen war, hatte er auch schon mal vor dem Brötchenholen Sandkuchen gebacken. Jedenfalls wenn es sein Dienstplan erlaubt hatte. Dies allerdings auf einem sehr viel bescheidener ausgestatteten Spielplatz in einem Stadtteil, der den meisten Helmi-Eltern so fremd sein dürfte wie Timbuktu. Dabei war Staaken bei Spandau mittlerweile ein anerkannter Ortsteil der Hauptstadt.

Seit seiner Scheidung lebte Schade im Großbezirk Mitte, allerdings nicht im historischen oder mondänen Teil, sondern in einer bescheidenen Wohnstraße in Wedding. Die Wohnung lag so, dass er seine Dienststelle innerhalb von dreißig Minuten mit dem Fahrrad erreichen konnte. Das Radfahren war ein guter Ausgleich zu der nervenzehrenden Tätigkeit eines Kripobeamten. Außerdem war er leidenschaftlicher Freizeitläufer. Über die Jahre hatte er sich die Stadt Viertel für Viertel auf seinen Lauftouren erschlossen. Joggen bot das ideale Tempo, um sich unauffällig ein bisschen umzusehen. Wobei er hier vermutlich mehr auffiel, als er befürchtet hatte. Er trug Laufschuhe der vorletzten Saison, Shorts vom Discounter und eines der Witzige-Sprüche-T-Shirts, die Becca ihm so gern schenkte. Und seine verspiegelte Sportsonnenbrille war vermutlich »bisschen prollig, Papa.«

Noch vor ein paar Jahren war der Helmholtzplatz so was wie die kleine Schwester des jenseits der Danziger Straße liegenden Kollwitzplatzes gewesen, alles ein bisschen kleiner und heimeliger. Aber inzwischen wurde der Platz genauso von Touristen überflutet wie der Kolle.

Er konnte sich noch an Zeiten erinnern, als sich an dem Trafohäuschen am Rande des Spielplatzes die Obdachlosen getroffen hatten. Jetzt wurden dort Bio-Macchiato und handgedrechselte Holzmurmeln verkauft. Aus dem guten alten »Dumm und Dämlich« in der Lettestraße war eine Sushi-Bar geworden und im ehemaligen »Wohnzimmer«, was mal eine von Beccas Lieblingskneipen gewesen war, residierten heute Austauschschüler amerikanischer Eliteunis, die sich in den Altbau-Künstler-Stuckdecken-WGs noch ein Zimmer leisten konnten. Ganz unerträglich, fand Becca.

Immerhin, das gute alte »Frida Kahlo« hatte überlebt. Eine dunkelhäutige Schöne mit weißer Schürze über den Hotpants rückte mit trägen Bewegungen die Gehsteigmöblierung zurecht. Aus der offenen Kneipentür drang Geschirrklappern. Das Brunchbüffet wurde angerichtet.

Er ging die Lychener Straße hinunter. Hier hatte Thomas Imhoff gewohnt, der Mann, den die Kollegen am Donnerstag aus der Panke gefischt hatten, Diplom-Ingenieur, Architekt und Geschäftsführer von Kiez am Park, einer Unterfirma der NordInvest. Der Donnerstag war sein vorletzter Urlaubstag gewesen, weshalb sein Vertreter, der seinerseits am Montag seinen Urlaub antrat, Imhoff mehr oder weniger auf Eis gelegt hatte. Die Kollegin aus der Pathologie hatte ihn gestern Mittag angerufen: Imhoff war keineswegs in der Panke ertrunken. Er war mit gespaltenem Schädel in die Panke gelegt worden. Nur damit er schon einmal wusste, was ihn erwartete.

Er blieb vor der Nummer 37 stehen, ein Neubau mit aufwändiger Lamellenverkleidung an der Fassade, in der Imhoff das Penthouse bezogen hatte. Der Mann hatte offenbar eine ordentliche Karriere im Baugewerbe hingelegt. Seine beiden Chefs, mit denen der Kollege noch gesprochen hatte, waren jedenfalls des Lobes voll gewesen: unglaublich zuverlässig, unglaublich fleißig, unglaublich engagiert. Ein unglaublicher Verlust für die NordInvest, das übliche Betroffenheits-Blabla mit schwäbischem Akzent.

Die Schließanlage verfügte über ein Code-System, mit dessen Hilfe sich die Tür zum Hof öffnen ließ. Begrünter Innenhof mit Privatspielplatz, nahm er an, familienkompatibel und sicherheitsbewusst. Leider war heute kein Kiez mehr so freundlich, dass man den Nachwuchs unbesorgt auf der Straße spielen lassen konnte. Es sei denn, man zog nach Staaken.

Er betrachtete die Namensliste mit Klingelknöpfen. Imhoff-Jenssen stand ganz oben, was mit der Lage der Wohnung übereinstimmte. Jenssen war der Name seiner Frau. Nora Jenssen war ebenfalls Architektin, zurzeit allerdings im Erziehungsurlaub. Während Thomas Imhoff in der Panke zu Tode gekommen war, hatte Nora Jenssen sich mit den drei Kindern im Ferienhaus ihrer Eltern auf Sylt aufgehalten. Als die Hamburger Kollegen am Donnerstagnachmittag dort aufgelaufen waren, um sie über den Tod ihres Mannes zu informieren, hatten sie nur ihren Vater angetroffen. Der alte Herr hatte den Beamten nicht gestattet, mit Nora Jenssen, die mit den Kindern am Strand war, persönlich zu sprechen. Er wollte es ihr selber beibringen. Der Mann war in Hamburg irgendeine große Nummer und mit dem Polizeipräsidenten befreundet. Also hatten die Kollegen sich einschüchtern lassen. Inzwischen hatten sie Frau Jenssen aus den Augen verloren. Eine Nachbarin hatte sogar behauptet, sie sei nach Berlin zurückgefahren.

Er sah an sich hinunter. Für einen Hausbesuch gekleidet war er zwar nicht gerade, aber wo er schon einmal hier war … In diesem Moment ging die Tür von innen auf. Vor ihm stand eine junge Frau mit zwei Kindern, einem an der Hand und einem vor dem Bauch.

Er wollte sich an den dreien vorbeischieben, aber die Frau rührte sich nicht vom Fleck.

»Kann ich Ihnen helfen?«

»Nein danke, ich möchte nur jemanden besuchen.«

»Ach! Und wen?«

Klein und zierlich, hatte sie die Figur einer Zwanzigjährigen, aber ihr Gesicht war mindestens doppelt so alt.

»Nora Jenssen.«

»Nova.«

»Bitte?«

»Nova Jenssen. Nova, nicht Nora.«

»Ach so, ja, dann Nova.«

»Nova ist nicht da. Könnten Sie uns jetzt bitte vorbeilassen?«

Sie schob den Kleinen, einen Miniatur-Rubensengel mit blonden Korkenzieherlocken, auf den Gehsteig und zog die Haustür ostentativ ins Schloss. Ihre Schultermuskulatur spielte unter der sonnengebräunten Haut. Sah nach Kraft-Yoga aus.

»Ich wollte eigentlich nur einen Termin mit Frau Jenssen vereinbaren«, sagte er blöde.

Sie musterte ihn von Kopf bis Fuß, wobei ihr Blick an dem Spruch auf seinem Shirt hängen blieb. »Beißt nicht«, stand da, was immer Becca sich dabei gedacht haben mochte.

Sie grinste mitleidig.

»Nova ist noch im Urlaub. Das können Sie mir glauben, ich wohn direkt unter ihr und gieß die Blumen. Aber morgen kommt sie zurück.«

Sie drehte sich um und folgte ihrem Rubensverschnitt Richtung Helmi.

Er wandte sich wieder dem Klingelbrett zu. Wenn sie direkt unter den Imhoff-Jenssens wohnte, musste sie Streich oder Mercurio heißen. Oder Streich-Mercurio. Er drückte trotzdem auf den Imhoff-Jenssen-Klingelknopf. Aber natürlich meldete sich niemand.

Montag, 11. August

Er beugte sich tief über seinen Teller Fettuccine mit Pfifferlingen, als er Moni zusammen mit dem Chefredakteur die Kantine betreten sah. Die Kuh hatte ihn in der Redaktionssitzung wieder mal auflaufen lassen wie einen Praktikanten. Dabei hatte er bei seinem Heimatblatt sieben Jahre als Politikredakteur gearbeitet. Er hatte es mit allen Themen aufgenommen, die seinen in Ehren ergrauten Kollegen zu heiß gewesen waren. Sein Chef hatte ihm immer wieder beteuert, dass er das beste Pferd im Stall war. Aber als es dann hieß »Personalverschlankung wegen Abonnentenrückgang«, war er der Erste auf der Abschussliste gewesen. Weil er weder Kinder noch Eigenheim noch eine Mitgliedschaft im Heimatverein hatte.

An einen vergleichbaren Job in der Gegend war nicht zu denken gewesen, und nach München wollte er nicht. Schließlich hatte sich sein Chef als Existenzretter aufgespielt und ihm den Job bei der FP vermittelt, wo seine Tochter Lokalchefin war. Berlin, das wäre doch was für ihn, oder? Moni war zwar nicht gerade begeistert gewesen, aber Blut war dicker als Wasser. Vermutlich hatte sie ihrem alten Herrn auch das eine oder andere zu verdanken.

Im Großen und Ganzen war er von dem Job in der Hauptstadt enttäuscht. Nicht nur, weil Moni ihn dauernd wie einen Idioten behandelte, sondern weil das journalistische Klima bei der FP genauso fade war wie der überteuerte Kantinenfraß. Das Einzige, was etwas Abwechslung brachte, war der Sand, der einem hier und da zwischen den Zähnen knirschte. Besonders wenn es Pilze gab.

»Mord in Pankow? Wieso denn Mord?«, hatte Moni gefragt. Wenn die Polizei, »Gewalteinwirkung« vermutete, war das noch lange kein Grund für eine Recherche, jedenfalls nicht für die FP, bei der Gewaltverbrecher prinzipiell Bomberjacken tragen und Gewaltopfer prinzipiell Migrationshintergrund haben mussten. Autos waren nur interessant, wenn sie in den einschlägigen Vierteln brannten. Aber ein Audi 5 mit herabgelassenem Verdeck in Pankow? Bleib mal besser bei deinem Kiezfest, Meik. Während die FP Kleinaktionäre anwarb, um zu überleben, machten die anderen die Schlagzeilen.

Er roch geradezu, dass die Geschichte heiß war. Der Geschäftsführer einer Wohnungsbaugesellschaft liegt mit einer Kopfverletzung in einem Flüsschen in exakt dem Stadtviertel, in dem seine Firma gerade einen Wohnpark mit dreihundert Einheiten hochzieht. Hallo, Leute, so was war doch kein Zufall! Der Mann hieß Thomas Imhoff, war studierter Architekt und von der NordInvest AG als Geschäftsführer für deren Sub-Unternehmen Kiez am Park angestellt worden. Ja, was glaubte Moni denn, dass der Mann gegen eine Schranktür gerannt war? Unter der Regie von Kiez am Park entstand seit zwei Jahren der Flora-Park. Einhundertsiebenundvierzig der dreihundert Eigentumswohnungen waren bereits bewohnt. Der Rest wartete noch auf die Fertigstellung. Wer von den Pankower Ureinwohnern konnte sich diese Maisonettewohnungen, Lofts und City-Villen, oder wie sich das nannte, wohl leisten?

Aber Moni war zu seinen Ausführungen nicht mehr eingefallen als ein lapidares »So what?«. Der Nickelbrillen-Schluffi und das Kultur-Tofuschnittchen, die als Einzige von den Kollegen gerade nicht in der Sommerfrische waren, hatten beifällig geblökt wie die Lämmer.

Nee, Leute, nicht mit Meik Lorenz. Dann machte er die Geschichte eben in eigener Regie. Und ging damit zur Konkurrenz – wenn's denn unbedingt sein musste.

Er brachte die restlichen Pfifferlinge zur Geschirrrückgabe und ging an die Bar des an die Kantine angeschlossenen »Pressecafés«, das aus unerfindlichen Gründen zu den angesagtesten Läden der Stadt gehörte. Während er auf seinen Espresso wartete, suchte er die Nummer von Kiez am Park in seinem Handy. Die Projektgesellschaft hatte ihren Sitz in der Nähe des Mauerparks. Aktuell hatte die Firma drei Großprojekte am Start, eines auf der Weddinger Seite des Mauerparks, eines in Friedrichshain und eben den Flora-Park. Er hatte schon drei Mal versucht, da jemanden zu erreichen. Die Warteschleifenmusik, irgendwas Jazziges im Stil von Ellington, ging ihm langsam mächtig auf die Nerven.

Aber dann wurde abgehoben.

»Büro Kiez am Park, Meike Lorentz.«

Einen Moment lang hielt er sich für das Opfer einer großangelegten Intrige.

»Hier, äh, auch Lorenz.«

»Bernd?«

»Nee, Meik.«

Schweigen.

»Tut mir leid, Frau Lorentz. Ich heiße wirklich so. Ich arbeite in der Lokalredaktion der Freien Presse. Wir planen ...«

»Mit z oder mit tz?«

»Nur mit z.«

»Okay, dann sind wir wenigstens nicht verwandt. Was kann ich für Sie tun, Herr Lorenz?«

Hey, da hatte ja mal jemand Humor.

»Ich arbeite an einer Reportage über das Sommerfest in der Florastraße. Eigentlich hätte ich darüber gern mit Herrn Imhoff gesprochen ...«

»Aber da Sie von der Presse sind, wissen Sie natürlich, dass das generell schwierig ist.«

Auf Sarkasmus stand er ja nicht so.

»Ich möchte Ihnen auch unser tiefstes Beileid aussprechen. Darf ich trotzdem fragen, in welcher Form Kiez am Park sich in das Sommerfest einbringen wird?«

»Mit einem Trauerflor! Entschuldigen Sie, aber wir haben jetzt wirklich andere Sorgen.«

»Schon klar. Wie ich erfahren habe, haben Sie das Projekt bereits mit einer großzügigen Spende unterstützt. Gibt es denn die Möglichkeit, während des Fests eine Musterwohnung zu besichtigen oder so?«

»Keine Ahnung. Da müssen Sie sich an die Frau Müller von der NordInvest in Potsdam wenden.«

»Frau Müller?«

»Die organisiert die gesamte Öffentlichkeitsarbeit. Ich geb Ihnen mal die Nummer.«

Sie raschelte mit irgendwelchen Papieren und diktierte ihm schließlich eine Telefonnummer.

»Eine Kleinigkeit noch: Fuhr Herr Imhoff einen blauen Audi 5 Cabrio?«

»Blauer Audi? Ja, fuhr er. Aber was hat das mit dem Straßenfest zu tun? Ach, wissen Sie was, fragen Sie doch Frau Müller!«

Zack, aufgelegt. Temperament hatte sie ja, seine Namensvetterin. Er tippte auf blond mit Knötchen und Twinset. Ein Typ, der ihm normalerweise zu anstrengend war. Er bevorzugte die sanfte asiatische Wesensart, so wie die Hutmacherin in der Gaillardstraße, mit der er am Donnerstag gesprochen hatte. Die war echt süß gewesen.

Ariane sortierte gerade die Sommergarne aus, als das Windspiel an der Ladentür anschlug. Es war Mina. Sie ließ die drei Knäuel *Pisa mintgrün* auf den Boden fallen und schloss ihre Tochter in die Arme. Endlich wieder der vertraute Duft von Babyshampoo, Erdbeerkaugummi und Schulkantine. Mina hatte fast die ganzen Sommerferien bei George und seiner neuen Familie verbracht.

Mina löste sich aus der Umklammerung und musterte die Knäuel auf dem Boden.

»Stellst du den Sonderangebotskorb zusammen? Kann ich das machen?«

Mina hatte das Gesicht, das George MacDonald als Neunjähriger gehabt haben musste, eine kleine, mit Sommersprossen gesprenkelte Kartoffel. Wenn es lächelte, ging die Sonne auf, wenn es sich verschloss, zerriss es einem das Herz. Zum Glück lächelte Mina fast immer.

Sie zog sie noch einmal an sich und drückte ihre Nase in den weichen rotblonden Lockenschopf.

»Natürlich kannst du das machen!«

Mina liebte den Laden. Sie kam nach Schulschluss immer sofort hierher. Nachdem sie im Hinterzimmer ihre Hausaufgaben gemacht hatte, gestaltete sie am Computer Schilder für die Regale, sortierte neue Ware nach Farben und fertigte Maschenproben an, seit Rieke ihr die Grundlagen des Strickens beigebracht hatte.

Sie nahm Mina die Mappe ab. »Wie war denn der erste Schultagtag so?«

»Cool. Hast du schon von dem toten Mann in der Panke gehört?«

»Hab ich.«

Mina lief in die Küche, nahm ein Glas aus dem Regal und ließ Wasser hineinlaufen. Dann fiel ihr Blick auf die Kaffeemaschine.

»Ist die neu?«

»Chic, was?«

Mina nickte gleichgültig. »Also, der Tote in der Panke ... das war echt cool. Die Polizei hat den ganzen Tag Spuren gesucht und wir durften nicht ins Wasser. Du kennst doch die kleine Treppe an der Brücke, wo wir immer reingehen?«

»Wieso warst du denn überhaupt da? Ich dachte, ihr wart in Buch!«

George und seine neue Lebensgefährtin Nadja besaßen neben ihrer Wohnung am Elisabethweg ein Wochenendgrundstück bei Berlin-Buch, wo sie im Sommer mit den Kindern in zwei ausrangierten Wohnwagen kampierten.

»Bei dem Gewitter Mittwochnacht ist ganz viel Wasser in den einen Wagen gelaufen. Deshalb ist Nadja Donnerstag früh mit uns zurück nach Berlin gefahren.«

»Und George ist in Buch geblieben?«

»Nee, der war doch schon in Berlin, weil er seine Malkurse vorbereiten musste.«

George bot über den Kunstverein Malkurse für Kinder an. Die Kurse waren sehr beliebt und stellten zeitweise sein einziges Einkommen dar.

»Papa hat gesagt, den Mann hat entweder einer da reingelegt oder er war hackedicht«, fuhr Mina fort. »Außerdem war er ein Arschloch.«

»Das hat Papa gesagt?«

Mina errötete. »Ich weiß, dass ich das nicht weitersagen darf. Aber ich habe es ja nur dir gesagt.«

Sie nahm Mina wieder in die Arme.

»Stimmt, mir darfst du das sagen. Aber sonst sag es bitte zu niemandem. Wir wollen nicht, dass Papa Ärger kriegt, oder?«

»Schon klar«, sagte Mina.

Nova Jenssen stand vor der Spiegelwand ihres begehbaren Kleiderschrankes. Was sie sah, war das Resultat von zwei Schwangerschaften innerhalb von drei Jahren, wobei die zweite doppelt zählte. Zwillinge mit achtunddreißig waren kein Pappenstiel, zumal sie sich noch kaum von Hanks Geburt erholt hatte. Miley und Kyra hatten ihr dann den Bauchmuskelbruch eingebracht. Die OP im Frühjahr hatte den Schaden nur etwas mildern können, sozusagen vom Hängebauchschwein zum Hamster. Nachkorrekturen waren natürlich jederzeit möglich. Logisch, von irgendwas musste ihr Chirurg ja leben. Er hatte ihr auch angeboten, etwas gegen die Hamsterbäckchen zu tun, die sich passend zum Bauch entwickelten. Und in der Zwischenzeit hatte sich ihr Ehemann, schlank und sportgestählt, seiner Karriere gewidmet und nebenbei die eine oder andere Asiatin gevögelt. Sie hatte nicht einmal geahnt, dass er auf Thai-Frauen stand. Sie hatte gedacht, er sei auf Nicci scharf gewesen, sie Idiotin.

Und jetzt war er tot.

Aber so was von tot.

Tot durch einen Schlag auf den Hinterkopf. Jemand hatte ihm den Schädel regelrecht *gespalten*. Wer machte denn so was? Wer spaltete einem anderen Menschen den Kopf? Und schmiss ihn dann in die Panke? Die Asiatin? Hatte die Asiatin ihren Tommy umgebracht, aus blanker Wut, weil er sie, Nova, nämlich niemals verlassen hätte?

Oder war es jemand anders gewesen?

Einer seiner ominösen Gläubiger, über die er nicht reden konnte?

Aber spielte das überhaupt noch eine Rolle? Tot war tot. *Tot – tot – tot* hämmerte es in ihrem Kopf.

Tommy war tot und sie stand nackt und fett vor ihrem gottverdammten Kleiderschrank mit ungefähr siebenhundertfünfzig Teilen, von denen noch zweieinhalb Prozent passten. Und auch in denen sah sie beschissen aus.

Es klopfte an der Verbindungstür zum Schlafzimmer.

»Nova?«

Nicci, ihr russisches Au-pair.

Instinktiv griff sie nach dem Badetuch und wickelte es sich um den Körper. Sie wollte nicht, dass das Mädchen sie nackt sah. Nicci war seit acht Monaten bei ihnen, in denen sie sich von einem graubraunen Frettchen in eine amerikanische Highschool-Diva verwandelt hatte. Das Taschengeld, das sie ihr zahlten, investierte sie in Billig-Kosmetik, Billig-Pushups und Billigklamotten. Aber sie erfüllten ihren Zweck. Alles, was einen Schwanz in der Hose hatte, entwickelte bei Niccis Anblick Schaum vor dem Mund. Für Männer konnte es gar nicht billig genug sein. Aber die Kinder hingen an ihr, als hätten sie nie eine Mutter gehabt.

Mit einer Hand das Tuch vor der Brust zusammenhaltend, öffnete sie das Wäschefach.

»Was ist denn?«

Natürlich hatte sie Niccis Smartphone und Netbook überprüft. Das Password für beides war »Hank«. Aber sie hatte nichts finden können. Rein gar nichts, was auf eine Beziehung zu Tommy hinwies.

»Besuch«, flüsterte Nicci.

Nova nahm einen geräumig geschnittenen Slip und einen Sport-BH aus dem Schrank.

»Zwei Minuten, ja?«

Sie hatte schon damit gerechnet, dass die ersten Beileidsbesucher eintrudeln würden. Das Telefon klingelte schon seit Samstag ununterbrochen. Aber sie war nicht rangegangen. Ihre Freunde und die, die sich dafür hielten, sollten glauben, sie sei noch in Hamburg. Rosa hatte dichtgehalten und Nicci hatte sich um die Kinder gekümmert.

Sie entschied sich für einen silbergrauen Hausanzug aus Rohseide, den ihre Mutter ihr geschenkt hatte. Das Oberteil wurde gewickelt und schmeichelte ihrem Busen, dem einzigen Körperteil, der unter der Kinderei erstaunlich wenig gelitten hatte. Aber wie es aussah, hatte Tommy ja brettharte Asiatinnen bevorzugt. Sie fühlte immer noch die kalte Wut aufsteigen, wenn sie sich das vorstellte, Tommy auf einer Asiatin.

Nicci stand, Kyra auf dem Arm, im Schlafzimmer. Kyra fieberte seit Tagen, wahrscheinlich wieder die Ohren. Das Kind hatte die empfindlichsten Ohren der Welt. Nicci lief seit fünf Uhr heute Morgen mit der jammernden Kleinen auf dem Arm durch die Wohnung. Von dem Geld, das Tommy ihr für Sylt zugesteckt hatte, hatte sie sich die Haare gefärbt, platinblond und aschgrau gestreift. Es sah verboten aus. Aber ohne Nicci würde sie keinen einzigen Tag überstehen. Kyra hatte ihr verschwitztes Köpfchen in Niccis Halsbeuge gelegt. Sie schlief jetzt.

»Ein Polizist«, flüsterte Nicci.

Natürlich ein Polizist. Von ihr aus konnten sie ihr so viele Polizisten schicken, wie sie wollten. Sie wusste genau, was sie sagen würde und was besser nicht.

Dienstag, 12. August

Wie jeden Dienstag fand sie sich kurz vor neun im Heilzentrum im Kastanienhof ein, um ihren verspannten Nacken von Stine behandeln zu lassen. Danach tranken sie noch eine Tasse grünen Tee. Stine schwor auf grünen Tee.

In der Uckermark war alles wieder einigermaßen im Lot. Stines Vater ging es besser. Was wie ein Schlaganfall ausgesehen hatte, war wahrscheinlich doch nur ein Schwächeanfall gewesen.

»Die beiden muten sich einfach zu viel zu. Sie schaffen die Arbeit auf dem Hof kaum und jetzt haben sie auch noch die Ferienwohnungen erweitert.« Stine nahm einen Schluck Tee. »Rieke ist jetzt bei ihnen. Sie lässt dir ausrichten, dass der Himalaja-Mantel auf alle Fälle bis Ende des Monats fertig wird.«

»Sag ihr, sie ist ein Schatz.«

Stine lächelte. »Und bei dir? Neuigkeiten von Paul?«

»Ich überzeuge mich alle paar Tage über Skype, dass er noch lebt. Aber er ist seiner alten Mutter gegenüber nicht sehr gesprächig. Hat Rieke was erzählt?«

»Kein Wort.«

Sie schüttelten synchron die Köpfe. Vier Jahre lang waren die beiden Unzertrennlichen ein Liebespaar gewesen, Teeny-Romantik pur und unerschütterlich. Ein paar Tage vor Pauls Abflug in die USA hatten sie hochoffiziell ihre Trennung erklärt. Wobei »erklärt« nicht wirklich eine Erklärung beinhaltet hatte.

»Ich schätze, sie sind einfach in diesem *Alter*«, sagte Stine. »Rieke hat sich jetzt für ein Stipendium in London beworben. Eine reine Trotzreaktion, wenn du mich fragst.«

»Sag mal …«, Ariane griff nach der Kanne und goss sich aus reiner Nervosität Tee nach. Eigentlich mochte sie keinen grünen Tee. Aber ihre Frage führte direkt auf vermintes Gelände. »Hast du Rieke eigentlich jemals gesagt, wer ihr Vater ist?«

Stine zog die Augenbrauen in die Höhe. »Manni ist Riekes Vater.«

Manni war natürlich *nicht* Riekes Vater. Manni war der Mann, mit dem Stine seit zwölf Jahren zusammenlebte und mit dem Rieke sich glücklicherweise sehr gut verstand.

»Ich meine ihren leiblichen Vater. Hat sie nie nach ihm gefragt?«

»Warum sollte sie nach einem Mann fragen, der sie ihr Leben lang ignoriert hat?«

»Vielleicht weil sie wissen will, wo sie herkommt? In genetischem Sinn, meine ich.«

Stine lächelte. »Findet du nicht auch, dass Gene allgemein überbewertet werden? Wieso fragst du überhaupt?«

»Ich habe Paul versprochen, ihm zu sagen, wer sein Vater ist, wenn er achtzehn wird.«

Stine tippte sich an die Stirn.

»Richtig! Paul ist ja volljährig geworden. Und du hast nicht mal mit ihm feiern können, du Arme.«

Ariane schüttelte den Kopf. »Damit habe ich kein Problem. Aber ihm über Skype was über seinen Vater zu erzählen, finde ich tatsächlich schwierig.«

Stine griff nach ihrem handgetöpferten Teebecher – B-Ware aus Hankas Werkstatt – und nahm bedächtig einige Schlucke.

»Tu das nicht. Sprich mit ihm persönlich darüber. Wolltest du Weihnachten nicht sowieso rüberfliegen?«

»Ich weiß nicht, ob ich das Geld dafür zusammenkriege.«

Stine nickte. »Ich habe mich sowieso schon gefragt, wie du dieses Highschool-Jahr wuppst. So viel kann der Faden doch gar nicht abwerfen.«

Sie zog mit dem Zeigefinger die Karos der Tischdecke nach. Dann fuhr sie fort: »Er soll sich einfach bis zu seiner Rückkehr gedulden. Solange er in Amerika ist, macht es doch keinen Unterschied für ihn, ob er weiß, wer sein leiblicher Vater ist, oder nicht.«

Sie stand auf. »Du, ich muss die Packung für meinen nächsten Patienten vorbereiten. Trink in Ruhe aus, ja?«

Ariane nickte. Genauso hatte sie sich dieses Gesprächs vorgestellt. Es gab so gut wie keine Geheimnisse zwischen ihr und Stine. Aber die Väter ihrer Kinder waren ein Thema, das sie seit Jahren in bestem gegenseitigem Einverständnis mieden. Freundinnen halt.

Meik Lorenz verließ den S-Bahnhof Pankow und ging die Florastraße hinunter. Die Pressedame in Potsdam war nicht besonders hilfreich gewesen. Persönliche Fragen zu Firmenangehörigen, lebenden wie toten, beantwortete sie prinzipiell nicht. Dafür hatte sie versprochen, ihm Pressematerial über die Projekte von Kiez am Park zuzusenden. Er hatte ihr seine Privatadresse gegeben. Moni brauchte ja nicht alles zu wissen.

Der Slogan von Kiez am Park lautete »Leben im Kiez – gewachsene Strukturen bewahren«. Alles andere wäre auch blöd gewesen, denn Kiez war das Zauberwort für all die Münchner, Hamburger oder Düsseldorfer, die in Berlin eine neue Heimat finden wollten.

Wo der Flora-Park an die Florastraße grenzte, waren die Fassaden tatsächlich so gestaltet, dass die Neubauten kaum auffielen. Vor den Erdgeschosswohnungen befanden sich kleine, durch ein Mäuerchen begrenzte Vorgärten. Hinter den bodentiefen Fenstern waren quietschbunte Gummistiefel aufgereiht wie Matroschkapuppen. Seine Kollegen, die gerade ins Familienbusiness eingestiegen waren, würden sich nach so einer Wohnung alle zehn Finger lecken. Dumm nur, dass sie sie sich vom Einheitslohn der FP nicht leisten konnten.

Er bog in die Gaillardstraße ein, die ruhiger war als die viel befahrene Florastraße. Hier waren ein paar instandgesetzte Altbauten in die Randbebauung des Flora-Parks integriert. In einem lag das Hut-Atelier der Chinesin. Es war noch geschlossen.

Er betrat den Wohnpark durch den Eingang am Projektbüro. Von innen betrachtet, glich die Anlage einem doppelreihigen Hufeisen. Das innen liegende Hufeisen bestand aus einstöckigen Einfamilien-Reihenhäusern, das äußere aus vierstöckigen Mehrfamilienhäusern. Dazwischen lag ein Grünstreifen mit Kinderspielplätzen für verschiedene Altersstufen.

Die Reihenhäuser hatten separate Terrassen und Gärten, die generös mit Echtholz-Gartenmöbeln und Grills ausgestattet waren. Jetzt empfand er doch einen Anflug von Sozialneid. Noch taten es ja ein Kasten Bier und der Einweggrill im Park, aber irgendwann hätte er schon gern das klassische Equipment. Na ja, kam Zeit, kam Rat.

Im Großen und Ganzen sah die Anlage eher kleinbürgerlich-spießig aus als nach Upper-class-Zuzüglern, die den Hass von Gentrifizierungsgegnern wecken könnten. Er schlenderte zurück zum Eingang.

Neben dem Container, in dem das Projektbüro untergebracht war, ragte eine Informationstafel in den Himmel. Als Bauherr war die NordInvest angegeben. Die Projektleitung oblag Kiez am Park, dann folgten diverse Firmen, die für Teilbereiche der Bauleitung zuständig waren, zuletzt eine Telefonnummer, an die man sich wenden konnte, wenn man Interesse am Erwerb einer Wohnung hatte. Hatte er nicht. Dafür aber Hunger. Ob sich die kleine Chinesin wohl zu einem Imbiss entführen ließ?

Aber »gut behütet« hatte immer noch geschlossen. Es war fast zwölf. Wann machten die hier eigentlich auf?

Er ging die Florastraße Richtung Norden. Kurz vor dem Wollgeschäft wechselte er die Straßenseite. Auf Ariadne ohne »d« konnte er heute gern verzichten. Die »Knopfkiste« bot Ziegenkäse-Kräuter-Tarte und Kiwi-Limetten-Ingwer-Smoothie an, beides nicht sein Ding. Er schlenderte in die entgegengesetzte Richtung zurück. Kurz hinter der Gaillardstraße stieß er auf einen ziemlich normal aussehenden

Italiener mit angenehm schattiger Terrasse. Er bestellte das Tagesmenü für neun Euro, das sich als eine wässrige Brühe mit drei überreifen Tortellinis, eine mit Scheiblettenkäse überbackene Schuhsohle und ein Espresso entpuppte. Das Wasser dazu musste er extra bezahlen.

Weiter Richtung S-Bahnhof Pankow entdeckte er an einem Verteilerkasten einen Aufkleber mit der Botschaft: »Wir lassen uns nicht vertreiben! Der Kiez gehört uns!« Der Aufkleber war schwarz-weiß im Graffiti-Stil gehalten. Unten rechts stand: »Café Eckstein, Mo.-Fr. 11-20 Uhr« und so gut wie unleserlich die Adresse. Er versuchte, den Kleber abzupulen, ein hoffnungsloses Unterfangen. Als ein älterer Mann mit Hund sich provozierend neben ihn stellte, gab er auf und ging weiter.

In erster Linie fiel ihr auf, dass er sich *zu* unauffällig gab. Zu unauffällig gekleidet (graue Jeans, blaues Freizeithemd), zu gründlich rasiert und zu ordentlich gekämmt. An seinem Arm hing ein Fahrradhelm.

»Frau Keppler?«

Mit präzisen Bewegungen zog er seinen Polizeiausweis aus der Hosentasche und schob ihn über die Ladentheke. Rainer Schade. Ein Name, so unauffällig, dass man ihn sofort wieder vergaß. Aber dafür konnte er ja nichts.

Sie deutete auf die beiden Korbsessel an dem Tisch mit den Strickzeitschriften und bat ihn, Platz zu nehmen.

»Es geht um ein blaues Audi Cabriolet, das am vergangenen Donnerstag vor Ihrem Geschäft abgeschleppt wurde. Können Sie sich erinnern?«

Sie nickte.

»Können Sie sich auch daran erinnern, wann der Wagen vor Ihrem Laden abgestellt wurde?«

Sie schüttelte den Kopf.

Sie schätzte ihn auf Anfang vierzig. Vielleicht auch etwas älter. Diese glatten blonden Typen wirkten ziemlich lange jungenhaft. Sie persönlich bevorzugte den etwas kantigeren, mediterranen Typ, Luigi, zum Beispiel, aber Luigi war schwul. Und geschwätzig.

»Haben Sie ihn schon am Mittwochnachmittag bemerkt?«

Er sprach immer noch von dem Cabrio.

»Ich bin erst am Mittwochabend aus dem Urlaub zurückgekommen. An dem Abend war ich nicht mehr im Geschäft.«

»Aha. Wo waren Sie im Urlaub?«

Das tat zwar nichts zur Sache, aber bitte: »Im französischen Jura. Zehn Tage mit einer alten Freundin.«

»Wann landete Ihr Flieger in Berlin?«

»Gegen einundzwanzig Uhr. Sagen Sie mal, geht Sie das was an?«

Er lächelte. »Entschuldigung. Berufskrankheit. Am Donnerstagvormittag waren Sie also zum ersten Mal nach ihrem Urlaub wieder im Geschäft. Kennen Sie den Fahrzeughalter?«

»Das Auto gehört einem der Männer aus dem Projektbüro vom Flora-Park, Thomas Imhoff.«

»Sie wissen, dass Herr Imhoff ums Leben gekommen ist?«

Sie nickte.

»Kannten Sie ihn?«

»Flüchtig.«

Er verzog keine Miene.

»Ich hätte gern Ihren Sohn gesprochen.«

Das hatte sie fast erwartet. Fast. Sie merkte, wie sie wütend wurde.

»Paul ist gerade in den USA.«

Das wiederum hatte er nicht erwartet.

»Seit wann?«

»Mitte Juli.«

Er stand auf.

»Vielen Dank, Frau Keppler.«

Sie erhob sich ebenfalls. Die Wut drängte an die Oberfläche.

»Können Sie mir vielleicht mal sagen, was Paul mit dieser Sache zu tun haben soll?«

Er musterte sie erstaunt. »Wenn er gerade in den USA ist, gar nichts, oder?«

»Es ist wegen dieser Sache im Eckstein damals, richtig? Ein Jugendlicher sagt einmal seine Meinung, und schon ist er aktenkundig.«

Im Mai hatte im Jugendzentrum Eckstein eine Podiumsdiskussion zum Thema Gentrifizierung stattgefunden. Paul hatte als Vertreter der Jugendlichen, die das Eckstein nutzten, daran teilgenommen. Imhoff hatte die NordInvest vertreten.

Der Polizist lächelte. »Meinung sagen, Frau Keppler? Ihr Sohn hat Herrn Imhoff beschimpft und eine Tonne Biomüll in seinen Wagen entleert.«

»Das mit der Biotonne war er nicht.«

»Wer genau das war, wurde nie herausgefunden. Aber Ihr Sohn zählte zum Kreis der Verdächtigen.«

»Als der Biodreck im Auto landete, war Paul noch im Saal und hat das Equipment gesichert, damit nicht wieder ein paar Mikros geklaut werden. Das habe ich selber gesehen.«

»Sie waren auch auf der Veranstaltung?«

»Klar!«

»Sind Sie Gentrifizierungsgegnerin?«

»Unfug! Ich wollte mir einfach die Diskussion ansehen, zumal Paul auf der Bühne saß. Die Gentrifizierungsgegner im Publikum waren übrigens alle unter achtzehn oder aus Friedrichshain.«

»Das heißt, die Bewohner des Florakiezes haben gar kein Gentrifizierungsproblem? Warum dann die Veranstaltung?«

Der Mann hatte wirklich gar keine Ahnung. Wurde bei der deutschen Kripo jenseits des ersten Fernsehprogramms überhaupt recherchiert?

»Die Leute haben dagegen protestiert, dass das Eckstein geschlossen werden sollte. Das Eckstein ist einer der letzten

Jugendklubs hier. Außerdem hat der Kunstverein seine Räume in dem Gebäude.«

Es war unklug, sich so aufzuregen. Sie versuchte zu lächeln. »Das hat sich aber inzwischen alles erledigt. Die Nord-Invest hatte ein Einsehen. Der Mietvertrag des Eckstein ist verlängert worden.«

»Und was für eine Einstellung haben die Anwohner der Florastraße so zum Flora-Park?«

Sie zuckte mit den Achseln. »Was sollen sie denn Ihrer Ansicht nach für eine haben? Von Rentnerpärchen und Sozialhilfeempfängern können wir Gewerbetreibenden uns nicht über Wasser halten. Also wäre es unklug, etwas gegen den Flora-Park zu haben, oder?«

Maddy hätte sie für diesen Satz umgebracht. Aber Maddy machte sich etwas vor. Wer sollte ihre Smoothies denn schlürfen?

Der Polizist wiegte den Kopf.

»Und wenn die Gewerbemieten steigen?« Er griff nach einem Knäuel *Adelaide rotbraun meliert*, das auf dem Tischchen lag. »Geht so was denn überhaupt? Ich dachte, heutzutage stricken Frauen gar nicht mehr.«

»Irrtum.«

Er drehte das Knäuel zwischen den Fingern, bis er das Preisschild gefunden hatte. *Adelaide* war eine Seide-Kaschmir-Mischung.

»Mein lieber Schwan.«

Sie lächelte. »Stricken ist ein anspruchsvolles Hobby geworden. Es geht dabei nicht um Wirtschaftlichkeit, sondern um Werte wie«, sie schloss kurz die Augen, »Achtsamkeit, persönliche Zuwendung und natürlich auch Meditation.«

»Und ich habe die kratzigen Pullover von meiner Oma immer so gehasst.« Er streckte ihr die Hand entgegen. »Tschüss, Frau Keppler.«

»Die neuen Garne kratzen nicht.« Sie strich ihm mit *Adelaide* demonstrativ über den Handrücken.

Nachdem er den Flora-Kiez abgehakt hatte, wollte er sich noch ein Bild vom Fundort der Leiche machen. Das Navi seines Handys jagte ihn über eine doppelspurige Hauptstraße, die den ehrlichen Namen Breite Straße trug und eine trutzige Dorfkirche des Modells Brandenburger Steppe inselartig umschloss. Nachdem er ein unglaublich hässliches Einkaufszentrum passiert hatte, stand er am Abzweig Ossietzkystraße. Die Ossietzkystraße war ruhig. Altbauten mit Rentnerlädchen im Erdgeschoss, beige und braun gestrichene Fünfzigerjahrebauten, die sich friedlich gen Schlosspark zogen. Wo war es denn nun, das todbringende Gewässer?

Als er von der Brücke ins Wasser blickte, hätte er fast laut aufgelacht. Das war kein Fluss, sondern ein Bächlein! Hier konnte vielleicht ein Meerschweinchen ertrinken, aber doch kein ausgewachsener Mann.

Er setzte sich auf die flache Betontreppe, die zum Wasser führte, und konsultierte seine App. Alles richtig gemacht. Der Fall wurde immer absurder. Selbst wenn man von dieser Brücke stürzte – oder gestürzt wurde –, waren die Chancen einer tödlichen Verletzung ziemlich gering. Es sei denn, man machte einen Kopfsprung. Und das hätte man der Leiche angesehen. Also war Imhoff außerhalb dieses Wildbaches umgebracht worden.

Und wo, bitte schön? Hier etwa, wo die roten Rentner ihre Fiffis am Ufer spazieren führten und gegenüber die Familien im Garten grillten? Okay, es hatte in der Nacht zu Donnerstag ziemlich stark geregnet, aber so ein tödlicher Überfall lief ja nicht völlig geräuschlos ab, und irgendwo hatte bestimmt ein Fenster offen gestanden. Heute war Dienstag. Warum rückte die Polizei nicht mit den Fakten heraus? Was für ein Spielchen wurde hier gespielt? Was sollte unter den Teppich gekehrt werden?

»Brauchen Sie Hilfe, junger Mann?«

Vor Schreck wäre ihm fast sein Handy ins Wasser gefallen.

Unmittelbar hinter ihm stand eine riesige Frau mit langen roten Haaren in einem langen lila Kleid.

Er rappelte sich auf. Die Frau war immer noch größer als er und ziemlich gut gebaut für ihr Alter.

Er rang sich ein Lächeln ab.

»Danke, ich gehe nur spazieren. Hübsche Wohngegend.«

»Möchten Sie herziehen?«

»Vielleicht. Pankow ist ja angeblich schwer im Kommen.«

Sie schüttelte indigniert den Kopf.

»An Ihrer Tarnung müssen Sie noch ein bisschen arbeiten, junger Mann. Ist die Spurensicherung immer noch nicht abgeschlossen?«

Ach herrje! Sie hielt ihn für einen Bullen.

»Falsch geraten. Ich bin Journalist.«

»Noch schlimmer. Welches Blatt?«

»Freie Presse.«

Ein Ruck ging durch ihre hochgewachsene Gestalt.

»Die FP interessiert sich für den Toten in der Panke?«

Eine Leserin! Damit hätte er nun nicht gerechnet. Pankow war nicht gerade eine Abonnentenhochburg.

Er lächelte verschwörerisch. »Nun ja. Ungeklärtes Gewaltverbrechen, das Opfer war in der Immobilienbranche tätig ...«

»Na, nun bleiben Sie mal auf dem Teppich! Der Tod des armen Mannes muss ja nun wirklich nichts mit seinem Beruf zu tun haben.«

Er hätte fast laut gelacht. »Das glauben Sie doch selber nicht, oder? Können Sie mir sagen, wo ich das Café Eckstein finde?«

»Das Eckstein? Was wollen Sie denn da?«

Er hielt ihrem eisigen Blick stand. »Erst mal nur wissen, wo es ist.«

»In der Florastraße. Aber ich fürchte, Sie sind etwas zu alt für diese Einrichtung. Das Eckstein ist nämlich ein Jugendzentrum.«

»Ach so«, sagte er. »Dann wünsche ich Ihnen noch einen schönen Tag.«

Sie saßen unter der rosa Markise der »Patisserie Manon« auf der schattigen Seite der Stargarder Straße. Manon, Catherines Cousine, hatte das winzige Café erst vor ein paar Monaten eröffnet. Sie buk ihre Tartes und Gateaux und Petit Fours selbst, während ihr Sohn Gérard, der in Berlin studierte, sich um die Gäste kümmerte. Heute hatte Gérard eine Hilfe, ein dunkelhaariges Mädchen in einem gelben, schenkelkurzen Kleid. Sie hatte die Apfeltarte für Catherine und das Himbeer-Eistörtchen für sie an den Tisch gebracht. Nova hatte sie noch nie vorher gesehen. Obwohl sie im ersten Moment gedacht hatte, dass sie sie schon einmal gesehen hätte, und deshalb wie hysterisch nach dem Foto in ihrer Handtasche gewühlt hatte. Auf Catherines fragenden Blick hin hatte sie die Handtasche wieder unter den Tisch gestellt. Sie war es sowieso nicht. Das Haar, das wie ein seidiger schwarzer Schleier über den Rücken des Mädchens schwang, war zu lang. Und die dünnen braunen Beine in den weißen Turnschuhen zu staksig, die Knie zu knochig. Die Frau auf dem Foto war nicht so ein Skelett gewesen.

»Nova?«

Sie spürte Catherines Hand auf ihrem Arm.

»Alles okay?«

Natürlich war nichts okay.

Sie legte die Hände um die Milchkaffeeschale und versuchte sich auf Catherine zu konzentrieren: herzförmiges Gesicht, kleines, aber dennoch energisches Kinn, heller Teint, sommersprossig und zu Trockenheit neigend, das schulterlange dünne Haar in einem sanften Karamellton gefärbt.

Catherine war ihre Freundin. Ihre beste Freundin. Sie meinte es gut mit ihr. Catherine hatte ebenso wie sie Zwillinge bekommen. Catherines Situation war ihrer gar nicht so unähnlich, abgesehen davon, dass Catherine alles richtig gemacht hatte. Ihr Mann lebte noch, sie arbeitete vier Tage in der Woche in seiner Kanzlei. Also musste heute Dienstag sein. Denn dienstags arbeitete Catherine nicht, sondern brachte ihren Anton, der genauso alt war wie Hank, in den Englischkurs für Vorschulkinder. Während die anderen Vorschulenglisch-Mütter sich mit ihren ToGos auf dem Helmi-Spielplatz niedergelassen hatten, waren sie und Catherine zu Manon geflüchtet. Die Sache mit Tommy hatte sich jetzt herumgesprochen, aber sie konnte noch nicht darüber reden. Sie hatte schon immer Schwierigkeiten gehabt, mit den Müttern vom Helmi zu kommunizieren. Die Pillen, die Catherine ihr gegeben hatte, hatten die Sache nicht besser gemacht. Sie fühlte sich wie durch eine dicke Glaswand von den anderen getrennt. Die anderen standen draußen und glotzten sie an.

Die knochigen Knie des Mädchens drängten sich wieder in ihren Kopf. Vielleicht waren es ja doch diese Knie gewesen, vor denen Tommy in die Knie gegangen war. Kleine harte Knie und kleine harte Brüste. Sie ließ den Blick auf ihre eigenen Knie sinken, die sich unter dem seidigen Material einer altrosa Haremshose versteckten. Im Vergleich zu dem Zitronenfalter hinter dem Patisserie-Tresen kam sie sich vor wie ein fettes rosa Schwein.

»Hey, was ist denn los?«

Catherine hatte ihre Ray Ban in das dünne Karamellbonbon-Haar geschoben und musterte sie besorgt.

»Was glaubst du, wo sie herkommt?«

Catherine verstand sofort.

»Die Aushilfe? Keine Ahnung, ich sehe sie zum ersten Mal.«

»Vietnam oder eher Thailand?«, überlegte Nova laut. »Ich kann diese Asiatinnen einfach nicht auseinanderhalten. Für mich sehen die alle gleich aus. Ist das jetzt rassistisch?«

»Ein bisschen«, sagte Catherine. »Meiner Meinung nach sieht sie eher nach einer Südamerikanerin aus. Ihre Augen sind nur leicht mandelförmig.«

»Keine Schlitzaugen?«

»Keine Schlitzaugen. Lieber Himmel, Nova, du bist ja richtig paranoid.«

»Das kommt von den Pillen.«

»Das kommt natürlich nicht von den Pillen. Im Gegenteil. Die Pillen machen, dass es dir bald besser geht.«

»Besser? Wozu?«

»Damit du dich um deine Kinder kümmern kannst und um deine Angelegenheiten«, sagte Catherine. »Komm, trink einen Schluck Wasser.«

Gehorsam trank sie einen Schluck Wasser.

»Was für Angelegenheiten meinst du?«

»Zum Beispiel Tommys Nachlass sichten, einen Überblick über eure Lebensverhältnisse gewinnen.«

Nova musste lachen.

»Das machst du doch schon seit Monaten. Um die Scheidung vorzubereiten, zu der du mich überreden wolltest. Jetzt war die Arbeit wenigstens nicht ganz umsonst, was?«

Catherine starrte sie mit halb geöffnetem Mund an. Sie sah aus wie ein Fisch, der nach Luft schnappte.

»Ich glaube, du weißt nicht, was du da redest, Nova«, sagte sie schließlich und strich mit den Fingern über ihren Handrücken. »Und das Wort Scheidung solltest du in der momentanen Situation überhaupt nicht in den Mund nehmen.«

»Wieso nicht?«

»Weil es pietätlos wäre. Außerdem ist Tommy tot. Warum also über Scheidung reden?«

»Pietätlos. Und dass er diese Thai-Schlampen gevögelt hat, ist nicht pietätlos?« Sie war laut geworden. Catherine zuckte zusammen und sah sich um. Aber sie waren die einzigen Gäste bei Manon.

»Jedenfalls spielt es jetzt doch keine Rolle mehr, oder?«, raunte Catherine dicht an ihrem Ohr.

»Sind eigentlich alle Kerle so scharf auf diese Thai-Weiber? Ist Marc es auch?«, fragte sie absichtlich laut.

Catherine musste lachen. »Ich kann dir beim besten Willen nicht sagen, auf wen Marc scharf ist. Wollen wir zahlen oder isst du das noch auf?«

Das Himbeer-Eistörtchen war zu einem widerlichen blutigen Schleim zerlaufen.

Als Gérard an den Tisch kam, um zu kassieren, fragte Catherine: »Wer ist denn die junge Frau hinterm Tresen?«

»Das ist Consuela, eine Kommilitonin.«

»Woher kommt sie?«

Gérard wurde rot.

»Eigentlich Nicaragua, aber das hängen wir nicht so an die große Glocke, von wegen Arbeitserlaubnis und so.«

»Alles klar«, sagte Catherine und schob ihm ein großzügiges Trinkgeld zu. »Teil es mit Consuela.«

Mittwoch, 13. August

Als Ariane kurz nach zehn in die Florastraße einbog, sah sie ein mit Einkäufen beladenes Hollandrad vor ihrem Schaufenster. Auf den Stufen zur Ladentür hockte Nadja, die Frau, die bei George MacDonald vor neun Jahren ihre Nachfolge angetreten hatte.

Damals war Nadja alleinerziehende Mutter von zwei Jungen gewesen. Später hatten sie und George noch einen gemeinsamen Sohn bekommen. Flo war heute zwei. Da George sich für die praktischen Belange der Kinderaufzucht nicht zuständig fühlte, hatte Nadja die Verantwortung für vier Kinder, wenn auch noch Mina bei ihnen war. Zeit zum Stricken blieb da nicht. Wenn Nadja im Faden erschien, ging es in der Regel um Mina. Ein Lehrer hatte sich über etwas beschwert, die Turnschuhe waren kaputtgegangen oder die halbjährliche Zahnprophylaxe stand an. Im Gegensatz zu Ariane dachte Nadja immer an die Zahnprophylaxe.

»Ich hoffe, du wartest noch nicht lange.«

Nadja winkte ab.

»Ich war sowieso unterwegs.«

Sie sah zu, wie Nadja ihre Einkaufstaschen vom Rad nestelte, und ließ ihr den Vortritt in den Laden.

»Ich wollte fragen, ob du noch ein Plätzchen auf dem Straßenfest für mich organisieren kannst.«

Nadja war Schmuckdesignerin. Sie verarbeitete in Silber gerahmte Miniaturfotos zu witzigen Anhängern, Ohrsteckern und Broschen. Bei früheren Straßenfesten hatte sie ihre Sachen auf dem Kunst-Markt des Kunstvereins verkauft, der immer im Hinterhof des Eckstein stattfand. Wenn das in diesem Jahr anders sein sollte, musste sie sich mit Hanka verkracht haben. Nicht dass sie das gewundert hätte. Nicht einmal eine geduldige Seele wie Nadja ertrug Hanka auf die Dauer.

»Ich mach uns erst mal einen Kaffee.«

Sie dirigierte Nadja in die Küche und ließ die duftenden Bohnen in die integrierte Mühle der neuen Maschine prasseln.

»Hast du Jule schon gefragt, ob vor ihrem Laden noch was frei ist?«

Jule, die Inhaberin des Bioladens »Grüngut«, war mit Nadja befreundet.

»Da ist in diesem Jahr der Kinderflohmarkt. Ich will mich nicht zwischen die Kinder quetschen.«

Während Nadja an ihrem Cappuccino nippte, blätterte Ariane durch den Ordner mit den Standverträgen. Das Straßenfest war in diesem Jahr komplett ausgebucht. Das lag daran, dass sich eine ganze Reihe von Kunsthandwerkern aus dem Prenzlberg unter die Standmieter gemischt hatten. Pankow avancierte langsam, aber sicher zum Szenebezirk.

»Und wenn du deinen Stand vor meinem Schaufenster aufstellst? Am Samstagnachmittag findet dort allerdings die Modenschau statt. Dann müsstet du für ein Stündchen dichtmachen.«

Nadjas Miene hellte sich auf.

»Ach, das ist kein Problem. Jedenfalls allemal besser, als mit Hanka um einen halben Quadratmeter zwischen ihren Pötten zu feilschen.«

»Wie? Hanka will ihre Keramik auf dem Straßenfest verkaufen?«

Normalerweise handelte Hanka ihre »Kunst« nur in ausgesuchten Galerien.

»Nur die B-Ware. Sie entrümpelt doch gerade die Remise. Das steht wohl noch so einiges rum. Stücke, die aus irgendwelchen Kursen übriggeblieben sind und so.«

Nadja zog ein zerknautschtes Portemonnaie hervor.

»Ich zahl dir was. Ich bin ja kein Mitglied in eurem Verein.«

»Lass bloß stecken!«

Sie war Nadja über die Jahre das Vielfache einer Standmiete schuldig geworden. Allein all die Prophylaxe-Termine.

»Danke«, murmelte Nadja.

Wie immer wenn der praktische Teil geregelt war, fiel es ihnen schwer, das Gespräch fortzusetzen. George stand zwischen ihnen.

»Und sonst so?«, fragte Ariane schließlich. »Habt ihr die Sommerfrische in Buch genossen?«

Nadja stöhnte.

»Wenn ich gewusst hätte, was mich hier erwartet, wäre ich dort geblieben. Gestern war die Polizei bei uns in der Wohnung. Die glauben allen Ernstes, dass George was mit dem Tod von dem Dippeling zu tun hat.«

»Wie denn das?«

»Na ja, George hat sich doch damals, als es um den Mietvertrag fürs Eckstein ging, so mit dem gezofft.«

Richtig, George hatte als Vertreter des Kunstvereins auf dem Podium gesessen.

»Aber das ist doch kein Grund, ihn umzubringen!«

»Nee, natürlich nicht. Aber du kennst ja George. Er musste den Polizisten natürlich dumm kommen. Und dann hat sich das irgendwie hochgeschaukelt.«

»Falls es dich tröstet, bei mir waren sie auch.«

Nadja starrte sie an.

»Bei dir?«

»Wegen Paul. Der war doch auch auf dem Podium. Zum Glück ist Paul gerade in den USA.«

»Tja, George leider nicht. Die wollten bis auf die Minute genau wissen, was er am Mittwochabend gemacht hat.«

»Und? Was hat er gemacht?«

»Er war im Eckstein, hat seine Kurse vorbereitet, aufgeräumt, Mails gecheckt und so weiter.«

»Mails gecheckt?«

Sie hatte gar nicht gewusst, dass George mit einem Computer umgehen konnte. George besaß nicht einmal ein Handy.

»Die des Kunstvereins«, erklärte Nadja. »Normalerweise macht das Hanka. Aber die war ja noch auf Rügen. Natürlich hat sich die Polizei die Mails auch angesehen, und es war eine vom Dippeling dabei, in der er irgendwas davon schreibt, dass er am Mittwoch mal vorbeikommen wollte.«

»Wo vorbeikommen?«

»Keine Ahnung! Im Kunstverein ist er jedenfalls nicht aufgetaucht. George war ja den ganzen Nachmittag dort. Und er hat außerdem keinen Schimmer, um was es bei diesem Besuch gehen sollte. Normalerweise ist ja Hanka für die Mails zuständig.«

Das erklärte natürlich, warum Schade einen Zusammenhang zwischen Imhoffs Tod und dem Eckstein vermutete. Und es könnte auch erklären, warum Imhoff seinen Wagen vor ihrem Schaufenster abgestellt hatte. Eine nähere Parkmöglichkeit zum Eckstein hatte es am Mittwochnachmittag vermutlich nicht gegeben. Aber wieso war er nicht im Eckstein eingetroffen?

»Hat George Imhoffs Auto gesehen? Stand das am Mittwochabend schon vor meinem Laden?«

Nadja guckte sie verwirrt an.

»Das Auto vom Dippeling? George hat kein Auto erwähnt. Stand es denn vor deinem Geschäft?«

»Am Donnerstagmorgen auf alle Fälle. Maddy hat den Ordnungsdienst angerufen und der hat es abschleppen lassen.«

Nadja, die für so einen langen Sommer ohnehin wenig Farbe hatte, wurde noch blasser.

»Hehe«, sagte Ariane, »das muss nichts bedeuten.«

»Dieser Mistkerl«, zischte Nadja und raffte ihre Einkäufe zusammen.

Auf der Schwelle zur Ladentür blieb sie unvermittelt stehen und sah Ariane ins Gesicht.

»Ganz ehrlich, traust du ihm zu, dass ...«

»Nein.«

»Du weißt, dass er manchmal ...«

Ariane legte einen Arm um Nadjas schmale Schultern und drückte sie leicht. »Definitiv nein.«

Nadja atmete aus.

»Okay. Und danke für den Kaffee.«

Als er die Biotonne erwähnte, wurde Moni endlich hellhörig. Anwohner, die aus Protest eine Biotonne in das Cabrio eines Immobilienhais entleerten, waren ganz nach ihrem Geschmack. Vor Begeisterung lud sie ihn spontan zum Mittagessen ein. Sie gingen mit ihren Tellern, Lammfilet für ihn, Tofu-Curry für sie, zu einem der für Redaktionsmitglieder reservierten Fenstertische und er erzählte ihr, was er über das Eckstein herausgefunden hatte. Dass das Jugendzentrum in einem Gebäude lag, das vor zwei Jahren von der NordInvest gekauft worden war, und dass es Ende dieses Jahres eigentlich hätte geschlossen werden sollen, da die NordInvest das Haus sanieren wollte. Aber die Leute vom Eckstein hatten den Aufstand geprobt. Anfang Mai hatte eine Podiumsdiskussion stattgefunden, an der Thomas Imhoff als Vertreter der NordInvest teilgenommen hatte. Er hatte die Protestler beruhigt und eine Verlängerung des bestehenden Vertrags um zwei Jahre angeboten, wahrscheinlich weil sich der Sanierungsplan ohnehin verschoben hatte.

»Ach so«, sagte Moni. »Dann ist das Problem doch vom Tisch. Warum sollten die Kids dem Imhoff dann noch wehtun?«

»Vielleicht weil sie weiter denken als zweieinhalb Jahre? Das Entgegenkommen der NordInvest ist doch eine reine Hinhaltetaktik.«

»Möglich. Aber für eine Story reicht das nicht.« Sie rührte frustriert in ihrem Tofubrei.

»Auch in der Gaillardstraße wurden zwei Altbauten von der NordInvest saniert und in Eigentumswohnungen umgewandelt«, fuhr er fort.

»So what?«

»Vielleicht gab's da auch Proteste. Oder irgendwelche fiesen Entmietungsaktionen.«

»Hast du schon recherchiert?«

»Wann denn?«

Sie sah demonstrativ auf ihre Armbanduhr. »Zu blöd, dass Henning im Urlaub ist. Der hat sich auf diese ganze Gentrifizierungsthematik spezialisiert. Hast du eine Ahnung, wann er zurückkommt?«

»Anfang September, glaube ich.«

Henning war zur Familie seiner Frau nach Südamerika geflogen.

»So lange können wir nicht warten, Meik.«

Er hätte sie fast umarmt. Seine Story! Endlich!

Sie legte ihre Essstäbchen parallel über die Schüssel.

»Du nimmst alle aktuellen Projekte der NordInvest unter die Lupe, okay? Und rund um den Flora-Park recherchierst du jedes Haus!«

»Und dann?«, fragte er eifrig.

»Dann sehen wir weiter. Ich versuch mal, Henning zu erreichen.«

Das konnte sie jetzt aber nicht ernst meinen. Er würde doch nicht die Dreckarbeit machen und Henning die Lorbeeren kassieren lassen! Henning, dieser Speichellecker, würde Frau und Kind ohne Gewissenbisse in den tiefsten Favelas sitzen lassen, wenn Moni ihn anfunkte.

»Wie weit bist du eigentlich mit der Geschichte über das Kiezfest?«, fragte sie.

»Das Kiezfest? Interessiert das denn noch irgendwen?«

»Meik! Bis Freitag habe ich die Geschichte auf dem Tisch.«

Er biss die Zähne zusammen. »Aber gern. Sonst noch einen Wunsch?«

Sie legte den Kopf auf die Seite und lächelte schelmisch. »Holst du uns zwei Kaffee?«

Eigentlich überließ er solche Aktionen lieber den Kollegen vom ersten deutschen Fernsehprogramm. Aber manchmal musste man halt ein Schwein sein, zum Beispiel wenn einem kerngesunden sportlichen Endvierziger mit einem Gegenstand, den der Gerichtmediziner »eine Art Tomahawk« nannte, der Schädel gespalten worden war und der Regen so gut wie alle Spuren weggespült hatte. Auch mit Zeugen sah es mau aus. Die Anlieger waren im Urlaub, altersdement oder zumindest schwerhörig. Oder versoffene Künstler wie dieser MacDonald, der offenbar nicht mal wusste, warum er log wie gedruckt. Dazu kam, dass die Hamburger Kollegen das familiäre Umfeld des Opfers mit geradezu fahrlässiger Nonchalance untersucht hatten. Also hatte er sich auf die Nachbarin in der Lychener mit den beiden kleinen Kindern und dem Wohnungsschlüssel gestürzt und alle infrage kommenden Namen ins Intranet eingegeben. Sie hieß Rosa Mercurio-Streich.

Das Intranet hatte eine Festnahme von Rosa Mercurio im Kontext eines Drogendeliktes nebst einigen interessanten Hintergrundinformationen ausgespuckt. Die Sünden ihrer Vergangenheit machten Rosa Mercurio verletzlich und somit zur idealen Gesprächspartnerin. Jetzt musste sich nur noch die Tür auftun, durch die er seine kostbare Quelle vor fünf Minuten hatte gehen sehen.

Bis dahin vertrieb er sich die Zeit vor der Auslage des benachbarten Wein- und Fliesenladens. Er hatte Glück, nach nicht mal weiteren fünf Minuten steuerte ein Teenager mit Rucksack und dicken Turnschuhen die Lychener 37 an und gab routiniert den Tor-Code ein. Schade war mit einem Satz neben ihm und schob seinen Fuß zwischen Tür und Rahmen. Der Junge musterte ihn mit einem Blick hormonell verlangsamten Erstaunens. Als Schade bellte: »Was? Schule schon aus?«, stob er blitzartig die Treppe hoch.

Schade ging durch den Flur zum Hinterausgang, durch den er Rosa Mercurio und die Kinder hatte verschwinden sehen. Die unverschlossene Tür führte wirklich auf einen begrünten Hinterhof, zweigeteilt in einen Nutzgarten und einen Kinderspielplatz. Rosa Mercurio saß, in ihr Smartphone vertieft, auf der Bank am Sandkasten. Neben ihr parkte ein altmodischer Kinderwagen. Der Rubensengel stand an einer in die Buddelkiste integrierten Pumpe und füllte Wasser in einen Sandeimer. Ach ja, Matschepampe! Becca hatte es geliebt, Matschepampe herzustellen. Da die Buddelkisten in Staaken nicht über den Luxus eines Wasseranschlusses verfügten, hatte er manchmal ein Plastikgefäß voll Wasser mit auf den Spielplatz geschleppt. Nur um dieses Leuchten in ihren Augen zu sehen.

»Tag«, sagte er.

Rosa Mercurio blickte von ihrem Handy auf. Ihre Hand ging reflexartig an den Griff des Kinderwagens.

Er zückte seinen Ausweis. Da sie gar nicht daran dachte, ihre Sonnenbrille abzunehmen, konnte er keine Reaktion in ihrem Gesicht erkennen.

»Ich wollte mich kurz mit Ihnen unterhalten.« Er machte eine Kunstpause. »Allerdings nicht über Daniel Lade, falls Sie das befürchten.«

»Ich habe von Danny seit Jahren nichts mehr gehört«, sagte sie prompt.

Daniel Lade war ein Kiezdealer mittlerer Größe, der den Kollegen vom Rauschgiftdezernat vor ein paar Jahren ins Netz gegangen war. Er hatte damals mit Rosa Mercurio in einer WG gewohnt. Jedenfalls hatte sie ihre Wohnsituation als WG bezeichnet. Die Nachbarn hatten die beiden für ein Paar gehalten. Da Lade auch minderjährige Kundschaft versorgt hatte, war er in den Bau gewandert. Rosa hatte sich zu einem Entzug überreden lassen und die Szene gewechselt. In den Akten war sie erst kürzlich als frischgebackene Ex-Frau eines Reiko Streich wieder aufgetaucht. Streich war mit einer Firma für Web-Design baden gegangen und nach einigen misslungenen Betrugsversuchen vor seinen Gläubigern ins Ausland geflüchtet. Die Eigentumswohnung, in der seine Ex-Frau immer noch lebte, gehörte praktisch der Bank. Rosa Mercurio musste sich mal wieder umorientieren. Vielleicht war das der Grund, warum ein Kreuzberger Kollege sie kürzlich zusammen mit dem gerade entlassenen Lade gesehen zu haben glaubte.

»Das ist zwar nicht die ganze Wahrheit, aber, wie gesagt, Lade interessiert mich nicht«, antwortete er. »Ich habe ein paar Fragen zu Ihrem Nachbarn, Thomas Imhoff.«

»Tommy«, murmelte sie. »Hier war er immer Tommy.«

Dass sie es mit Namen genau nahm, hatte er inzwischen begriffen.

»Ich nehme an, dass Ihre Freundin, Frau *Nova* Jenssen, Ihnen von den Umständen seines Todes erzählt hat.«

»Ja, und?«

»Wann haben Sie Thomas Imhoff, äh, Tommy zum letzten Mal gesehen?«

»Warum reden Sie nicht mit Nova? Ich glaube, sie ist oben.«

»Frau Jenssen war mit ihren Kindern im Urlaub, als ihr Mann starb. Sie aber waren hier.«

»Ja, und?«

Er unterdrückte einen Frustrationsschrei.

»Bei unserem letzten Gespräch sagten Sie, dass Sie die Wohnungsschlüssel hatten, während Nova weg war. Wann hat Imhoff Ihnen die gegeben? Am Mittwoch?«

Sie sah ihn verwirrt an.

»Die hat Tommy mir gar nicht gegeben, sondern Nova. Ich habe immer einen Schlüssel zu ihrer Wohnung, falls sie ihren mal vergisst. Bevor sie zu ihren Eltern gefahren ist, hat sie gesagt, ich soll mich um die Blumen kümmern.«

»Obwohl ihr Mann in Berlin war?«

»Tommy kommt oft erst spätabends nach Hause. Da hat er bestimmt keine Pflanzen auf dem Schirm. Und bei dem Wetter muss man jeden Tag gießen.« Sie schickte einen Seufzer gen Himmel. »Aber mich stört es nicht. Ich nehme die Kids einfach mit hoch. Wanja liebt es, mit Hanks Sachen zu spielen.«

»Und Tommy ist Ihnen bei diesen Besuchen nie begegnet?«

Sie schüttelte den Kopf

»Der war doch auf Arbeit.«

»Haben Sie sich gut verstanden?«

»Wir waren Nachbarn.«

»Nun ja, manche Nachbarn findet man netter, manche findet man weniger nett. Mochten Sie sich?«

»Wollen Sie jetzt wissen, ob ich was mit ihm hatte?«

»Nee, eigentlich nicht. Aber hatten Sie was mit ihm?«

Sie schüttelte den Kopf.

»Tommy war nicht mein Typ. Außerdem stand er auf ...«

Sie biss sich auf die Unterlippe.

»Auf wen?«

»Nova hat mal angedeutet, dass er auf Thai-Frauen steht.«

»Angedeutet. Es stimmt also nicht?«

»Eine Freundin von uns, Catherine, meint, sie bildet sich das ein.«

»Warum sollte Frau Jenssen, äh, Nova, sich so was einbilden?«

Rosa Mercurio zuckte mit den Schultern und stand auf. Das Baby hatte Laut gegeben. Sie hob es aus dem Wagen. »Nova ist eifersüchtig.«

Das Baby an ihrer Schulter, begann sie am Sandkastenrand auf und ab zu gehen.

»Und Sie meinen, sie hatte keinen Grund dazu?«

»Das hab ich nicht gesagt. Aber so wie sie die Sache anging, das war nicht der richtige Weg.«

»Wie ging sie die Sache denn an?«

Rosa Mercurio nestelte an dem altmodischen Baumwollkäppchen, das das Baby trug. Becca hatte auch so ein Käppchen gehabt. Vorher hatte es seiner Frau gehört, deren Mutter es für ihr erstes Enkelkind aufbewahrt hatte. Vielleicht hatte Rosa Mercurio das Käppchen ihres Babys ebenfalls getragen.

»Sie telefonierte hinter ihm her. Sie versuchte seine Pass-Wörter zu knacken und sie durchsuchte seine Jacketttaschen. Das ganze Hausfrauenprogramm halt.«

Sie setzte sich wieder auf die Bank und schob ihr mit leuchtenden Mohnblumen bedrucktes T-Shirt hoch. Zum Glück dockte das Kleine blitzschnell an.

»Und was hätte sie Ihrer Ansicht nach tun sollen?«

Ein ernster Blick traf ihn.

»Yoga, bewusstes Entspannen, Meditation. Ich habe ihr einen Achtsamkeitskurs empfohlen. Catherine hat ihr angeboten, sie mit zu ihrer Therapeutin zu nehmen. Wollte sie alles nicht.«

»Sie glauben, Nova Jenssen hatte ein psychisches Problem?«

Diesmal war es ein eher mitleidiger Blick. »Ich glaube, *Sie* haben ein psychisches Problem.« Sie hob eine Hand, um Protesten vorzubeugen. »Wir *alle* haben mindestens *eines*. Wo Psyche, da Probleme. Ganz einfach. Achtsamkeitstraining und Entspannungstechniken helfen uns, unsere Psyche in Balance zu halten. Aber wenn es zu Krisen kommt – und Novas Ehe war eine einzige Krise –, kann eine Therapie der richtige Weg sein.«

»Wie äußerte sich dieser Ehekrise?«, fragte er.

»Ich wohne drunter. Sie schrien sich ziemlich oft an. Spätabends oder mitten in der Nacht. Je nach dem, wann er nach Hause kam.«

»Aber worum es ging, haben Sie nicht verstanden?«

Sie schüttelte den Kopf. »Ich glaube, sie wollte, dass er sich mehr um die Kinder kümmert.«

Sie löste das Kleine von ihrer Brust und legte es sich über die Schulter. Jetzt das Bäuerchen. Seine Frau hatte dabei immer eine Windel als Unterlage verwendet.

»So richtig hat das niemand von den Typen hier«, sie machte eine Kopfbewegung zum Haus, »verstanden. Wenn irgendwas los war, Kinderfest auf dem Helmi oder Gartenfest, war Tommy immer der reinste Strahlemann. Hat Grillkohle besorgt, Sackhüpfen mit den Kindern gemacht und so weiter. Aber im Alltags sah es eben anders aus.«

»Kennen Sie Nova Jenssens Eltern?«

Das Baby rülpste und gräuliche Flüssigkeit rann über Rosa Mercurios Schulter. Sie ignorierte die Sauerei und legte das Kind an der anderen Brust an.

»Ihre Mutter war ziemlich oft zu Besuch. Einmal war sie bei einem Hoffest dabei, hat sich aber früh zurückgezogen.«

»Wie würden Sie sie beschreiben?«

Rosa Mercurio kräuselte die Lippen.

»Korrekt, höflich, teure Klamotten und absolut oberflächlich. Um solche Leute mache ich lieber einen Bogen.«

»Sie haben sich also nie länger mit Frau Jenssens Mutter unterhalten?«

Sie schüttelte den Kopf. »Ich glaube, Catherine hat sich ganz gut mit ihr verstanden. Vielleicht sollten Sie mit der mal reden.«

»Vielleicht sollte ich das.« Er zückte sein Handy. »Haben Sie ihre Nummer?«

»Tut mir leid. Ich gebe keine Privatnummern weiter.«

»Ach, hören Sie doch auf. Sie wissen genau, dass ich diese Nummer problemlos herausfinden kann!«

»Eben«, sagte sie. »Dann tun Sie das doch.«

Am Nachmittag fuhr Meik Lorenz nach Pankow. Er redete sich ein, dass es wichtig war, um ein Feeling für die Geschichte zu kriegen. Aber natürlich spielte auch die Chinesin eine Rolle. Sie trug einen Ledermini mit Fransen und Cowboystiefel an den nackten Beinen.

Artig nahm er ihren grünen Tee an, obwohl er diesem Gesöff echt nicht viel abgewinnen konnte.

»Haben Sie mich all das nicht schon letzte Woche gefragt?«

Er versuchte einen Anflug von Genervtsein aus ihren Worten herauszuhören, aber sie klang ganz neutral.

»Ja sicher. Da wusste ich aber noch nicht, dass Sie auch hier im Haus wohnen.«

»Das tue ich auch nicht. Unser Haus liegt um die Ecke, im Flora-Park.«

»Eins dieser Reihenhäuschen? Ich dachte, die sind für Familien.«

»Vielleicht habe ich ja eine Familie.«

Sicher nicht. Ihre Taille war so schmal, dass er sie mit seinen Händen umfassen konnte. Wozu es mit ein bisschen Glück noch kommen konnte.

»Sind Sie verheiratet?«

»Seit fünf Jahren.«

»Autsch!«

Sie kicherte und beugte sich über den Hut, an dem sie arbeitete. Es war ein Cowboyhut aus hellbraunem Filz. Sie stichelte ein schmales rosa Band über der Krempe fest. Ziemliches hippes Teil für die Florastraße. Irgendwie passte die ganze Frau nicht hierher.

»Haben Sie das Haus und den Laden zusammen gekauft?«

»Zuerst haben wir das Haus gekauft. Den Laden haben wir später gemietet. Es war ein glücklicher Zufall, dass ich ihn entdeckt habe.«

»Wissen Sie, was hier früher drin war?«

»Eine Schuhmacherei.«

In dem Moment klingelte das Telefon.

Sie warf ihm einen entschuldigenden Blick zu und verschwand in den hinteren Bereich des Ladens, der durch einen braunen Vorhang abgetrennt war. Er wartete zwei Minuten, dann schlug er den Vorhang vorsichtig zur Seite. Von einem kleinen Flur gingen zwei Türen ab. Durch die rechte drang das sanfte Gurren ihrer Stimme. Die linke stand offen und gab den Blick in eine Mischung aus Wohn- und Schlafzimmer frei. In der Mitte stand ein französisches Bett mit hohem Kopfteil und rotem Samtüberwurf. An den

Wänden lehnten Spiegel mit verschnörkelten Goldrahmen. Über dem Bett schwebte ein gigantischer Kronleuchter, der ihn beängstigend an das Phantom in der Oper erinnerte. Als das Gurren nebenan verstummte, ging er schnell in den Laden zurück.

Ihre Wangen waren leicht gerötet. »Mein Mann. Er ist gerade in der Schweiz.«

»Aha.«

»Es ist schrecklich, wenn man ständig getrennt ist.«

Wollte sie ihn provozieren, oder was?

»Wissen Sie, warum der Schuster ausgezogen ist?«, fragte er schroffer als beabsichtigt.

»Ich glaube, aus Altersgründen.«

Sie wandte sich wieder ihrem Cowboyhut zu.

»Könnte es nicht auch sein, dass die Miete nach der Sanierung so drastisch gestiegen ist, dass er den Laden nicht mehr halten konnte?«

Sie schnitt den rosa Faden mit einer kleinen Schere ab und strich mit dem Zeigefinger prüfend über die Naht.

»Das würde mich wundern. Ich hatte früher ein Atelier in Mitte. Das war um einiges teurer als dieser Laden hier.«

Er sah sich um. Die Werkbank war alt und abgenutzt, aber durch die frisch getünchten Wände wirkte sie antik. Die Vitrine, in der sie ihre Musterhüte ausstellte, war ebenfalls gebraucht.

»Haben Sie den Laden selber eingerichtet?«

Sie nickte. »Stammt alles vom Flohmarkt. Mein Mann ist übrigens Anwalt, sonst könnte ich mir selbst dieses Atelier nicht leisten.«

Anwalt, aha. Gut, dass wir drüber gesprochen haben.

Das Inventar stammte hundertprozentig vom Vormieter. Bestimmt hatte sie den Kram für einen Appel und ein Ei übernommen. Warum log sie?

Sie setzte den Hut auf einen Styroporkopf und zog einen neuen rosa Faden durch das Nadelöhr.

»Ich hoffe, ich störe Sie nicht bei der Arbeit.«

»Im Gegenteil. Ich freue mich über ein bisschen Unterhaltung.«

»Ihre Freunde schauen nicht mal vorbei?«

»Meine Freunde sind auf der ganzen Welt verstreut.«

Tja, so ging's ihm auch.

»Aber von dem Toten in der Panke haben Sie schon gehört, oder?«

Sie riss ihre braunen Augen auf.

»O mein Gott, ja! Ist das nicht schrecklich?«

»Zumal der Mann Ihr Vermieter war.«

»Wie bitte?«

»Der Tote war der Geschäftsführer von Kiez am Park.«

»Ehrlich?«

»Kennen Sie ihn denn nicht?«

Sie schüttelte so energisch den Kopf, dass die überlange Strähne, die ihren strengen Pagenkopf aufpeppte, wie ein Pendel vor ihrem Gesicht schwang.

»Ich kenne niemanden von der Hausverwaltung, außer dem Mann, der den Heizungszähler abliest. Diese ganzen Vertragsangelegenheiten hat mein Mann geregelt.«

Er stellte seine Teeschale auf der Werkbank ab und zwinkerte ihr zu.

»Na, dann fragen Sie ihn doch mal, ob er sich an Herrn Imhoff erinnern kann.«

Sie starrte ihm mit aufgerissenem Mund hinterher. Irgendwie hatte er sie doch noch beeindruckt. Aber mit was?

Es war ihr letztes Treffen vor dem Straßenfest. Als Ariane kurz nach acht die »Knopfkiste« betrat, hatte Maddy ihr Telefon am Ohr.

»Hanka«, zischte sie.

Ariane setzte sich an den Tisch, den Maddy mit den Resten des Tages bestückt hatte. Die Ziegenkäse-Tarte war offenbar schlecht gegangen. Wein stand auch bereit. Er stammte von einem sächsischen Weingut. Italien und Frankreich hatte Luigi in seiner Enoteca abgedeckt.

Maddy schleuderte ihr Handy neben die Tarte-Form.

»Sie hat die Moderation abgesagt.«

Hanka hatte bisher bei jedem Straßenfest die Veranstaltungen auf der Bühne moderiert.

»Wieso das denn?«

»Angeblich wegen Rückenproblemen. Aber ich glaube, dass die Sache mit George dahintersteckt.«

»Sache mit George?«

»Hast du's noch nicht gehört? Der Dippeling wurde umgebracht und George gilt als Hauptverdächtiger.«

»George! Wie soll er den Dippeling denn umgebracht haben?«

»Luigi hat gesagt, dass ihm der Schädel gespalten wurde. Die Panke hatte das Blut weggespült, deshalb konnte man das nicht sehen.«

»Und woher weiß Luigi das so genau?«

»Von seinem Vater. Der hat wohl noch Kontakt zur Polizei.« Maddy griff nach der Weinflasche und kippte den Inhalt rigoros in ein Wasserglas. »Sieht ganz so aus, als wäre jemand mächtig wütend auf Imhoff gewesen. Und George ist ja für seine Temperament bekannt.«

Obwohl sie sich fest vorgenommen hatte, nichts zu trinken, goss Ariane sich ebenfalls ein Glas ein. Leider bekam sie von Maddys Weinen immer Kopfschmerzen.

»Warum sollte George Imhoff umbringen?«

»Wahrscheinlich war er besoffen und dabei ist ihm der Gaul durchgegangen. Gründe für einen Streit hatten sie ja genug.«

»Eigentlich nicht mehr. Der Mietvertrag wurde doch verlängert.«

»Weißt du, zu welchen Konditionen? Würde mich nicht wundern, wenn NordInvest das Eckstein samt Kunstverein mächtig über den Tisch gezogen hat.«

»Dann könnte es auch einer von den Eckstein-Leuten gewesen sein, Hans zum Beispiel.«

Hans, der Leiter des Ecksteins, war Maddys inoffizieller Dauerliebhaber.

»Hans? Hans ist Sozialpädagoge. Und aus dem Westen. Der malt noch Transparente, wenn ihm das Wasser schon bis zum Hals steht. Aber für George gilt immer noch Volkseigentum und Faustrecht.«

»George ist auch aus dem Westen. Aus Schottland.«

»Highlander, sag ich doch. Erinnerst du dich noch an das blaue Auge, das er Nadja im Frühjahr verpasst hat?«

»Das war ein Gartenunfall.«

»Aber nur, weil keine Schranktür in der Nähe war. Mensch, Ari, du hattest doch auch deine Gründe, warum du dich von ihm getrennt hast.«

»Stimmt. Aber körperliche Gewalt gehörte nicht dazu.«

Zum Glück ging die Ladenglocke und Lee-An kam herein. Sie trug ihre neueste Kreation, einen hellbraunen Cowboyhut mit pinkfarbenem Band.

Sie ließ ihren Blick zwischen Maddy und Ariane hin und her gleiten.

»Zoff?«

»Schön, dass du auch schon kommst«, fauchte Maddy sie an.

»Sorry, Noby hat angerufen, als ich gerade los wollte.«

Noby, der als Jurist für eine Schweizer Bank arbeitete, war viel unterwegs. Daher führten die beiden eine zärtliche Fernbeziehung.

»Ich hoffe, es gibt gute Neuigkeiten«, sagte Maddy.

»Gibt es. Ich bin schwanger.«

Ariane sprang auf und umarmte Lee-An. Sie hatte so viele Hormonbehandlungen durchlitten, dass dies sogar eine unglaublich gute Nachricht war.

»Herzlichen Glückwunsch«, sagte Maddy, »wie vielte Woche?«

»Zwölfte«, antwortete Lee-An.

In diesem Moment kam Bente herein.

Sie umarmte Lee-An ebenfalls.

»Zwölfte Woche! Und das sagst du uns erst heute?«

Lee-An schoss das Wasser in die Augen. »Ich weiß es doch selber erst seit ein paar Tagen. Ich habe schon so oft meine Regel nicht bekommen, *ohne* schwanger zu sein, dass ich mich einfach nicht getraut habe, einen Test zu machen.« Sie schniefte. »Noby ist so glücklich! Wenn jetzt noch etwas schiefgeht ...«

»Lee-An«, Ariane reichte ihr ein Taschentuch, »nach der zwölften Woche geht nichts mehr schief.«

»Jedenfalls nicht oft«, fügte Maddy hinzu.

Den Rest des Abends verbrachten sie mit Überlegungen, wen sie als Moderator für das Bühnenprogramm gewinnen könnten, nachdem Hanka abgesprungen war. Bente hatte gute Kontakte zur Leiterin der Musikschule. Aber die hatte mit ihren Chorkindern schon alle Hände voll zu tun. Ariane schlug Stine vor. Stine konnte gut reden, war beliebt, und das Heilzentrum konnte ein bisschen Werbung vertragen. Sie kamen überein, dass Ariane zuerst Stine fragen sollte.

Lee-An verabschiedete sich als Erste. Sie musste am nächsten Morgen früh aufstehen, weil sie zu Noby in die Schweiz fliegen wollte.

Sie gab Ariane einen Zettel mit einem Namen und einer Telefonnummer. »Das ist eine Stammkundin, die diese Woche noch ihren Hut abholen will. Ich habe ihr eine E-Mail geschickt, dass sie sich an dich wenden soll. Hut und Rechnung sind in der Vitrine über der Werkbank.«

»Geht klar«, sagte Ariane.

Da ihre Geschäfte so nahe beieinander lagen, hatte jede einen Ersatzschlüssel der anderen bei sich deponiert. Sie nahmen auch Post für einander an.

»Wann kommst du zurück?«

»Ich weiß es noch nicht genau. Noby konnte ein paar Urlaubstage herausschinden.«

Sie lächelte verlegen. »Ihr wisst ja, wie wenig Zeit wir füreinander haben.«

Sie umarmte noch einmal alle der Reihe nach und eilte am Schaufenster vorbei Richtung Flora-Park.

»Nicht wirklich entspannt«, kommentierte Maddy.

»Na ja, zwölfte Woche eben«, sagte Bente.«

Donnerstag, 14. August

Ariane war mitten in der ziemlich umfangreichen Herbstbestellung des Kunstvereins – mehrere Kilo Filzwolle in klassischen Winter- und Weihnachtsfarben –, als eine Kundin den Faden betrat, die sie nicht kannte. Sie war zwischen Ende dreißig und Anfang vierzig und wirkte nicht so, als ob sie jemals eine Stricknadel in der Hand gehalten hätte. Ariane ließ sie ein paar Minuten die mit den neuesten Herbstgarnen bestückten Regale mustern, bevor sie fragte: »Kann ich Ihnen helfen?«

Langsam zog die Kundin ein Foto aus der Tasche ihres teuer schimmernden Trenchcoats und legte es auf den Ladentisch. Genau genommen handelte es sich um ein halbes Foto, das Foto eines Paares, das von einer Schere getrennt worden war.

Von dem Mann waren nur ein Jackettärmel, eine Armbanduhr und das Handgelenk zu sehen. Die Frau war Lee-An. Sie war im Profil aufgenommen. Der Blick war nach oben gerichtet, vermutlich auf das Gesicht des abgeschnittenen Mannes. Ihre Lippen waren rot geschminkt, ihre lange Strähne fiel ihr kokett übers Jochbein. Die Bluse, die sie trug, ein orange-rosa gemustertes Missoni-Stück, hatten sie im letzten Herbst bei einem Bummel durch ein Designer-Outlet in Mitte entdeckt.

»Kennen Sie diese Frau?«

Ariane schüttelte den Kopf.

»Nie gesehen?«

»Nicht dass ich wüsste.«

»Und was soll das genau heißen?«

Ariane nahm das Foto in die Hand und trat ans Schaufenster. Es musste an einer Bar aufgenommen sein, der Dekoration nach zu urteilen an einer Bar eines asiatischen Restaurants. Lee-Ans rechter Arm berührte den Jackettärmel ihres Begleiters. Vielleicht berührten sich auch ihre Hände. Vielleicht berührten sich aber auch nur die Gläser, die sie in den Händen hielten. Das Wesentliche blieb, wie bei großer Kunst, unsichtbar. Eines war jedoch völlig offensichtlich. Die männlichen Ingredienzen dieses Bildes gehörten nicht zu Noby.

»Vielleicht habe ich sie einmal so flüchtig gesehen, dass ich mich nicht an sie erinnern kann.«

»Tja, gut möglich bei diesem Typ.«

Die Frau riss ihr das Foto mit einer abrupten Bewegung aus der Hand und ging zur Tür.

»Warum suchen Sie sie?«

Die Frau winkte ab. »Vergessen Sie's. Tschüss.«

Ariane sah ihr durchs Schaufenster nach.

Die Frau hat ihren Wagen, einen silbernen Landrover, genau an der Stelle geparkt, von der vor genau einer Woche Imhoffs Cabrio abgeschleppt worden war. Sie stand auf der Fahrerseite und sah die Florastraße hinunter, als überlege sie, wo sie als Nächstes hin müsse. Dann stieg sie ein und fuhr langsam Richtung S-Bahn Pankow. Das Auto hatte ein Berliner Kennzeichen. Als sie einen Bleistift in der Tresenschublade fand, hatte sie vom Kennzeichen nur noch die Buchstaben im Kopf: B - NJ.

Was mochte die Frau von Lee-An gewollt haben? Oder interessierte sie sich möglicherweise gar nicht für Lee-An, sondern für den Mann auf dem Foto? Es existierte das Gerücht, dass Lee-An früher eine Menge Männergeschichten gehabt hatte. Aber seitdem Ariane sie kannte, war sie Noby treu ergeben und mühte sich mit der Familienplanung ab.

Vielleicht war die Frau auch einfach eine Irre. Sie hatte so einen seltsam leeren Blick gehabt. Sie versuchte sich wieder auf die Bestellung zu konzentrieren – der neue Filzkurs musste ziemlich viele Anmeldungen haben –, rief dann aber doch bei Bente an.

»Huch!«, sagte Bente erschrocken. »Ich hoffe nicht, dass Noby eine Privatdetektivin auf sie angesetzt hat.«

»Traust du ihm so was zu?«

»Bei seiner Ex-Frau hat er das angeblich mal gebracht. Lee-An hat es mir erzählt.«

»Jedenfalls bist du gewarnt, falls sie bei dir auch aufkreuzt.«

»Die soll ruhig kommen«, sagte Bente grimmig, »Der werd ich was erzählen.«

Meike Lorentz mit »tz« musterte ihn wie ein Stück Scheiße.

»Sie sind sich für nichts zu schade, wie? Einem Toten unlautere Machenschaften anhängen wollen! Ist das der neue Stil der FP? Findet ihr keine Lebenden, an denen ihr euch schadlos halten könnt?«

»Es geht doch nicht darum, Herrn Imhoff unlautere Machenschaften anzuhängen!«, protestierte er.

»Raus!« Meike Lorentz griff nach dem Telefon.

Die brachte es fertig und rief wirklich die Bullen. Kopfschüttelnd verließ er das Büro. Die kleine Blonde vom Empfang starrte ihm mit offenem Mund hinterher.

Er hasste diese grauen Mäuse, deren geknebelte Libido sich anfallartig in Aggressionen gegen Männer entlud. Und so eine trug seinen Namen! Er brauchte dringend einen Kaffee.

Als er mit seinem Becher in der Hand aus dem Coffee-Shop kam, wäre er um ein Haar mit der kleinen Blonden zusammengestoßen.

»Na, auch geflüchtet?«, fragte er.

Die Kleine grinste verlegen. »Nee, unsere Kaffeemaschine ist kaputt.«

Mit ihren braunen Teddybäraugen und dem unordentlich zusammengenudelten Dutt sah sie aus wie frisch durchs Abi gefallen.

»Ist deine Chefin immer so aggro? Wie hält man das den ganzen Tag lang aus?«

»Ach, eigentlich ist sie ganz okay. Sie ist nur ziemlich fertig wegen Tommy. Das sind wir übrigens alle. Der war nämlich echt ein ganz Lieber.«

»Darf ich dich zum Trost zu einer Pizza einladen?«

»Nee, ich muss ins Büro zurück.«

Er lächelte väterlich. »Jetzt doch nicht! Sagen wir, heute Abend um sechs im Casa Blanca?«

Das Casa Blanca war ein Szene-Italiener am Senefelder Platz, bei dem er ab und an zu Abend aß.

»Sieben wäre besser. Und vielleicht treffen wir uns lieber an der U-Bahnstation?«

»Okey dokey«, sagte er.

Catherine Tillier-Teuffel saß im Obergeschoss des Schwarzen Cafés auf dem Balkon und brüllte in ihr Handy gegen den Verkehr auf der Kantstraße an. Sie trug einen hellgrauen Hosenanzug und hatte schulterlanges, leicht gewelltes, karamellfarbenes Haar, exakt wie sie es am Telefon beschrieben hatte. Das Schwarze Café war ihre Idee gewesen, angeblich weil sie es vom Büro aus gut erreichen konnte. Wenn er der App seines Handys glauben durfte, lag die Kanzlei ihres Gatten allerdings gut zwanzig Minuten Fußweg entfernt. Seinen Vorschlag, sich in einem Café am Helmholtzplatz zu treffen, hatte sie geradezu entrüstet abgelehnt. Das hieß, Madame wollte unter keinen Umständen mit ihm gesehen werden.

Mit der freien Hand, die von einem schmalen, mattgoldenen Ehering verziert war, wies sie ihm den zweiten Stuhl am Tisch zu, während sie mit rollendem französischem Akzent weiter in ihr Handy schnurrte.

»Du bist ein Schatz, Nicci, Chérie. Gib Anton einen dicken Kuss von mir. Wir sehen uns später.«

Sie schaltete das Handy aus und steckte es in ein Seitenfach der kleinen, teuren Handtasche auf dem Tisch.

»Monsieur le commissaire, nehme ich an?«

»Rainer Schade«, sagte er. »Sehr freundlich, dass sie sich die Zeit nehmen, Frau Tillier-Teuffel.«

An einem kleinen Zucken ihres rechten Mundwinkels erkannte er, dass er ihren Namen falsch ausgesprochen hatte.

Was hatten Frauen heutzutage eigentlich für ein Problem damit, den Namen ihres Mannes anzunehmen? Teuffel konnte er wenigstens aussprechen.

»Glücklicherweise hat Novas Au-pair sich bereit erklärt, Anton mitzunehmen, wenn sie Hank von der Vorschule abholt. Die beiden sind sowieso dicke Freunde«, sagte sie lächelnd.

Er hatte gar nicht gewusst, dass die Imhoffs beziehungsweise Jenssen-Imhoffs ein Au-pair hatten. In den Berichten aus Hamburg war auch keines aufgetaucht. Ob das die Kleine mit den gestreiften Haaren gewesen war, die ihm bei seinem ersten Besuch bei Nova Jenssen die Tür aufgemacht hatte?

»Frau Jenssen hat ein Au-pair, obwohl sie gar nicht arbeiten geht?«

Catherine Tillier-Teuffel zog die feinen Augenbrauen in die Höhe.

»Drei Kinder zwischen zwei und vier Jahren bedeuten eine Menge Arbeit, Monsieur le commissaire, zumal die Zwillinge dezent entwicklungsverzögert sind und Hank im Gegenzug Merkmale eines hochbegabten Kindes zeigt.«

»Aha.«

»Außerdem braucht sie Nicci auf Reisen. Sie fährt oft mit den Kindern nach Hamburg.«

»Warum?«

Sie sah ihn an, als verstünde sie die Frage nicht recht. »Weil dort die Großeltern wohnen, oder?«

»Kennen Sie die?«

»Ja.« Sie wandte den Kopf der jungen Kellnerin zu, die seit geraumer Zeit neben ihrem Tisch stand. »Ein stilles Wasser, bitte.«

Er bestellte einen Kaffee. Eigentlich hatte er vorgehabt, eine Kleinigkeit zu essen. Aber in Gegenwart dieser Frau würde er keinen Löffel Suppe runterkriegen.

»Ihre Freundin, Rosa Mercurio, hat gesagt, Sie hätten Nova Jenssen eine Therapie empfohlen.«

Die Anwältin runzelte die Stirn.

»Erstens ist Rosa nicht meine Freundin. Zweitens bin ich nicht der Mensch, der sich dazu berufen fühlt, anderen eine Therapie zu empfehlen. Ich habe Nova lediglich angeboten, mich bei meiner Therapeutin dafür einzusetzen, dass sie möglichst schnell einen Termin bekommt, falls sie über ihre Probleme sprechen möchte.«

»Was für Probleme?«

Catherine Tillier-Teuffel schüttelte den Kopf. »Ist das eine ernst gemeinte Frage? Nova hat gerade ihren Mann verloren.«

»Frau Mercurio meinte, Frau Jenssen hätte schon vor dem Tod ihres Mannes Probleme gehabt, Eheprobleme.

Sie schüttelte den Kopf noch etwas heftiger.

»Ach, Rosa. Nur weil Tommy mal im Schlafzimmer laut geworden ist ...«

»Angeblich hatte er eine Schwäche für Thailänderinnen.«

»Wie bitte?« Sie lehnte sich so weit nach vorn, dass er die blassen Sommersprossen in ihrem Dekolleté sehen konnte. »Das grenzt jetzt aber an Verleumdung.«

»Das heißt, Nova Jenssen hat Ihnen gegenüber niemals Thailänderinnen erwähnt?«

Sie seufzte. »Doch. Aber das hat nichts mit Tommy zu tun. Das war eine fixe Idee von Nova. Sie hatte sich da in was verrannt.«

»Sie meinen, sie war gaga?«

»Nein, eifersüchtig. Es gibt eifersüchtige Menschen, Monsieur le commissaire.«

»Ich weiß, ich gehöre dazu. Aber, wie mein Herr Vater immer zu sagen pflegte: ›Von nichts kommt nichts‹. Ich glaube, im Französischen gibt es einen ähnlichen Ausdruck ...«

»Rien ne sort de rien«, sagte sie prompt.

»Na bitte. Woher also kommen die Thai-Frauen?«

»Ehrlich gesagt glaube ich, dass das eine Geschichte ist, die Nicci und ihre Freundinnen ausgeheckt haben.«

»Das Au-pair?«

Catherine Tillier-Teuffel griff nach ihrem Wasserglas. Ihre Wangen hatten sich leicht gerötet.

»Diese jungen Mädchen haben einen siebten Sinn für die Schwächen ihrer Gastmütter. Am Helmholtzplatz gibt es eine ganze Clique von Au-pairs, die meisten aus baltischen Ländern. Irgendwie kam das Gerücht auf, dass eine von ihnen Tommy mit einer Thai-Frau gesehen habe. Ich kann Ihnen nicht sagen, ob Nicci es gestreut hat oder eine andere. Aber wie auch immer. Es ist nichts dran.«

»Nova Jenssen schien das aber zu glauben.«

Sie sah auf ihre kleine goldene Armbanduhr. »Haben Sie mit Nova darüber gesprochen?«

»Nein, aber mit Frau Mercurio.«

Die Französin stand auf.

»Spielt es bei Ihren Vernehmungen keine Rolle, *wer* etwas sagt?«

»Halten Sie Frau Mercurio für nicht glaubwürdig?«

Sie ignorierte seine Frage.

»Tommy hatte es schlicht nicht nötig, sich für Thai-Frauen zu interessieren. Au revoir, Herr Kommissar.«

Verblüfft musterte er ihr Wasserglas, aus dem sie nur einen einzigen Schluck getrunken hatte.

Kurz nach fünf schloss Ariane den Laden ab und schwang sich aufs Rad. Es kam sowieso keine Kundschaft. Die Flora-Mütter verbrachten die letzten kostbaren Sommertage lieber auf dem Spielplatz.

Auch bei »Bullerbü« war Flaute. Bente hängte frisch eingetroffene Herbstware auf Bügel.

»Viel zu viel Grau! Warum habe ich das bloß bestellt?«

Die Flora-Mütter bevorzugten Farben, Ringel und Pünktchen. Und Bienchen.

»Nach unserer Modenschau werden sie schon auf den Geschmack kommen.« Ariane ließ sich in einen von Bentes niedlichen Fünfzigerjahresesseln fallen. »Sie war also hier?«

»Ja! Und ich habe Stein auf Bein geschworen, dass ich Lee-An noch nie im Leben gesehen habe. Aber irgendwie hatte ich das Gefühl, dass sie mir nicht glaubt. Hast du ihren Mantel gesehen?«

»Irgendwas Glänzendes, oder?«

»Von Lacroix!« Bente atmete tief durch. »Kaffee?«

Bente verwendete für ihren Kaffee Kapseln. Ein barbarisches System, aber wenigsten war der Kaffee – im Gegensatz zu Maddys – genießbar.

»Ich wusste nicht, dass Privatdetektivinnen sich Klamotten von Lacroix leisten können«, hörte sie Bente in der Küche sagen.

»Vielleicht ist sie ja auch gar keine. Warum sollte Noby Lee-An überwachen lassen?«

»Na ja, unter Lee-Ans alten Freunden vom Theater sind schon ein paar Sahneschnittchen. Und Noby ist nicht gerade ein Beau.«

»Nee, eher ein Buddha. Aber jetzt, wo sie schwanger ist, spielt das doch keine Rolle mehr, oder?«

Bente trat mit zwei Espressotässchen durch den Vorhang aus Perlenschnüren, der die Teeküche vom Verkaufsraum trennte.

»Er ist unglaublich misstrauisch. Er hat ihr allen Ernstes mal unterstellt, dass sie nicht schwanger wird, weil sie sich nicht durch ein Kind binden will.«

»Obwohl sie sich den Stress mit der Kinderwunschbehandlung angetan hat?«

»Er meinte, sie hätte eine psychische Blockade, die verhindert, dass sich die von ihm befruchteten Eier einnisten.«

»Hilfe!«

»Dagegen spricht allerdings, dass auch seine erste Ehe kinderlos war«, fuhr Bente fort.

»Ach, dann lag es also an ihm, dass es so lang gedauert hat?«

Bente zuckte mit den Schultern. »Angeblich konnte Dr. Assmann nicht herausfinden, woran genau es lag.«

»Weißt du, wie lange Noby mit seiner ersten Frau verheiratet war?«

»Zehn Jahre oder so. Und nachdem seine Frau ihn verlassen hat, hat sie ziemlich schnell von ihrem neuen Partner ein Kind bekommen.«

»Klingt wirklich so, als ob das Problem beim ihm läge.«

»Umso schöner, dass sie es jetzt trotzdem hingekriegt haben, oder?«, sagte Bente.

Ariane nickte, obwohl ihr die Vorstellung eines chronisch eifersüchtigen Kindsvaters Unbehagen verursachte.

»Meinst du, wir sollten Lee-An anrufen?«

Bente schüttelte entschieden den Kopf. »Auf keinen Fall. Damit stören wir nur das werdende Elternglück. Sie hat Noby doch erst gestern von der Schwangerschaft erzählt. Wenn er wirklich eine Detektivin angeheuert hat, pfeift er sie jetzt bestimmt zurück.«

»Und der Mann auf dem Foto? Was glaubst du, wer er ist?«

Bente zuckte mit den Schultern. »Wahrscheinlich jemand total Unwichtiges. Einer dieser Theatertypen, mit denen sie ab und zu ein bisschen Spaß hatte. Vielleicht ist es auch ein uraltes Foto. Ganz ehrlich, Ari, ich würde der Sache nicht so viel Bedeutung beimessen.«

»Wenn du meinst.«

Meik Lorenz war schon wieder genervt. Erst hatte er an der U-Bahnstation eine halbe Stunde auf die kleine Frutte warten müssen, dann hatte sie unbedingt in diese japanische Fast-Food-Fabrik gehen wollen, wo die Plastikhäppchen auf einem Band an einem vorbeifuhren.

Und dann wusste sie nicht mal was.

»Dieser Cop hat nur mit Meike gesprochen.«

Der Cop war klüger gewesen als er.

Hauptsächlich um sie beim Futtern zu bremsen, fragte er: »Was machst du da eigentlich den ganzen Tag?«

»Telefon und E-Mails. Mieterbeschwerden aufnehmen und so.«

»Gibt's denn viel Stress mit den Mietern?«

»Wir haben allein in der Florastraße elf Objekte zu verwalten. Irgendwas ist da immer.«

»Persönlich kennst du die Mieter aber nicht?«

»Nee, da geht dann einer von der Haustechnik hin. Oder Tommy selbst, wenn es was Wichtiges ist.«

»War er bei den Mietern beliebt?«

»Klar. Er war ein netter Typ. Hat sich total aufgerieben für die Firma, ganz viele Überstunden geschoben. Na ja, vielleicht wollte er auch nicht nach Hause.«

Sie nahm noch ein Tellerchen vom Band. »Magst du kein Sushi?«

»Kein Hunger. Warum wollte er nicht nach Hause? Böse Ehefrau?«

Sie pikste mit ihren Stäbchen in das Reisbällchen.

»Wohl eher frustrierte Ehefrau. Sitzt mit drei kleinen Kindern den ganzen Tag zu Hause, obwohl sie früher als Architektin erfolgreicher war als er. Aber dafür kann er ja nichts.«

»Aha.«

Sie wurde ein bisschen rot. »Das hat Meike mir erzählt. Eine Zeitlang hat seine Frau jeden Abend Telefonterror gemacht. Sie wollte, dass er sich an der Familienarbeit beteiligt. In so einem Job! Dann haben sie ein Au-pair engagiert, damit sich die Lage etwas entspannt.«

»Und hat sie sich entspannt?«

»Glaub nicht. Jedenfalls hat sie in der letzten Zeit wieder ziemlich oft angerufen und wollte wissen, wo er gerade ist. Voll peinlich, oder? Der Mann hat ein Handy.«

»Vielleicht hat sie ihn umgebracht.«

Sie kicherte. »Nee, nee. Sie war mit den Kindern auf Sylt. Die haben da ein Ferienhaus. Tommy wollte am Mittwoch eigentlich auch hochfahren.«

»Aber dann ist er stattdessen in den Florakiez.«

Sie zuckte mit den Schultern und stopfte sich ein Algenröllchen in den Mund.

»Könnte es sein, dass er einen Termin mit einem Mieter hatte?«

»Nee. Die Termine laufen alle übers Büro.«

»Einen inoffiziellen? Mit den Leuten vom Café Eckstein zum Beispiel?«

»Café Eckstein? Wo soll das denn sein?«

»In der Florastraße. Es liegt in einem Altbau, der vor einigen Jahren von NordInvest gekauft wurde. Die Mieter haben gegen die Sanierung protestiert.«

»Nie von gehört, müsste ich Meike fragen.«

»Da hätte ich eine bessere Idee, Hannah.«

Sie sah ihn fragend an.

»Sagt dir das Wort Gentrifizierung etwas?«

»Seh ich irgendwie bescheuert aus?«

»Natürlich nicht, entschuldige. Das Jugendzentrum Eckstein ist eine soziale Einrichtung, die sich von der Gentrifizierung bedroht fühlt. Außerdem wurden zwei Altbauten in der Gaillardstraße in den Flora-Park integriert. Was, denkst du, ist mit den Mietern, die vor der Sanierung darin gewohnt haben, passiert?«

Sie überlegte einen Moment. »Ich glaube, die konnten ihre Wohnungen kaufen. Das macht Kiez am Park eigentlich immer so.«

»Und wenn sie nicht die Knete hatten, um sich mal eben eine Wohnung zu kaufen?«

Sie zuckte mit den Schultern. »Ich schätze, dann haben sie sich was anderes gesucht.«

Er seufzte. »Also, Hannah: Könntest du mir eine Liste aller neuen Eigentümer der beiden Häuser in der Gaillardstraße und eine Liste der Altmieter besorgen? Außerdem alle Infos über das Eckstein, die du finden kannst?«

»Was krieg ich dafür?«

Verblüfft sah er sie an.

»Was willst du denn?«

»Einen Praktikumsplatz bei der FP.«

Vor Schreck hätte er fast sein teures japanisches Bier umgestoßen.

Die Liste der Bewerber um einen Praktikumsplatz bei der FP war unendlich. Es waren einige darunter, die einen Doktor hatten.

»Was studierst du denn?«

»Medienwissenschaften. Bei der NordInvest wollte ich eigentlich in die Öffentlichkeitsarbeit. Aber du siehst ja, was ich mache. Man musst echt aufpassen, dass man als Praktikantin nicht verheizt wird.«

Er konnte sich schon Monis Gesicht vorstellen, wenn ausgerechnet er ihr eine Praktikantin empfahl.

»Okay. Dann brauche ich deine vollständigen Bewerbungsunterlagen mit Textproben und Referenzen. Am besten gibst du sie mir gleich zusammen mit der Liste der Eigentümer und Altmieter.«

Sie streckte ihm ihre Hand entgegen. »Morgen hast du das Zeug!«

Na also, ging doch.

Er winkte der Kellnerin und ließ sich die Rechnung geben, solange sie noch bezahlbar war.

»Und bitte kein Star-Foto in der Bewerbung«, sagte er zum Abschied. »Auf so was steht meine Chefin gar nicht.«

»Ups, wie ist die denn drauf?«

»So ähnlich wie deine, würde ich sagen.«

Catherine hielt ihr das Telefon unter die Nase.

»Sprich mit ihr«, formten ihre Lippen lautlos. »Sie lässt sonst nicht locker.«

Na und? Ihre Mutter hatte ihr im Laufe des Tages mindestens fünf Mal auf die Mailbox gesprochen und sie hatte sie ignoriert.

Widerstrebend nahm sie das Telefon in die Hand.

»Ja, Mama?«

»Alles in Ordnung, Kleines?«

Schon wieder diese Frage.

»Hat Catherine dir erzählt, was Papa und ich uns überlegt haben?«

»Ja, ich glaube schon.«

Weil sie ihren Anrufbeantworter nicht abhörte und nicht an ihr Handy ging, benutzte ihre Mutter Catherine als Sprachrohr.

Ihre Mutter hatte einen Narren an Catherine gefressen. Dass Catherine drei Kinder hatte und trotzdem eine erfolgreiche Anwältin war – wenn auch nur halbtags und in der Kanzlei ihres Gatten –, imponierte ihr mächtig. Außerdem war sie total fasziniert von Catherines französischem Chic, an den nicht einmal die Hamburgerinnen herankamen. Jedenfalls hatte sie Catherine erzählt, dass sie und Papa Tommy, sobald die Polizei seinen Leichnam freigab, nach Hamburg überführen lassen wollten.

»Wir haben doch diese Stätte in Eppendorf gekauft. Wenn wir ihn dort beisetzen, hast du immer das Gefühl, dass er in der Nähe der Familie ist, auch wenn du dich selber räumlich verändern willst«, hörte sie die Stimme ihrer Mutter.

Räumlich verändern? Was meinte sie mit räumlich verändern?

»Was meinst du mit räumlich verändern?«

»Na, umziehen! Das wäre doch möglich, oder? Du hattest so schöne Angebote vor Hanks Geburt. Sogar aus den USA.«

Vor Hanks Geburt! Als ob die Uhr sich einfach zurückdrehen ließe!

»Kinder sind doch heutzutage kein Hindernis mehr«, fuhr ihre Mutter fort. »Im Gegenteil. Die Wirtschaft hat die besondere Eignung von Müttern als Führungskräfte erkannt. Sieh dir Sheryl Sandberg an.«

Sheryl Sandberg! Ihr kamen gleich die Tränen. Verdammt, warum musste sie eigentlich dauernd heulen?

Sie ließ ihre Mutter weiter quasseln und tastete ihre Hosentaschen nach einem Taschentuch ab. Catherine sprang auf und rannte in die Wohnung, um eine der Kleenex-Schachteln zu holen, die sie in allen Räumen verteilt hatte.

»... am besten gleich morgen«, hörte sie ihre Mutter ihren Satz beendet.

Ihre Mutter wollte, dass sie mit den Kindern nach Hamburg kam. Das wollte sie seit Jahren, weil es dort die bessere Luft, die besseren Schulen, die besseren Schönheitschirurgen und die besseren Psychoklempner gab. Aber vor allem, weil sie sie in Hamburg auf Schritt und Tritt kontrollieren konnte. Ihre Mutter war nämlich ein verdammter Kontrollfreak.

In Anbetracht der Tatsache, dass es ihr absolut egal war, wo sie den Rest ihres verschissenen Lebens verbrachte, hatte sie nichts gegen Hamburg. Aber vorher musste sie noch eine Kleinigkeit hier in Berlin erledigen.

Catherine trat, unter dem einen Arm die Kleenex-Box, unter dem anderen eine Flasche Weißwein, auf die Terrasse.

Sie stellt die Flasche auf den Tisch und zupfte ein Kleenex aus der Box.

»Gleich morgen«, formten ihre Lippen.

Na gut. Wenn Catherine es so wollte.

»Wir kommen morgen, Mama«, sagte sie. »Catherine hat sogar schon die Fahrkarten besorgt.«

Catherine nickte zustimmend und deutete mit den Fingerspitzen einen kleinen Applaus an.

»Wir freuen uns auf euch!«, rief ihre Mutter überschwänglich.

Vermutlich hatte Catherine ihr ohnehin schon versprochen, sie nach Hamburg zu expedieren.

»Hast du deine kleine Russin endlich in die Wüste geschickt?«

»Nicci? Wieso denn?«

Hilfesuchend sah sie zu Catherine. Nicci entlassen? Was war das denn für eine Schnapsidee? Sie würde keinen Tag ohne Nicci überleben.

Catherine machte ein erstauntes Gesicht.

»Ob du ihr gekündigt hast? Darüber hatten wir doch gesprochen.«

»Mutter, ich kann Nicci gar nicht von einem Tag auf den anderen kündigen. Wir haben einen Vertrag mit der Agentur geschlossen.«

»Dann gib ihr Urlaub bis zum Ablauf der Kündigungsfrist. Du brauchst sie doch nicht in Hamburg.«

Ratlos sah sie zu Catherine. Die hob langsam die Schultern und ließ sie wieder sinken. Also eher nicht.

»Das ist keine gute Idee, Mama. Die Kinder sind total fixiert auf Nicci, und ich habe so viel um die Ohren …«

»Na schön, dieses eine Mal noch. Wann kommt euer Zug an?«

Catherine schob ihr den Ausdruck mit den Reisedaten zu.

»12 Uhr 25 am Hauptbahnhof.«

»Wir werden da sein«, sagte ihre Mutter.

»Schön«, sagte sie.

Es war schon fast Mitternacht, als Paul sich endlich über Skype meldete.

Zu ihrer Verwunderung trug er eine Mütze, tief in die Stirn gezogen.

»Schneit es bei euch?«

Er zog sich die Mütze vom Kopf.

Sie hätte fast aufgeschrien. Er hatte sich seine Haare schneiden lassen. Wo bei ihrem letzten Gespräch noch lange goldbraune Locken gewesen waren, standen nur noch millimeterkurze Stoppeln. Ein Befreiungsakt? Eine Protestgebärde gegen ihren mütterlichen Narzissmus (sie hatte seine Locken gehegt und gepflegt, solange es irgend möglich gewesen war) oder eine Strafe dafür, dass sie die Frage nach seinem genetischen Ursprung nicht fristgerecht beantwortet hatte?

»War 'ne Spontanaktion. Freut mich, wenn's dir gefällt.« Er räusperte sich. »Ich muss mit dir reden, Mutter.«

Er rückte näher an den Bildschirm. »Warum hast du mir nichts von dem Toten in der Panke erzählt?«

»Ich dachte nicht, dass dich das interessiert.«

Er schüttelte den Kopf, was auf dem Bildschirm eine Art Scheibenwischereffekt hatte.

»Klar interessiert mich das! Außerdem hat Mina gesagt, dass Old MacDonald verdächtigt wird.«

»Wann hast du denn mit Mina gesprochen?«

»Gestern, als du dich mit deinen Mädels getroffen hast.«

Sie hatte gar nicht gewusst, dass Mina ohne ihre Hilfe mit dem Skype-Programm zurechtkam. Offenbar ähnelte sie ihrem Bruder mehr, als sie ahnte.

»Ich kann dich beruhigen. Das mit George ist nur Gerede.«

»Schon klar. Aber wie kommt es dazu?«

»Angeblich hat Imhoff George eine Mail geschickt, dass er ihn am Mittwochabend im Eckstein treffen will. Zu dem Treffen ist er aber nie aufgekreuzt.«

»Und am nächsten Morgen lag er tot in der Panke?«

»Richtig. Dazu kommt, dass George als Choleriker verschrien ist, der seine Frauen verprügelt.«

»Blödsinn«, sagte Paul. »Nadja ist auf eine Harke getreten.«

»Und woher weißt du das so genau?«

»Von Mina. Nadja ist auf eine Harke getreten, die die Kinder im Geräteschuppen falsch herum an die Wand gelehnt hatten, und hat sich mit dem Stiel am Auge verletzt. Daraufhin ist George in die Kneipe gegenüber gelaufen, um Eis für das Veilchen zu holen. Ehrlich, Mutter, wie kann man überhaupt auf den Gedanken kommen, dass Old MacDonald jemanden umbringen könnte? Was sagt er denn dazu?«

»Ich habe noch nicht mit ihm geredet.«

»Dann tu das endlich! Schon wegen Mina. Was glaubst du, was das für ein Gefühl ist, wenn die anderen Kids dich fragen, wann dein Vater in den Bau muss?«

Sie schnappte nach Luft.

»Wer hat Mina das gefragt?«

»So ein Knirps aus dem Stepptanz-Kurs«

Deshalb also war Mina in den letzten Tagen so schweigsam gewesen. Und sie hatte es für Müdigkeit gehalten.

»Soll ich rüberkommen?«, fragte Paul.

»Wie, rüberkommen?«

»Na, nach Berlin, falls du nicht klarkommst. Das Geld für den Flug krieg ich schon irgendwie zusammen.«

»Paul, ich bitte dich. Natürlich komme ich klar.«

Nachdem sie ihr Gespräch beendet hatten, schlich sie in Minas Zimmer. Mina schlief fest. Die rechte Hand lag, locker zur Faust geballt, neben ihrem Kopfkissen.

Freitag, 15. August

Nachdem sie Mina bis zur Schule begleitet hatte, bog sie Richtung Park ab. Sie musste sich die durchwachte Nacht aus den Knochen laufen. Was sollte sie zuerst tun? Mit George reden, wie Paul ihr geraten hatte? Oder mit Nadja und George zusammen reden? Früher oder später würden Nadjas Jungen dasselbe Problem wie Mina bekommen. Pankow war ein verdammtes Dorf. Sie mussten jetzt zusammenhalten, gemeinsam ihre Kinder schützen. Und vor allem: sich vertrauen.

Aber würde sie wirklich ihre Hand für George ins Feuer legen? Was, wenn er Imhoff doch im Affekt verletzt hatte? Tödlich verletzt oder – um Maddy zu zitieren – ihm den Schädel gespalten hatte.

Dann hatte Mina einen Mörder zum Vater.

Wie konnte ein Kind mit so etwas leben?

Sie hatte das Gefühl, keine Luft mehr zu bekommen. Ihre Knie begannen zu zittern. Sie schleppte sich die letzten Meter bis zur Brücke am Wehr und ließ sich gegen das Geländer fallen. Einige Minuten lang befürchtete sie, sich ins Wasser übergeben zu müssen. Aber dann verebbte die Übelkeitswelle.

Von Richtung Ossietzkystraße näherte sich ein Jogger. Er stoppte.

»Alles okay?«

Der Mann trug eine blau verspiegelte Sonnenbrille und ein T-Shirt mit der verwaschenen Aufschrift »wieder zu haben«.

Sie rang sich ein Lächeln ab. »Nur der Kreislauf. Danke.«

»Nicht gefrühstückt?«

Er löste eine Wasserflasche von seinem Hüftgurt. »Trinken Sie einen Schluck.«

Dann schob er die Sonnenbrille in die Stirn und griff nach ihrem Handgelenk, um ihren Puls zu fühlen.

»Kommissar Schade!«

Er sah auf. »Ach, das Wollgeschäft! Na, so ein Zufall.« Er ließ ihren Arm sinken. »Noch im grünen Bereich. Machen Sie langsam. Ich müsste noch einen Traubenzucker …«

Er nestelte an der Tasche seiner Shorts.

»Laufen Sie hier dienstlich?«

»Nee, heute ist mein freier Tag.«

Er hatte das Stück Traubenzucker gefunden. Sie spürte, wie ihr Herzschlag sich wieder beschleunigte, während sie versuchte, die Zellophanverpackung aufzukriegen.

»Jetzt, wo sie Ihren Verdächtigen haben, können Sie sich also einen freien Tag leisten.«

»Welchen Verdächtigen?«

»Ganz Pankow redet darüber, dass George MacDonald Thomas Imhoff umgebracht hat.«

Er nahm ihr den Traubenzucker aus den Fingern und befreite ihn aus der Verpackung.

»Ignorieren Sie solche Gerüchte.«

»Das kann ich nicht. George MacDonald ist der Vater meiner Tochter. Sie ist neun!«

Er legte eine Hand um ihren Ellenbogen und führte sie zu einer der Parkbänke, die die feiersüchtigen Jugendlichen in der Nacht auf die Wiese getragen hatten. Die Bank war umgeben von einem Kranz aus Dönerpapier und Pizzakartons.

»Warum haben Sie mir das nicht gesagt, als ich bei Ihnen war?«

»Haben Sie mich danach gefragt? Außerdem wäre ich nie auf den Gedanken gekommen, dass George etwas mit dieser«, sie holte Luft, »mit dieser Sache zu tun hat.«

»Nein? Ist das nicht ein bisschen naiv? Herr MacDonald hatte starke Differenzen mit Herrn Imhoff. Er stand in E-Mail-Kontakt mit ihm und seine Wohnung liegt in unmittelbarer Nähe vom Fundort der Leiche.«

»Aber das macht ihn doch noch nicht zum Mörder!«

»Wir hatten ihn auch lediglich zu einer Zeugenaussage auf die Dienststelle gebeten. Nachdem er nicht erschienen ist, mussten wir ihn zwei Mal zu Hause aufsuchen. Beim zweiten Mal wurde er so laut, dass die ganze Nachbarschaft ihren Spaß daran hatte.« Schade befestigte die leere Wasserflasche wieder an seinem Hüftgürtel. »Und so entstehen Gerüchte.«

»Er hat Imhoff nicht erschlagen«, sagte sie.

»Was macht Sie so sicher?«

»Ich habe vier Jahre mit ihm zusammengelebt.«

Schade setzte seine Sonnenbrille wieder auf.

»MacDonald hat sich ein Alibi zurechtgeschustert, das vorne und hinten nicht stimmt. Warum lügt er, wenn er mit der Sache nichts zu tun hat?«

»Haben Sie eigentlich eine Tatwaffe gefunden? Ich habe gehört, Imhoff wurde der Schädel gespalten.« Während sie die Worte aussprach, wurde ihr wieder schlecht. Er musterte sie besorgt.

»Ich bring Sie jetzt nach Hause.«

»Ich brauche keine Polizeieskorte.«

Er seufzte. »Ihre Privatadresse habe ich sowieso in den Akten, falls es das ist, was Ihnen Sorgen bereitet.«

»Ihre Akten sind mir scheißegal! Sorgen bereitet mir meine Tochter. Können Sie sich vorstellen, wie sich das für eine Neunjährige anfühlt, wenn die anderen Kinder ihr erzählen, dass ihr Vater ein Mörder ist?«

»Packen Sie einen Koffer.«

»Wie bitte?«

»Packen Sie einen Koffer und hauen Sie mit der Kleinen für zwei Wochen ab.«

»Das ist alles, was Ihnen einfällt?«

Er seufzte. »Leider ja. Aber nach zwei Wochen sollte es vorbei sein.«

Als der ICE einfuhr, sah sie plötzlich die Frau neben sich. Sie war ungefähr einen Meter und fünfundsechzig groß, sehr schlank und trug Leggins mit Schlangenprint zu neongrünen fluoreszierenden Turnschuhen. An ihrem rechten Knöchel war ein Freundschaftsbändchen befestigt, wie Teenager es am Handgelenk trugen. Der Knöchel war zart und von samtiger, sonnengebräunter Haut überzogen. Nova ließ ihren Blick langsam die Beine aufwärts gleiten. Die Hüften der Frau wirkten so zerbrechlich wie die einer Gazelle. Zwischen Hosenbund und Top waren zwei Fingerbreit gebräunte Haut zu sehen. Das Top war zitronenfaltergelb. Sie überlegte, wo sie das Zitronenfaltergelb schon einmal gesehen hatte. Der kobaltblaue Seidenblouson mit den sportlichen weißen Schulterstreifen kam ihr ebenfalls bekannt vor.

Es war Niccis Blouson.

Lieber Himmel! Sie hatte Nicci mit der thailändischen Schlampe verwechselt! Wie hatte das passieren können? Was war bloß in ihrem Kopf los? Das Bild vor ihren Augen wurde wieder klar. Da stand Hank, der Niccis linke Hand umklammert hielt. Kyra hatte sie sich auf die Hüfte geklemmt. Miley saß auf Catherines Arm. Catherine war so nett gewesen, sie, Nicci und die Kinder zum Zug zu begleiten. Der ICE hatte ganze drei Minuten Aufenthalt. Das war Zeit genug für Catherine, Nicci und den Kindern beim Einsteigen zu helfen, den Koffer hineinzuheben und rechtzeitig wieder auszusteigen. Sie selbst wäre bei der Aktion in Panik geraten, aber Catherine schaffte so was. Catherine hatte Zwillinge ohne jede Spur einer Entwicklungsverzögerung großgezogen und dabei kein Gramm zugenommen. Sie arbeitete zwanzig Stunden in der Woche in der Kanzlei ihres Mannes. Sie hatte die natürliche Anmut der Französin und die Geschmeidigkeit einer Yogi. Sie ging ins Theater und las Bücher und hatte eine Therapeutin, die dafür sorgte, dass ihr keine thailändischen Nutten durch den Kopf schwirrten. Als der Zug aus dem Bahnhof fuhr, stand Catherine neben ihr und winkte.

»Merde«, sagte sie, als der ICE verschwunden war.

Nova zuckte mit den Schultern. Sie hatte Catherine erst am Bahnhof gesagt, dass sie nicht mit nach Hamburg fahren würde. Nicci hatte sie es schon beim Frühstück mitgeteilt und dabei einen Hunderter über den Tisch geschoben. Auf Nicci konnte sie sich verlassen.

»Merde«, wiederholte Catherine. »Deine Mutter wird so wütend sein! Schalte wenigstens dein Handy ein.«

Nova lächelte. Den Teufel würde sie tun. Wenn Catherine zusammen mit ihrer Mutter über ihren Kopf hinweg ihr Leben bestimmen wollte, musste sie auch die Konsequenzen tragen. Natürlich würde ihre Mutter heute alle Anschlüsse von Catherines Kanzlei blockieren.

Sie drehte ihrer Freundin den Rücken zu und ging langsam die Treppe zur Bahnhofshalle hinunter. Catherine lief hinter ihr her. Vermutlich hätte sie längst im Büro sein müssen. Eine Klientin wartete. Und Marc, der Musterehemann, war stinksauer.

»Was hast du jetzt vor, Nova? Warte doch! Wollen wir nicht wenigstens noch einen Kaffee trinken?«

Sie konnte Catherine nicht sagen, was sie vorhatte. Catherine war die falsche Person. Catherine kurierte Gefühle mit Therapien und Leidenschaften mit Pillen. Catherine saß selber in einem Glashaus, sie hatte es nur noch nicht gemerkt. Wenn ihr überhaupt jemand helfen konnte, dann Rosa mit ihren Kontakten ins Milieu. Aber konnte sie Rosa trauen? Rosa brauchte immer Geld. Man konnte niemandem trauen, der immer Geld brauchte. Aber man konnte ihn benutzen. Catherines Rufe ignorierend, beschleunigte sie ihren Schritt und verließ das Bahnhofsgebäude.

Kurz vor elf kam Nadja in den Faden gestürmt. Sie war außer Atem und hatte die Strickjacke linksherum angezogen.

»Ich wollte nur Bescheid sagen, dass ich gleich nach Schulschluss mit den Kindern für ein paar Tage wegfahre.«

Ariane hätte sie am liebsten umarmt.

»Ich packe Mina schnell ein paar Sachen ein.«

»Ich kann Mina nicht mitnehmen.«

»Oh.«

»Du musst dich selber um sie kümmern. Meine Jungs brauchen mich jetzt. Gestern hat ein Mitschüler zu Sören gesagt …«

»Ich weiß, was er gesagt hat. Bei Mina war es in der Tanzschule.«

»Oh, Shit!« Nadja ließ sich auf einen Stuhl fallen. »Es tut mir leid, Ariane, aber ich fahre zu meiner Schwester nach Meck-Pomm. Da wird es für mich und meine drei schon eng.«

»Ich mach uns einen Kaffee.«

Sie schaltete die Maschine ein und nahm zwei Tassen aus dem Regal.

»Ich glaube, George lügt«, sagte Nadja.

»Wie meinst du das?«

»Die Geschichte, die er erzählt, ist total konstruiert. Angeblich war er am Mittwoch von drei Uhr nachmittags an im Eckstein. Gegen halb acht kam Hanka direkt vom Bahnhof. Die beiden haben ein halbes Stündchen geplaudert, dann ist Hanka nach Hause gegangen. Unterwegs hat sie beim Türken in der Mühlenstraße ein Stück Schafskäse und einen Beutel Oliven gekauft, was der natürlich bezeugen kann. Dann hat sie in ihrer Winterwohnung angefangen, für sich und George zu kochen. Gegen neun hat sie George angerufen und ihn gebeten, einen Liter Milch vom Späti in der Florastraße mitzubringen. Viertel nach neun hat George die Milch gekauft, was wiederum der Mann im Späti bezeugen kann. Da Hankas Wohnung genau über unserer liegt, hat sie gehört, wie George um halb zehn nach Hause gekommen ist und geduscht hat. Dann ist er zum Essen zu ihr hochgegangen. Sie haben gegessen und sich bis ungefähr um halb eins unterhalten. Kurz bevor der Regen losging, ist er runter, um noch ein bisschen zu arbeiten. Weil sie nicht schlafen konnte, ist sie ruhelos auf- und abgegangen. Er hat von unten ihre Schritte gehört und sie von oben seinen Rachmaninow.«

»Könnte doch stimmen, oder?«

Sie stellte die Cappuccinos auf den Tisch und setzte sich Nadja gegenüber.

»So viele Details kann George sich normalerweise gar nicht merken. Und warum sollte Hanka zu allererst ins Eckstein gehen, wenn sie von zwei Wochen Rügen zurückkommt? Und warum haben die beiden in Hankas Wohnung zu Abend gegessen statt in der Galerie? Seit Mai hat Hanka kaum noch einen Fuß in ihre Winterwohnung gesetzt.«

»Du glaubst, dass Hanka George ein Alibi gibt?«

»Nein! Ich glaube, dass er *ihr* eins gibt.«

Ariane nahm einen Schluck Kaffee.

»Du glaubst, Hanka war diejenige, die mit dem Dippeling ein Date hatte?«

»Klar, wegen der Remise.«

Natürlich kannte Ariane die Remise. Zu DDR-Zeiten hatte sie als Unterkunft für Kunststipendiaten gedient. Nach der Wende hatte Hanka Privatgäste oder befreundete Künstler dort untergebracht. Auch George hatte eine Zeitlang in der Remise gehaust. Bei einer Eigentumsklärung vor ein paar Jahren hatte sich herausgestellt, dass das Gebäude nicht zur Galerie gehörte, sondern zu dem Nachbargrundstück der mit verfallenen Villa. Weil der Eigentümer kein Interesse an dem Grundstück zeigte, hatte Hanka die Remise stillschweigend weitergenutzt.

»Inzwischen hat sich ein Käufer für das Nachbargrundstück gefunden. Soviel ich weiß, handelt es sich dabei um einen Klienten der NordInvest«, sagte Nadja.

»Gibt's eigentlich irgendeine Brache in Pankow, in die die ihren Fuß noch nicht gestellt haben?«

Nadja winkte ab. »Jedenfalls soll die alte Villa jetzt abgerissen werden. Die Remise also vermutlich auch, was Hanka natürlich nicht einsieht.«

»Und deswegen hatte sie Knatsch mit Imhoff?«

»George hat zumindest angedeutet, dass die Sache für Hanka noch nicht durch ist. Was Genaueres wollte er mir nicht sagen. Da ist Hanka vor.«

Ariane grinste. »Ich mag sie auch nicht.«

»Niemand mag sie«, zischte Nadja. »Trotzdem setzt sie sich immer durch. Warum hat die Polizei eigentlich George auf dem Kieker und nicht sie?«

»Weil George im Gegensatz zu ihr schon ein paar Mal auffällig geworden ist vielleicht?«

Nadja stand auf.

»Danke für den Kaffee, Ariane. Wo hast du eigentlich diese irre Maschine her?«

»Ein Geschenk.«

Nadja rollte die Augen zur Decke. »Bin ich eigentlich die Einzige, der nie was geschenkt wird?«

Kurz nach 22 Uhr meldete sich Paul, ohne Mütze. Die Stoppeln versetzten ihr immer noch einen Stich.

»Ich hab mir die Mails vom Kunstverein mal angesehen.«

»Du hast was?«

Sein Grinsen füllte den ganzen Bildschirm aus.

»Ich hab doch das E-Mailkonto für den Kunstverein eingerichtet. Die Schnarchnasen haben seitdem nicht mal das Passwort gewechselt.«

»Paul!«

»Soll ich dir die E-Mail, die der Dippeling an den Verein geschrieben hat, vorlesen?« Er fuhrwerkte mit ein paar Zetteln herum. »›Leider kann ich unseren Termin am kommenden Freitag (8.8.) nicht wahrnehmen, da ich nur noch bis Mittwoch in Berlin bin. Bitte geben Sie mir zeitnah Bescheid, wenn Sie bis Mittwochnachmittag einen neuen Termin machen möchten. MfG, Imhoff.‹ Abgeschickt am Samstag, den 3. August, neun Uhr dreißig.«

»›Unseren Termin‹. Dann waren die beiden schon länger verabredet.«

»Hast du inzwischen mit George gesprochen?«

»Noch nicht. Wer hat alles Zugang zu den E-Mails des Kunstvereins?«

»Theoretisch jeder, der die Login-Daten und das Passwort kennt. Die meisten verschickten Mails wurden von Hanka unterzeichnet und die meisten eingegangenen sind auch an sie gerichtet. Imhoff hat sich leider die Anrede gespart. Aber die Mail könnte genauso gut für sie sein.«

»Nadja hat angedeutet, dass Hanka Zoff mit Imhoff hatte. Irgendwas wegen der Remise.«

»Stimmt«, sagte Paul. »Als es zur Mietverlängerung für das Eckstein kam, ist diese Geschichte wieder aufgeploppt. Den Leuten von der NordInvest ist gar nicht klar gewesen, dass Hanka die Remise noch nutzt.« Er kicherte. »Sie haben ihr sofort ein Räumungsultimatum gestellt. Wenn die Abrissarbeiten losgehen, ist sie übrigens nicht nur die Remise, sondern auch einen Teil ihres Skulpturengartens los, der ebenfalls zum Nachbargrundstück gehört. Schätze, das hat sie schwer getroffen.«

»Mitleid scheinst du nicht zu haben.«

»Mit Hanka? Die ist doch selber der reinste Immobilienhai. Weißt du noch, wie sie sich unsere alte Wohnung unter den Nagel gerissen hat?«

Er rührte an Zeiten, an die sie sich nur ungern erinnerte. Als George und sie sich getrennt hatten, war sie ausgezogen. Da George allein für die Miete nicht aufkommen konnte, hatte Hanka sich angeboten, ihren Mietanteil zu übernehmen. Dafür wollte sie in den Wintermonaten, wenn es in der schwer beheizbaren Galerie kaum auszuhalten war, ein Zimmer der Wohnung nutzen. Inzwischen gehörte die Wohnung ihr, und George hatte dort nur noch ein Arbeitszimmer.

»Hanka ist eine Schlange« sagte Paul. »Es ist gut möglich, dass Imhoffs Mail für sie bestimmt war. Aber ich kann mir echt nicht vorstellen, dass sie ihm den Schädel eingeschlagen hat. So hart ist nicht mal Hanka drauf.«

Samstag, 16. August

Er saß auf einem Vorgartenmäuerchen in der Gaillardstraße und musterte die gegenüberliegende Fassade. Auf seinen Knien lag das Klemmbrett mit den Unterlagen, die Hannah ihm gemailt hatte. Neben ihm stand ein ToGo aus Luigis Enoteca, der für Pankow erstaunlich gut war. Um nicht aufzufallen, hatte er sich sein letztes Paar echte Lederschuhe und seine spießigste Jeans angezogen. So konnte er sich zur Not als jemand von der Hausverwaltung ausgeben. Dass das Projektbüro im Container samstags geschlossen war, hatte er vorsorglich gecheckt.

Hannah hatte super Arbeit geleistet. Die Gaillardstraße 5 war von Kiez am Park saniert und in den Flora-Park integriert worden. Von den Altmietern hatte nur eine Partei vom Vorkaufsrecht Gebrauch gemacht: ein Ehepaar namens Faust. Alle anderen Mieter hatten sich vor der Sanierung vom Acker gemacht.

Hannah hatte ihm einen Grundriss der Etagen vor und nach der Sanierung mitgeschickt. Neben ein paar Durchbrüchen zugunsten größerer Bäder waren ein Aufzug und die begehrten bodentiefen Fenster eingebaut worden.

Die Fausts hatten vor der Sanierung in der rechten Erdgeschosswohnung gewohnt, in der jetzt ein Lektorats- und Übersetzungsbüro untergebracht war. Nach der Sanierung waren sie in ein Zweizimmerapartment im dritten Stock gezogen. Wahrscheinlich hatten sie sich ohnehin verschlanken wollen. Mit ein bisschen Glück würde er von ihnen einiges über die Geschichte des Hauses erfahren. Rentner waren ja oft ganz kommunikativ.

Er verstaute das Klemmbrett in seine Schultertasche und ging über die Straße.

Komischerweise gab es in dem Haus keine Fausts. Wo ihre Klingel hätte sein sollen, stand »C. Kämpf«. In Hannahs Eigentümerverzeichnis wiederum fand sich kein Kämpf. Ob die Fausts ihre Wohnung vermietet hatten? Und wieso wusste Hannah das nicht?

Er drückte auf die Klingel.

»Ja bitte?«, antwortete eine Frauenstimme.

»Freie Presse. Meik Lorenz«, antwortete er automatisch. Damit konnte er seine Geschichte von wegen Mieterbefragung durch die Projektgesellschaft vergessen. Shit!

Der Öffner summte.

Das Treppenhaus verströmte Altberliner Charme. Die Holzstufen waren mit rotem Sisal belegt, die Wandlampen in Bronze gefasst. Den Aufzug fand er an der Rückseite des Gebäudes. Er schwebte nahezu geräuschlos in den dritten Stock.

C. Kämpf wartete in ihrer Wohnungstür. Sie war um die Vierzig und trug samstägliche Jogginghosen.

Sie streckte ihm die Hand entgegen. »Meine Zeitung? Sie war heute Morgen wieder nicht im Kasten.«

»Tut mir leid. Ich bin kein Zusteller. Ich bin von der Redaktion.«

Er zückte seinen Presseausweis.

»Entweder sie kommt nach sieben, was mir gar nichts bringt, wenn ich Frühschicht habe, oder sie kommt gar nicht. Pünktlich im Kasten ist sie jedenfalls nie.«

»Vielleicht klaut sie ein Nachbar.«

»Habe ich auch schon gedacht. Aber eigentlich sind die Nachbarn nicht so.«

Er seufzte mitfühlend. »Man kann in die Leute nicht reingucken. Wohnen Sie schon lange hier?«

»Ein halbes Jahr.«

»Kennen Sie Ihre Vermieter, das Ehepaar Faust?«

Sie blinzelte irritiert. »Ich kenne keine Fausts. Was haben die mit meiner Zeitung zu tun?«

»Nichts«, gab er zu. »Ich wollte eigentlich mit denen sprechen. Ich arbeite an einer Reportage über den Flora-Park. Wie man hier lebt und so.«

Sie musterte ihn mit gerunzelter Stirn.

»Wie man hier lebt? Abgesehen davon, dass man seine Zeitung nicht kriegt, ganz gut, würde ich sagen. Aber vielleicht sollten Sie mit jemandem sprechen, der mehr zu Hause ist als ich.«

»Die Fausts müssten so im Rentenalter sein.«

Sie schüttelte den Kopf.

»Tut mir leid. Ich habe die Wohnung von einer Freundin bekommen, die auf Probe zu ihrem Freund gezogen ist. Wenn es mit den beiden klappt, übernehme ich sie fest.«

»Hat Ihre Freundin die Sanierung des Hauses miterlebt?«

Sie runzelte die Stirn. »Nee, ich glaube, Isa ist erst danach eingezogen. Die Wohnung ist ihr übrigens auch ein bisschen zu teuer.«

Er tat so, als mache er sich eine Notiz.

»Finden Sie sie auch teuer?«

Sie zuckte mit den Schultern.

»Kommt immer drauf an, wie viel man hat, oder? Ich bin Anästhesistin in einem Krankenhaus in der Nähe. Das passt schon. Außerdem mag ich die Wohnung. Der Balkon nach hinten raus ist super.«

»Könnte ich den vielleicht mal sehen?«

»Bitte.« Sie machte einen Schritt zur Seite.

Von einem winzigen Flur ging es links in einen Wohnraum mit integrierter Küchenzeile. Da die Kämpf den Raum nur mit einem Sofa und einer Stereoanlage möbliert hatte, wirkte er ziemlich geräumig. Dafür war das Schlafzimmer winzig. Zwischen Bett und Kleiderschrank führte ein handtuchschmaler Pfad auf den Balkon. Der Korbsessel mit dem bunten Kissen war zwar ein echter Platz an der Sonne, aber ein zweiter von der Sorte hätte schon nicht mehr draufgepasst.

»Der ideale Ort zum Zeitunglesen«, sagte die Kämpf, »vorausgesetzt, sie kommt.«

»Ich werde mich persönlich für Sie einsetzen, Frau Doktor Kämpf. Könnte ich von Ihnen eventuell Isas Adresse bekommen?«

Sie schürzte die Lippen. »Ich glaube, lieber nicht.«

»Verstehe.« Er gab ihr die Hand.

Als er wieder unten war, suchte er einen Hinterausgang in den Gartenbereich. Es gab einen, aber die Tür war abgeschlossen. Die kleinere Wohnung im Erdgeschoss war das Hut-Atelier der Chinesin. Es hatte eine zweite Eingangstür zum Treppenhaus. An der Tür klebte ein Zettel: *»Pakete bitte bei ›Faden der Ariane‹ in der Flora 17 abgeben. Vielen Dank, Lee-An Tau.«*

Lee-An Tau, poetisch wie ein Tau-Tropfen.

Sie saßen auf der Terrasse des Grand Hotel Marina mit Blick auf den Vierwaldstätter See. Lee-An schloss die Augen und legte den Kopf vorsichtig in den Nacken. Die Sonne war intensiver als in Berlin und verstärkte ihre Kopfschmerzen. Aber Noby hatte unbedingt auf der Terrasse frühstücken wollen. Und so wie die Dinge gerade standen, blieb ihr nichts anderes übrig, als ihn bei Laune zu halten. Sie hatte zwar ihre Tabletten dabei, traute sich aber nicht, sie zu nehmen. Es war ihre erste Migräneattacke seit drei Monaten. Sie hatte schon gehofft, die Kopfschmerzen durch die Schwangerschaft losgeworden zu sein.

»Warum rufst du nicht Dr. Assmann an?«, schlug Noby vor. »Er soll dir ein Präparat nennen, das dem Kind nicht schadet.«

»Es ist Samstag, Noby.«

»Na und? Du bist *Privat*patientin. Deshalb er hat dir seine *Privat*nummer gegeben.«

»Brauchen wir nicht ein Rezept?«

»Dann soll er es faxen! Das ist ein Notfall.«

»Keine Ahnung, wie so was gehandhabt wird.«

Sie massierte ihre Schläfen mit den Fingerspitzen. Tief in ihren Augenhöhlen zuckten kleine Blitze. Sie spürte die Übelkeit heranrollen.

»Oder wir lassen das Hotel einen Arzt rufen.« In Nobys Stimme schwang Zweifel. Die Vorstellung, ihre Gesundheit einem anderen Arzt als Dr. Assmann anzuvertrauen, behagte ihm gar nicht, besonders jetzt, wo sich Dr. Assmann als so erfolgreich erwiesen hatte.

»Ich glaube, ich stehe es einfach durch.«

Das wäre vermutlich auch Dr. Assmanns Empfehlung gewesen. Er hielt nicht viel von Medikamenten. Er setzte auf Psyche. Nachdem sie ihm von ihren Kindheitstraumata erzählt hatte, war ihm sofort klar gewesen, dass die Dinge bei ihr ein wenig anders lagen als bei den meisten seiner Patientinnen.

»Wie wäre es, wenn ich mich hinlege, und du fährst ein bisschen auf den See raus?«, schlug sie vor.

»Vielleicht sollte ich das wirklich tun.«

Er lehnte sich zurück und lächelte.

Kahlköpfig, rundlich und mit diesem versonnenen Gesichtsausdruck, erinnerte Noby an einen Buddha. Aber sein Äußeres täuschte. Noby lief immer auf mehreren Kanälen. Seine höchste Tugend war Effizienz. Er konnte geistig und körperlich eine erstaunliche Behändigkeit entwickeln, was besonders auffiel, wenn man ihn auf einem Boot erlebte. Sie hatte ihn bei einem Segelkurs kennengelernt und sofort gewusst, dass er der Mann war, mit dem sie eine Familie gründen wollte. Ihm war es mit ihr ebenso ergangen. Ihr zu Liebe hatte er sich sogar auf Berlin eingelassen, obwohl ihm eigentlich Zürich schon zu städtisch war. Aber sie war nun mal ein Metropolenmensch. Sie tat sich schwer mit den Reizen der Natur. An ihren ersten beiden Tagen hier hatte sie sich wie immer, wenn sie in der Schweiz war, wie im falschen Film gefühlt. Aber vielleicht sollte sie sich lieber an die Heidi-Idylle gewöhnen. Berlin war ein bisschen zu gefährlich geworden.

»Ich fand Luzern gestern so schön«, sagte sie. »Glaubst du, dass ich in Luzern ein Atelier eröffnen könnte?«

Nobys Augenbrauen, die einen eindrucksvollen Kontrast zu seiner Glatze bildeten, rutschten in die Höhe.

»In Luzern? Schwierig. Zürich könnte funktionieren.«

»Luzern ist ruhiger, intimer.«

»Aber du sagst doch immer, du brauchst die Großstadtluft, um atmen zu können. Weshalb haben wir denn das Häuschen in Berlin gekauft?«

»Wolltest du nicht sowieso noch eines in der Schweiz dazu kaufen?«

Ihr Handy muhte. Sie stellte diesen Klingelton immer ein, wenn sie in die Schweiz einreiste.

Sie blickte auf das Display.

Das Blut erstarrte in ihren Adern.

Tote telefonierten nicht.

Sie drückte den Anruf weg und ließ das Handy in die Tasche ihrer Strickjacke gleiten.

»Wer war das?«, fragte Noby.

»Jemand vom Theater.«

Die Übelkeitswelle wallte unaufhaltsam heran. Sie stemmte sich aus dem Sessel und schaffte es gerade noch über die Restaurantterrasse. Im Vorraum der Damentoilette erbrach sie sich quer über den rosa Marmorboden. Nachdem sie sich etwas kaltes Wasser ins Gesicht gespritzt hatte, setzte sie sich vor einen der Schminkspiegel und zog ihr Handy hervor. Zuerst löschte sie alle eingegangenen Mails, SMS und Anrufe. Dann machte sie sich an das Adressregister. Blieb noch die Foto-Galerie. Und ihr WhatsApp-Account. Der war harmlos. Aber wer entschied, was harmlos war und was gefährlich? Galten digitale Fingerabdrücke heutzutage nicht als schwerer zu tilgen als genetische? Vermutlich war sie nicht einmal sicher, wenn sie das Handy im See versenkte. Und wie sollte sie in ihrem Zustand überhaupt an den See kommen? Sie stand auf und ging mit noch etwas wackligen Schritten zu den Kabinen. In dem Moment, in dem das Handy in die Schüssel klatschte, hörte sie jemanden hereinkommen.

»Frau Lossamer?«, rief eine Frauenstimme. »Sind Sie hier? Ihr Mann hat mich gebeten, nach Ihnen zu sehen. Ich bin die Hotelkrankenschwester.«

Sie drückte die Spülung.

Kurz nach zwölf kam Rieke und übernahm Mina. Zum Glück verstanden die beiden sich auch nach der Trennung von Rieke und Paul noch prächtig.

Sie sagte, dass sie sich mit einer alten Freundin aus Esslingen verabredet hatte, und stieg in den alten himmelblauen Alfa, den ihre Lieblingstante Elfi ihr vor drei Jahren zusammen mit dem Startkapital für den Faden hinterlassen hatte. Normalerweise benutzte sie das Auto nicht im Stadtverkehr, aber für eine Spritztour nach Buch war es ganz praktisch. Zuerst musste sie sich allerdings vergewissern, dass George auch dort war. Daher steuerte sie zunächst das Eckstein ein.

Das Eckstein hatte zwei Eingänge, einen zum Café und einen zum Treppenhaus, von dem aus man die Vereinsräume und Büros erreichte. Die Büros der Eckstein-Mitarbeiter lagen im ersten Stock, die Räume des Kunstvereins im zweiten und die der vom Eckstein betreuten Wohngemeinschaft für straffällig gewordene Jugendliche im dritten.

Nachdem sie sich davon überzeugt hatte, dass sowohl die Werkräume wie auch das Büro des Kunstvereins abgeschlossen waren, ging sie zum Café hinunter. Hinterm Tresen reinigte eine junge Frau mit auffälligem Gesichtspiercing die altertümliche Kaffeemaschine. Sie würdigte Ariane keines Blickes. Als sie das Café durch den Vordereingang wieder verließ, fuhr Hans' alter Kleintransporter vor. Zwei männliche WG-Mitglieder, einer großflächig mit Tattoos verziert, sprangen heraus und öffneten die Tür des Laderaums. Gemächlich begannen sie, Kisten mit Lebensmitteln auf dem Gehweg zu stapeln.

»Sagt mal, habt ihr zufällig George gesehen?«, fragte sie.

Der Tätowierte richtete sich auf und massierte seine Lendenwirbel.

»Zum Glück nicht.« Er spuckte auf das Trottoir.

»Wieso zum Glück?«

»Weil der alte Sack nur stresst.«

»Jetzt mal langsam, Kai.«

Hans, der Leiter des Ecksteins, war in der Tür des Cafés aufgetaucht.

»Bringt die Sachen schon mal in die Küche, ja?«

Hans war um die Fünfzig, Lederhosenträger und unüberhörbar aus Schwaben, was ihm in der Florastraße aber niemand übelnahm. In diesem Punkt waren die Pankower toleranter als ihre Nachbarn vom Prenzlberg.

Er gab ihr die Hand. »Schön, dich zu sehen, Ariane. Die Jungs werden immer leicht nervös, wenn die Polizei ins Haus kommt.«

»Aber dafür kann George doch nichts.«

»Er war halt der Anlass.«

»Was wollte die Polizei denn von deinen Jungs wissen?«

Er machte eine wegwerfende Handbewegung.

»Nur das Übliche. Ob einer von ihnen George oder den Dippeling an dem Abend gesehen hat.«

»Aber natürlich hat keiner was gesehen.«

Hans schüttelte den Kopf. »Wie auch? Die haben was anderes zu tun, als zu schauen, wer unten rein- und rausgeht.«

»Und du? Hast du was gesehen?«

»Ich war an dem Abend in der Knopfkiste. Maddy wollte einen Schrank aufgebaut haben. Danach haben wir noch einen Wein getrunken. Kurz bevor das Gewitter losbrach, bin ich nach Hause gegangen.«

Er griff nach einer Lebensmittelkiste, um sie ins Café zu tragen.

»Hast du George seit dem Abend mal gesprochen?«

Er setzte die Kiste wieder ab. »Entschuldige, Ariane, aber diese Sache geht uns hier«, er machte eine Handbewegung vom Transporter zum Café, »rein gar nichts an. Deshalb halten wir uns auch lieber raus.«

»Na, das nenne ich mal Solidarität! Nachdem George für euch die Kohlen aus dem Feuer geholt hat.«

Er musterte sie empört.

»Unsere Sache haben wir selber vertreten! George hat sich nur für die Interessen des Kunstvereins eingesetzt.«

»Blödsinn. Ihr teilt euch doch die Räume.«

»Das ist rein formal.« Hans griff wieder nach der Kiste. »Ich persönlich hab auch gar nichts gegen George.« Er senke die Stimme zu einem Flüstern. »Aber wir sind auf die Akzeptanz der Anwohner angewiesen.«

»Wie meinst du das?«

»Die Anwohner stecken uns doch alle in einen Sack! Ein paar Eltern haben ihre Kinder schon vom Malkurs abgemeldet. Und es kursiert eine Unterschriftenliste, dass das Eckstein dichtgemacht werden soll, weil es angeblich die Sicherheit des Wohnbezirks gefährdet. Und das, nachdem wir gerade erst die verfickte Vertragsverlängerung durchgekriegt haben!«

»Hat du die Liste gesehen?«

»Nee. Eine Anwohnerin wollte sie bei ›Grüngut‹ auslegen. Aber Jule hat sich zum Glück geweigert. Kannst du jetzt nachvollziehen, dass meine Jungs nicht gut auf George zu sprechen sind?«

»Nein. George ist für diese Liste nämlich nicht verantwortlich. Vielleicht solltest du deine Jungs mehr zum eigenständigen Denken anhalten als zum Transparentemalen.«

Sie drehte sich um und ging zu Elfis Wagen, den sie im Parkverbot vor ihrem eigenen Laden abgestellt hatte. Am Elisabethweg würde es mit der Parkplatzsuche dann weitergehen.

»Hier wohnen George, Nadja, Per, Sören, Flo und Mina« verkündete das handgeknetete Türschild. Aber leider war keiner der Bewohner zu Hause. Sie stieg ein Stockwerk höher und klingelte an Hankas Winterwohnung. Hier war das Türschild ein schlichtes Messingplättchen mit nur einem einzigen Wort: Israel. Dahinter lagen die Räume, in denen sie genau sieben Wochen in der Annahme gelebt hatte, so etwas wie ein bürgerliches Familienleben zu beginnen. Dann hatte sie spitz gekriegt, dass George was mit der zarten alleinerziehende Nachbarin von unten hatte.

Auch hier öffnete niemand. Aber damit hatte sie gerechnet. Im Sommer war Hanka fast durchgehend in ihrer Galerie. Es blieb ihr nichts anderes übrig, als sich auf den Weg dorthin zu machen.

Seitdem der Skulpturengarten es in ein paar Reiseführer geschafft hatte, wurde die Panke-Galerie sogar von Touristen besucht. In dem Garten fanden sich Werke verkannter, aber auch einiger bekannter DDR-Künstler. Auf Anfrage machte Hanka Führungen oder bot Gesprächsrunden in ihrer legendären Wohnküche an.

Das Gelände zwischen Tor und Haus war ein Meer aus Spätsommerblüten. Richtung Pankeufer ging es in eine gepflegte Obstwiese über. Der grüne Daumen, der für dies Idyll verantwortlich war, gehörte Hankas Gärtner, einem wortkargen Alten mit weißem Backenbart und Ringerfigur. Während ihres ersten Sommers mit George hat der Alte sie immer erschreckt, wenn er unerwartet aus einem Winkel des Anwesens aufgetaucht war. Manchmal hatte er seine Frau mitgebracht, eine zerbrechlich wirkende alte Dame, die mit Hut und Sonnenbrille wie eine Stummfilm-Diva in einem Sessel zwischen den Bäumen gesessen hatte. George hatte einmal erzählt, dass sie an einer schweren Augenkrankheit litt. Der Gärtner war nicht nur ein alter Freund von Hankas verstorbenem Vater; er war auch der Einzige, der mit Hankas altertümlichem Brennofen klarkam.

Der Haupteingang des einstöckigen Galeriegebäudes war von zwei prächtigen rosa Stockrosen flankiert. Die schwere Eichentür war verschlossen. Ariane ging um das Haus herum. Wenn sich Hanka auf dem Galeriegelände aufhielt, war die Hintertür immer offen.

»Hanka? George?«

Ihre Stimme hallte in dem langen Flur wider, der zur Wohnküche führte. In dieser Küche hatten zu Vorwendezeiten geheime Ost-West-Künstlertreffen stattgefunden, bei denen George, der damals als Kunststipendiat in West-Berlin lebte, Hanka kennengelernt hatte. Der runde Esstisch war, frei nach van Gogh, mit einem Strauß Sonnenblumen dekoriert, vor dem ebenfalls legendären, inzwischen aber nur noch eingeschränkt funktionstüchtigen Kachelofen stand ein Korb mit Brennholz, gekrönt mit einem druckfrischem Exemplar der FP. Die FP hätte sie Hanka gar nicht zugetraut.

Sie lauschte. Irgendetwas rauschte. Sie ging zurück in den Flur und stieß die Tür zum Wirtschaftsraum auf. Die Waschmaschine lief. Im Gegensatz zu dem Idyll in der Küche schien sich hier das wirkliche Leben abzuspielen. In den Regalen türmten sich Konserven neben Gläsern mit Eingemachtem, auf dem Boden standen Kisten und Kartons. Vor einem alten Bauernschrank lehnte ein zusammengeklappter Rollstuhl. Über der Lehne des Stuhls hing ein gestricktes Kleidungsstück in einem zarten Fliederton. Sie schüttelte es auseinander. Es war eine Strickjacke, kunstvoll gefertigt aus einem ihrer Lieblingsgarne, *Miranda*, eine sommerliche Baumwoll-Viskose-Mischung in Farbnummer 8. Hanka konnte die Jacke nicht gehören. Erstens trug Hanka keine Pastelltöne, zweitens strickte sie nicht. Wem hatte sie bloß dieses Garn verkauft? Sie hängte die Jacke wieder über den Rollstuhl.

Die Remise befand sich am anderen Ende der Obstwiese, direkt an dem alten Maschendrahtzaun, von dem man jahrelang angenommen hatte, dass er die Grenze zum Nachbargrundstück darstellte.

Vor der Remise türmten sich zwei Schrotthaufen. Der eine bestand aus Bauschutt, der andere aus ausgedienten Möbelstücken, die Hanka vermutlich für den Flohmarkt bestimmt hatte. Sie erkannte Bestandteile eines Schlafzimmers Modell deutsche Eiche. Ihre Eltern hatten ein ganz ähnliches besessen. Als Kind hatte sie es geliebt, auf dem riesigen Doppelbett mit den dicken Matratzen herumzuhüpfen, bis es gegen eines dieser fragilen Siebzigerjahrebetten ausgetauscht wurde, das die Ehe ihrer Eltern auch nicht verjüngt hatte. Sie kletterte über zwei Schranktüren hinweg zu einem kleinen Sekretär, dessen Deckelplatte mit einem Intarsien-Muster verziert war. Genau so etwas suchte sie noch für den Faden.

»Hallo Ariane! Kann ich dir irgendwie helfen?«

Hanka lehnte aus einem der Fenster. Sie hatte ein Tuch um ihr Haar gebunden und trug Arbeitshandschuhe. »Suchst du George? Der ist nicht hier.«

»Ist er in Buch?«

»Nee, bei einem Freund an der Küste. In Ahrenshoop.«

Ahrenshoop? Das würde sie heute nicht mehr schaffen. Und was hatte George in Ahrenshoop zu tun?

»Kann man ihn da telefonisch erreichen?«

Hanka verschwand vom Fenster und tauchte in der Tür auf, ihr silbernes Zigarettenetui in der Hand.

»Natürlich nicht. Du kennst doch George. Aber ich kann ihm etwas ausrichten, falls er sich meldet.« Sie zündete sich eine Zigarette an. »Um was geht's denn?«

»Hanka, ich muss wissen, was in dieser Nacht zwischen ihm und Imhoff gelaufen ist.«

Hanka blies eine Rauchspirale in die Luft.

»Das kann ich dir sagen. Gar nichts. George und ich waren die ganze Nacht zusammen.«

»Nadja hat erzählt, dass ihr ab halb eins jeder in seiner eigenen Wohnung wart.«

»Lieber Himmel, Ariane!« Sie blies Rauch durch die Nase wie ein Stier. »Was hätte ich Nadja denn sagen sollen? Dass ich in ihrem Bettchen geschlafen habe?«

»Es gibt angeblich eine E-Mail, aus der hervorgeht, dass George mit Imhoff verabredet war.«

»George war nicht mit Imhoff verabredet. *Ich* war mit Imhoff verabredet. Allerdings erst am Freitag, weil ich ja ursprünglich vorhatte, bis Donnerstag in Bergen zu sein. Da ich mein Handy aus lasse, wenn ich auf Rügen bin, hat Imhoff mich nicht erreicht. Deshalb hat er's wohl mit einer Mail an den Kunstverein probiert.« Sie zuckte mit den Schultern.

»Hast du das der Polizei auch so gesagt?«

»Klar. Was hätte ich denen sonst sagen sollen?«

»Ich frage mich nur, wie es dazu kommen konnte, dass George verdächtigt wird, Imhoff umgebracht zu haben, wenn die Dinge so klar sind.«

»*Wer* verdächtigt George denn, Ariane? Die Bullen sind einfach dämlich.«

»Kannst du mir seine Adresse in Ahrenshoop geben?«

Hanka maß sie mit einem mitleidigen Blick.

»Wann hätte George jemals eine Adresse hinterlassen?«

»Na schön. Wenn er sich meldet, sag ihm, dass er mich anrufen soll.«

Sie deutete auf den Sekretär.

»Kommt der auch auf den Sperrmüll?«

Hanka lachte blechern.

»Keine Chance. Das ist eine Leihgabe von Freunden. Die muss ich leider zurückgeben.«

Als sie wieder im Auto saß, klingelte ihr Handy.

Verblüfft sah sie auf das Display. Sie musste sich täuschen.

»Ja?«

Die Stimme am anderen Ende der Leitung war leise und schien immer dasselbe Wort zu wiederholen.

»Ich verstehe Sie nicht! Wen möchten Sie sprechen?«

»Milan.«

»Milan? Wer soll das sein?«

»Milan.«

»Ich glaube, Sie sind falsch verbunden. Wer sind Sie denn?«

»Milan«, flüsterte die Stimme noch einmal. Dann brach der Anruf ab.

Sie kannte keinen Milan. Aber sie kannte die Nummer des Anrufers. Sie drückte auf Rückruf. Niemand hob ab. Die Mailbox war offenbar ausgestellt.

Wer war dieser Anrufer?

Oder war es eine Anruferin gewesen?

Eine Anruferin, die ihre Stimme verstellt hatte?

Kurz entschlossen wählte sie Lee-Ans Nummer. Die Schonfrist der Frühschwangeren war hiermit abgelaufen. Es war an der Zeit, Klartext zu reden. Aber auch Lee-An ging nicht ran. Vermutlich probierte sie in irgendeiner Züricher High-End-Boutique Umstandsgarderobe an, während sich ihr Handy im Bodensatz ihrer Prada-Tasche heiser piepte.

Endlich sprang die Mailbox an.

»Ruf mich zurück, Lee-An«, sagte sie. »Und zwar pronto.«

Er hatte das Gefühl, dass bei den Imhoff-Jenssens etwas nicht stimmte. Leider war es in seinem Beruf ausschließlich weiblichen Kollegen vorbehalten, Ausführungen mit Sätzen wie »Ich habe das Gefühl ...« zu beginnen. Seine Ex-Frau hatte den Satz auch gern gebraucht, worauf er, ganz Anwärter der höheren Laufbahn, einmal gesagt hatte: »Gefühle zählen nicht. Wir brauchen Beweise, Schatz.« Fataler Irrtum, jedenfalls im Eheleben.

Um auf die Imhoff-Jenssens zurückzukommen: Die eine Freundin Novas behauptete, Thomas Imhoff habe eine Schwäche für Thai-Frauen gehabt, die andere stritt es entschieden ab. Dritte Variante: Bei den Thai-Frauen handelte es sich um ein Gerücht, das das Au-pair der Imhoff-Jenssens in die Welt gesetzt hatte.

Und dieses Au-pair war ihm knapp entwischt. Vorgestern hatte es noch die Kinder der Imhoff-Jenssens und Tillier-Teuffels von der Vorschule abgeholt und heute war es schon in Hamburg. Das jedenfalls hatte ihm Rosa Mercurio hämisch grinsend mitgeteilt, nachdem sie ihn auf dem Gehsteig vor der Lychener 37 um ein Haar mit dem Fahrrad über den Haufen gefahren hätte.

Er nahm einen Schluck von der Latte Macchiato, die er sich ganz gegen seine Prinzipien gönnte. Den Logenplatz vor dem »Frida Kahlo«, der plötzlich vor seinen Augen frei geworden war, hatte er schon aus ermittlungstechnischen

Gründen nicht ausschlagen können. Trotzdem konnte er den Kaffee nicht als Spesen absetzen.

Auf dem Helmi herrschte Samstagnachmittagsstimmung. Die Wochenendeinkäufe waren getätigt, das Familienleben hatte sich entspannt. Es war noch warm genug, um den Kindern ein Eis zu kaufen. Während die Kleinen das Bio-Gelato auf ihren Biobaumwollklamotten verteilten, ließen sich die Helmi-Papis mit ihren Biobaumwollbärten und veganen Turnschuhen auf dem Sandkastenrand nieder wie Papageien auf einer Stange und plauderten miteinander, während sie an Biobierflaschen nuckelten. Himmel, da ging es ja in Staken würdevoller zu! Und wenn sie Pech hatten und irgendwas falsch machten in ihrem Bioparadies, landeten sie auch noch mit gespaltenem Schädel im Bach wie Thomas Imhoff.

Und wenn er auf dem Holzweg war? Wenn es doch dieser MacDonald gewesen war? Im Affekt, wie sie zuerst ja *alle* geglaubt hatten. MacDonald war impulsiv, vorbestraft (wenn auch im Kontext einer Kneipenschlägerei) und, laut Aussage der Nachbarn, alkoholkrank. Er schlug seine Frau.

Wenn er so was hörte, zog sich ihm immer der Magen zusammen. Allerdings war nicht alles wahr, was er hörte. In diesem Fall war er sich ganz und gar nicht sicher, ob MacDonalds kleine blonde Ehefrau wirklich so schüchtern war, wie sie tat. Immerhin hatte sie ziemlich laut »Scheißbullen« gesagt, nachdem die Tür hinter ihm und seinem Kollegen ins Schloss gefallen war. Generell wurde die Gewaltbereitschaft von Alkoholikern über- und die von Akademikern und Besserverdienern unterschätzt. Als ob ein Abitur eine Maßnahme gegen niedere Instinkte wäre.

Sein Handy klingelte endlich.

»Schade!«

»Tja, wirklich schade, Rainer«, ulkte Anja, »aber ich fürchte, wir können da nichts mehr für dich tun.«

»Wieso für mich? Ich hab dich um keinen persönlichen Gefallen gebeten, sondern …«

»Hör zu«, unterbrach sie ihn. »Die Akte Imhoff ist bei uns offiziell geschlossen. Außerdem klebt ein kleiner gelber Zettel drauf, auf dem steht, dass alle Anfragen dazu an den Big Boss persönlich zu gehen haben. Weißt du, was das bedeutet?«

»Der Herr Reedereibesitzer ist mit eurem Polizeipräsidenten verschwägert.«

»Gut befreundet«, korrigierte Anja sanft. »Außerdem ist er kein Reeder, sondern Besitzer einer unserer renommiertesten Immobilienfirmen mit Elbblick …«

»… in Blankenese. Verschone mich!«

»Blankenese ist schön, Rainer. Du solltest uns einmal besuchen.«

Er hatte die blonde Anja vor sieben Jahren bei einer Weiterbildung kennengelernt und danach immer wieder mal getroffen. Zuletzt war sie in festen Händen gewesen. Vielleicht hatte sich daran inzwischen etwas geändert. Aber irgendwie war ihm gerade gar nicht so nach blond mit norddeutschem Humor.

»Und ob die Tochter mit ihren Kindern und dem Au-pair inzwischen in Blankenese angekommen ist, konntet ihr auch nicht rausfinden?«

Sie seufzte.

»Du willst mich nicht verstehen, oder? Die Familie ist für uns tabu. Außerdem wohnen die Jenssens in Eppendorf.«

»Dann von mir aus in Eppendorf. In der Familie lebt ein Au-pair, das für Spannungen zwischen den Ehepartnern gesorgt hat. Dieses Mädchen taucht in keinem einzigen Protokoll auf. Keiner von euren Leuten hat jemals mit ihr gesprochen. Das ist doch eindeutig schlampige Arbeit, oder?«

Anja seufzte. »Du bist ein unverbesserlicher Preuße, wie?«

»Ich bearbeite einen Mord.«

»Ich habe kurz mit einer Nachbarin gesprochen, die sich mit Sybilla Jenssen nicht ganz grün ist. Da könnte ich eventuell nachhaken.«

»Super. Vielleicht komm ich ja wirklich nach Blankenese.«

»Was ist eigentlich los? Ich dachte, das war ein Raubüberfall mit Totschlag. Willst du ein Familiendrama draus machen?«

»Du klingst wie mein Chef.«

Sie lachte traurig. »Nee, wie meiner. Aber vermutlich klingen die alle gleich. Gut, ich hör mich noch mal um.«

Sonntag, 17. August

»Hüte dich vor *Miranda Nr. 8*!«, sagte die Stimme neben ihrem Kopfkissen.

Es war die Stimme dieses Polizisten, Schade. Sie streckte die Hand nach ihm aus. Aber da war nur kühles Laken. Langsam schälten sich die Umrisse ihres Schlafzimmers aus der Dunkelheit. Jemand hatte versucht, sie mit einer Strickjacke zu ersticken. Und Schade hatte sie im letzten Moment gerettet. *Miranda Nr. 8*, was für ein Alp! Vorsichtig setzte sie die Füße auf den Boden.

Durch den Spalt zwischen den Vorhängen fiel Licht aus dem Seniorenheim gegenüber. In der dritten Etage hatten sie ihre Pflegefälle mit der Rundumbetreuung untergebracht. Hinter einem der Fenster ging eine rosa gekleidete Pflegerin geschäftig hin und her. Es war kurz nach drei.

Auf dem Küchentisch stand noch ihr Glas neben einer leeren Flasche ihres Lieblingsweins, den Luigi seinen Hausfrauen-Merlot nannte. Sie stellte das Glas in die Spülmaschine und die Flasche neben den Mülleimer. Dann ließ sie Leitungswasser in ein Wasserglas laufen. Die Strickjacke bereitete ihr die geringsten Sorgen. Die konnte irgendeine Besucherin bei Hanka in der Remise vergessen haben. Und es musste sich dabei nicht einmal um eine Kundin des Fadens handeln. *Miranda* war ein beliebtes Garn, das in vielen Wollläden verkauft wurde.

Viel mehr beunruhigte sie, dass sie George nicht erreichen konnte. Warum flüchtete er nach Ahrenshoop, wenn er sich nichts vorzuwerfen hatte? Warum hatten Hanka und er sich gegenseitig ein Alibi zurechtgebastelt, das so hanebüchen war, dass es die Aufmerksamkeit geradezu zwangsläufig auf George lenken musste? Wollten sie von etwas anderem ablenken? Von Hankas Streit mit Imhoff?

Sie trank einen Schluck Wasser.

Auch Lee-An konnte sie nicht erreichen. Sie hatte ihr inzwischen mehrere SMS geschickt.

Normalerweise reagierte Lee-An auf so etwas. Die Frau fiel ihr ein, die sich bei Bente und ihr nach Lee-An erkundigt hatte. Und wenn doch mehr dahintersteckte, als Bente und sie gemutmaßt hatten?

Da sie selber mit Noby nicht viel anfangen konnte, hatten sie und Lee-An nie über ihn gesprochen. Auch die IVF war kein großes Thema zwischen ihnen gewesen. Für dieses Ressort war eher Bente zuständig. Aber im Großen und Ganzen war sie immer davon ausgegangen, dass Lee-An mit ihrem Buddha ganz glücklich war. Was, wenn sie sich getäuscht hatte? Am liebsten hätte sie Bente sofort angerufen, aber da die ihr Schlafzimmer mit einem Ehemann teilte, war das vermutlich keine gute Idee.

Sie selbst würde jetzt allerdings kein Auge mehr zukriegen. Eine weitere durchwachte Nacht also.

Schließlich hielt sie es nicht mehr aus und schlüpfte in ihre Laufsachen. Sie überzeugte sich davon, dass Mina fest schlief, und verließ auf Zehenspitzen die Wohnung. In langsamem, gleichmäßigem Trab lief sie zum Faden. Der Schlüssel zu Lee-Ans Atelier lag in der Schublade des Kassentischs.

Die Gaillardstraße befand sich im Tiefschlaf. Als sie den Schlüssel in der Ladentür zu »gut behütet« drehte, sprang die Außenbeleuchtung an. Eine Schrecksekunde lang rechnete sie mit einer Alarmanlage, aber alles blieb ruhig. Sie schloss die Tür hinter sich ab, wartete, bis die Außenlampe erloschen war, und tastete sich durch die Werkstatt ins Hinterzimmer, wo sie die Stehlampe neben dem Bett anschaltete. Der Sechzigerjahreschirm verbreitete gedämpftes, honigfarbenes Licht. Alles war wie immer. Die Vorhänge der Terrassentür zum Innenhof waren zugezogen, auf dem verschnörkelten Messingbett vom Flohmarkt schlug der rote Überwurf lasziv Falten. Es duftete leicht nach Maiglöckchen oder Gardenien. Sie ließ sich in den weichen Plüschsamt sinken und verschränkte die Hände im Nacken. Über ihr schwebte der Kronleuchter, das Herzstück von Lee-Ans Boudoir, wie sie ihr Hinterzimmer scherzhaft nannte, das einzige Stück, in das sie wirklich Geld gesteckt hatte. Ihre Kundinnen, die den Raum als Anproberaum nutzten, schienen auf Glamour zu stehen.

Lee-An hatte sich zwar nie beklagt, aber Ariane konnte sich nicht vorstellen, dass sie von dem Laden leben konnte. Noby musste sie unterstützen. Im Gegenzug gab sie die kosmopolitische Ehefrau. Lee-An war als Kostümbildnerin durch die ganze Welt getingelt. Aufgewachsen bei deutsch-amerikanischen Adoptiveltern, sprach sie fließendes Englisch und akzentfreies Deutsch. Das Chinesisch ihrer frühen Kindheit hatte sie allerdings vollständig verlernt, wie sie einmal erwähnt hatte. Sie hatte nur wenige, traumatische Erinnerungen an ihre Kindheit, weshalb sie selten darüber sprach. Vor ein paar Jahren war ihr amerikanischer Adoptivvater gestorben. Mit ihrer Mutter, die irgendwo bei München lebte, hatte sie sich zerstritten. Verständlich, dass sie das Bedürfnis hatte, eine eigene Familie zu gründen. Und Noby mit seiner gepflegten Schweizer Abstammung und seiner Juristenkarriere musste ihr dazu wie eine Bank erschienen sein. Die beiden hatten ihre Zukunft mustergültig geplant mit dem Häuschen im Flora-Park und Lee-Ans Atelier um die Ecke. Letztes Jahr war das Familienprojekt in eine ernste Krise geraten. Dr. Assmanns Prognosen waren so schlecht gewesen, dass Lee-An sogar über eine Adoption nachgedacht hatte. Aber davon hatte Noby nichts wissen wollen.

Und nun diese glückliche Wendung.

War es nicht sogar eine *zu* glückliche Wendung? Ein bisschen zu viel Märchen? Genau wie dieses Kristallmonster über ihr ein bisschen zu viel Märchen war?

Ein Geräusch riss sie aus ihren Gedanken. Es klang, als machte sich jemand an der Tür zum Treppenhaus zu schaffen. Hatte doch ein Nachbar das Licht gesehen und den Hausmeister alarmiert? Oder war Lee-An zurückgekommen? Aber mitten in der Nacht?

Ein Schlüsselbund fiel klirrend auf den Boden. Sie rutschte vom Bett und lief zur Tür. Der Eindringling verhielt sich sofort mucksmäuschenstill.

»Es ist alles in Ordnung«, sagte sie. »Ich mache jetzt auf.«

Sie hatte kaum den Schlüssel im Schloss gedreht, als ihr die Tür von außen gegen den Schädel knallte. Sie erhielt einen heftigen Stoß gegen die Brust, atmete etwas Ätzendes ein und stürzte auf Lee-Ans schöne abgezogene Dielen. Dann wurde alles schwarz.

Schlaftrunken tastete Schade nach dem Handy auf seinem Nachttisch.

»Dienstfreier Sonntag, acht Uhr dreißig.«

Anja lachte.

»Schade! Schon vor dem Frühstück witzig. Wer hätte das gedacht.«

Er knurrte nur.

»Hör zu, ich habe mit Frau Ise gesprochen, der Erzfeindin von Frau Jenssen. Frau Ise ist seit Jahrzehnten die Haushälterin der Nachbarvilla. Die Villa wurde von einem wohlhabenden älteren Paar bewohnt, zwei Herren.«

Das klang nach einer längeren Geschichte. Er legte das Handy von der rechten in die linke Hand, damit er sich aufstützen konnte.

»Also ein schwules Paar.«

»Exakt. Letztes Jahr ist einer von den beiden gestorben und sie kümmert sich jetzt nur noch um den Hinterbliebenen. Aber darum geht's nicht. Interessant ist, dass auch der Sohn der Jenssens schwul ist. Weil seine Mutter das nie so recht akzeptieren konnte, hat er ab und zu bei Frau Ise Trost gesucht.«

»Aha.«

»Frau Ise sagte, Sybilla Jenssens Erziehungsmethoden hätten sie immer an ihre Zeit beim Militär erinnert.«

»Wann war denn Frau Ise beim Militär?«

»In ihrem erstem Leben als Mann.«

»Ach du Scheiße.«

»Schade!«

»Tschuldigung. Hast du erfahren, ob Nova Jenssen mit Kind und Kegel in Hamburg angekommen ist?«

»Kind und Kegel ja. Nova nein.«

»Wie jetzt?«

»Laut Frau Ise sind nur die drei Enkelkinder und das russische Au-pair da. Sie hat das Au-pair gefragt, wo Nova sei, und das Mädchen meinte, sie hätte noch ein paar Sachen in Berlin zu erledigen, komme aber bald nach. Am Freitag ist ja schon die Beerdigung.«

Schön, dass er das auch schon erfuhr.

»Und was hast du sonst noch über das Au-pair gehört?«

»Sie heißt Nicci und geht rüber in den Garten von Frau Ise, wenn sie in Ruhe eine rauchen und telefonieren will. Das haben Nova und ihr Bruder früher auch so gemacht.«

Das Telefon am Ohr, stand er auf und ging zum Fenster. Schäfchenwolken vor einem klaren blauen Himmel. Eine Runde zum Helmi drängte sich geradezu auf.

»Die hat dir ja ziemlich viel erzählt, die Frau Ise.«

»Wir teilen eine Leidenschaft.«

»Jetzt krieg ich aber Angst.«

»Tai-Chi, Schade.«

Sie lag flach auf dem Rücken und bekam die Augen nicht auf.

»Können Sie mich hören?«, fragte eine Frauenstimme. Die Stimme musste zu der Hand gehören, die ihr Gesicht tätschelte.

»Ich kann Sie nicht sehen.«

»Ich weiß«, sagte die Frauenstimme. Sie hatte eine Alkoholfahne, durchmischt mit Brandgeruch. »Sie haben eine Ladung Pfefferspray abgekriegt. Mein Kollege André spült jetzt Ihre Augen. Wir sind so weit, André!«

»Wer sind Sie?«, fragte Ariane.

»Dr. Chrissy Kämpf. Ich wohne in der Gaillardstraße 5. Und wer sind Sie?«

»Ariane Keppler«, murmelte sie zwischen Andrés Finger hindurch. »Wo bin ich?«

»Als ich heute Morgen nach Hause kam, habe ich Sie bewusstlos im Hausflur gefunden. Und da ich Ärztin bin, habe ich mich verpflichtet gefühlt, Sie in die Notaufnahme zu begleiten. Was wollten Sie eigentlich in dem Atelier von Frau Tau?«

»Blumen gießen. Lee-An ist meine Freundin. Bleibe ich blind?«

»Wir drehen Sie jetzt auf die rechte Seite«, sagte eine Männerstimme, André, nahm sie an. »Und nein, Sie bleiben nicht blind.«

»Wieso wollten Sie mitten in der Nacht Blumen gießen?«, fragte die Kämpf.

»Halte bitte ihren Kopf, Chrissy.« Leichte Ungeduld schwang in Andrés Stimme.

Das Wasser, das ihr übers Gesicht rann, war nicht, wie sie erwartet hatte, kalt, sondern angenehm lau und mild. Erst jetzt wurde ihr bewusst, wie sehr ihre Augen brannten. Ihr ganzes Gesicht schmerzte.

Die Ärztin tupfte ihr die rechte Gesichtshälfte mit einem Tuch ab und half ihr, sich auf die andere Seite zu drehen, damit die Prozedur am linken Auge wiederholt werden konnte.

Sie konnte jetzt die Schemen der beiden durch ein schlieriges Grau wahrnehmen. Mina fiel ihr ein. Sie musste dringend nach Hause. Wahrscheinlich war Mina schon wach.

»Die Polizei glaubt, dass Sie den Einbrecher mit Ihrer Anwesenheit überrascht haben.«

Dr. Kämpf half ihr, sich aufzusetzen. Ihr Körper fühlte sich an wie durchgewalkt. Vorsichtig stellte sie die Füße auf den Boden.

»Er ist nicht eingebrochen. Ich habe ihm die Tür aufgemacht. Ich dachte, es ist ein Nachbar oder jemand vom Wachschutz oder Lee-An selbst.«

»Meinen Sie, dass Sie den Kerl wiedererkennen?«

Sie setzte zu einem Kopfschütteln an und hielt sofort inne. Es tat wahnsinnig weh.

»Wir machen doch lieber ein CT«, sagte Chrissy.

»Ich muss zu meiner Tochter.«

»Das geht jetzt nicht«, sagte Chrissy. »Haben Sie eine Freundin oder so, die ich anrufen kann?«

Als sie im Wartezimmer der Radiologie auf das Ergebnis des CT wartete, kam eine große, mütterlich wirkende Frau mit zwei Pappbechern herein.

Sie musterte sie mitleidig und reichte ihr einen der Becher. »Frau Keppler? Kommissarin Jana Schwarz. Ich muss mich kurz mit Ihnen unterhalten.«

Der Becher enthielt dünnen schwarzen Tee mit reichlich Zucker. In Kombination mit der sanften Stimme von Jana Schwarz wirkte er angenehm beruhigend. Ihr Angreifer war offenbar wirklich ein Einbrecher gewesen, dem sie die Tour vermasselt hatte. Nachdem er sie niedergeschlagen hatte, hatte er einen selbst gebastelten Brandsatz in Lee-Ans Kronleuchter geschmissen und war abgehauen. Der Brandsatz hatte einen Schwelbrand im Bett ausgelöst, aber da Chrissy sofort die Feuerwehr gerufen hatte, war kein größerer Schaden entstanden.

»Sie haben ihn verscheucht«, sagte Jana Schwarz und tätschelte ihre Hand. »Vermutlich haben Sie durch ihr nächtliches Auftauchen das Hab und Gut Ihrer Freundin gerettet.«

»Was für ein Hab und Gut? Glauben Sie, der Einbrecher war auf die Musterhüte scharf?«

Die Polizistin guckte verwirrt.

»Ladenkasse, Computer und so?«

»Lee-An ist in Urlaub gefahren. Da lässt sie doch nichts Wertvolles im Atelier!«

Die Polizistin zuckte mit den Schultern.

»Das sind organisierte Bandeneinbrüche. Die nehmen alles mit. Die verticken sogar Ihre Turnschuhe.« Sie lachte leise. »So ein Urlaubszettel an der Tür ist für die eine Einladung.«

Chrissy kam mit einem Umschlag winkend aus einem der Behandlungsräume. Das CT war in Ordnung. Die Polizistin konnte sie nach Hause fahren.

Der Mann, der schließlich auf sein Klopfen öffnete, trug ein geripptes Unterhemd, aus dessen Ausschnitt ein schlecht tätowierter Gitarrenhals ragte. Das Tattoo stammte aus Lades Zeit als Bandleader der »Devil Killers«, einer Kreuzberger Heimatkapelle. Der zum Namen der Band passende Totenkopf schmückte seine rechte Schulterkugel.

»Tach, Danny«, sagte Schade und setzte blitzschnell seinen Laufschuh in den Türspalt.

»Ich glaub, du hast dich in der Tür geirrt«, sagte Lade.

»Ich muss Rosa sprechen.«

»Die ist nicht da.«

Im Hintergrund konnte er Wanja krakeelen hören.

»Und ihr Kind hat sie mit dir allein zurückgelassen? Ganz schön leichtsinnig.«

Er verpasste Lade einen Stoß gegen die Brust und schlüpfte an ihm vorbei in die Wohnung.

»He, das ist Hausfriedensbruch!«

»Noch nicht, Lade, noch nicht.«

Er trat in einen hellen Wohnraum mit integrierter Küche. Abgesehen von den Spielsachen auf dem Fußboden war es aufgeräumt und sauber. An den Fliesen in der Küchenzeile klebten Zeichnungen von Wanja.

Er fand den Kleinen auf der Schwelle zum Balkon, wo er ein Matchbox-Polizeiauto über die Baby-Wippe seiner Schwester fahren ließ.

»Wo ist sie, Lade?«

Danny Lade schmiss sich aufs Sofa.

»Bei 'ner Freundin, Mann.«

»Oben bei Nova«, sagte Wanja mit klarer Stimme.

Da hatte er gerade geklingelt. Vergeblich. Aber vielleicht saßen die Damen auf der Terrasse.

»Willst du mal gucken, was sie macht?«, fragte er.

Das Kind griff sofort nach seiner ausgestreckten Hand.

»He, was fällt Ihnen ein«, protestierte Lade. Die Sucht leuchtete ihm aus den Augen.

»Pass schön auf das Baby auf, Danny«, sagte er.

Rosa öffnete sofort, als sie Wanjas Stimme hörte.

»Was machen Sie ...?«

»Gehen Sie runter und kümmern Sie sich um Ihre Kinder«, zischte er ihr ins Ohr. »Und schmeißen Sie diesen Junkie raus, sonst informiere ich das Jugendamt.«

Sie drückte Wanja an sich und stieg eilig die Treppe hinunter.

Er fand Nova Jenssen auf der Terrasse, wo sie zusammen mit Catherine Tillier-Teuffel ein französisches Frühstück zu sich nahm, wenn er die Tüte mit dem Schriftzug einer Patisserie in der Stargarder Straße richtig interpretierte.

»Ich fass es nicht«, sagte die Tillier-Teuffel, während Nova Jenssen ihn aus leeren Augen stumm anstarrte. Sie war mindestens so zugedröhnt wie Lade, aber mit einer anderen Substanz. Als sie ihn endlich erkannte, verzog sich ihr Mund in Zeitlupe zu einem gequälten Lächeln.

»Wie können Sie es wagen ...«, fing die Teuffel wieder an, verstummte dann aber mit einer resignierten Handbewegung, die auf der Höhe der Taillenschnürung seiner No-Name-Jogginshorts hängen blieb.

Er setzte sich in einen Korbsessel, von dem aus er Nova Jenssen ins Gesicht sehen konnte.

»Warum haben Sie Ihre Kinder nicht nach Hamburg begleitet, Frau Jenssen?«

»Das musst du nicht beantworten, Nova«, sagte die Tillier-Teuffel.

Nova Jenssen schüttelte eine Haarsträhne aus dem Gesicht. »Wieso nicht, Catherine? Es ist kein Geheimnis. Ich hatte noch was zu erledigen.« Sie lächelte gequält. »Man kommt ja zu nichts, wenn die Kinder da sind.«

»Kümmert sich um die nicht sowieso das Au-pair?«

»Doch nicht rund um die Uhr!«, zischte die Tillier-Teuffel. »Man merkt schon, dass Sie keine Kinder haben.«

»Ich habe eine Tochter.«

»Die ich wahrlich nicht beneide.«

Er beschloss, die Französin zu ignorieren, und beugte sich ostentativ zu Nova Jenssen.

»Ich habe ein paar Fragen zu Ihrem Au-pair, Frau Jenssen.«

»Zu Nicci?«

»Sind Sie zufrieden mit ihr?«

»O ja. Sie ist großartig.«

»Wie war das Verhältnis Ihres Mannes zu Nicci?«

»Nova! Du sagst kein Wort«, rief Catherine Tillier-Teuffel.

Aber die Jenssen schien sie nicht zu hören. Ihre großen blauen Augen waren weit geöffnet.

»Ich ... ich denke, okay«, stammelte sie.

»Angeblich hat Nicci das Gerücht in die Welt gesetzt, dass Ihr Mann eine Vorliebe für Thailänderinnen hat.«

Nova Jenssen schlug beide Hände vors Gesicht und begann zu wimmern. Die Tillier-Teuffel war sofort an ihrer Seite.

»Bitte, Liebes, reg dich nicht auf. Der Herr Kommissar geht auch gleich.«

Sie streckte sich auf ihre ganze bescheidene Körperhöhe und beschrieb mit dem linken Arm einen Bogen zur Terrassentür: »Bitte, Monsieur le commissaire. Oder ich sehe mich gezwungen, Ihre Kollegen zu rufen.«

Ihm blieb gar nichts anderes übrig, als Leine zu ziehen.

Nach sechs Stunden Schlaf brannten ihre Augen zwar immer noch, aber sie sah wieder genug, um ihr Handy zu bedienen.

Sie war allein in der Wohnung. Stine, die nach Chrissys Anruf in ihre Wohnung gekommen war, war mit Mina auf den Kinderbauernhof gegangen, der heute sein fünfzehnjähriges Jubiläum feierte.

Lee-An ging immer noch nicht an ihr Telefon. Ihre Whats-App-Nachrichten hatte sie seit einer Woche nicht mehr abgerufen. Es sah fast so aus, als ob sie ihr Handy verloren hätte. Aber selbst dann hätte Lee-An, so wie sie sie kannte, sich sofort ein neues besorgt, um mit der Außenwelt in Kontakt zu bleiben.

Nobys Nummer hatte sie nicht. Sie hatte in den letzten Tagen alle deutschen und schweizerischen Telefonverzeichnisse nach Norbert Lossamer abgesucht, aber der Name war nirgends gelistet. Jetzt blieb ihr wirklich nur noch Bente.

Sie erwischte sie auf der Terrasse ihrer Schwiegereltern, wo gerade das Familiengrillen vorbereitet wurde.

»Nobys Nummer? Die hatte ich noch nie! Ist mit Lee-Ans Telefon was nicht in Ordnung?«

»Sie geht nicht ran.«

»Was ist denn so dringend? Sie kommt doch sowieso in ein paar Tagen zurück.«

Ariane zögerte. »Ich hab eine Anfrage von einer Kundin bekommen.«

»Wie dringend können Hüte sein? Und bist du dir sicher, dass es nicht wieder diese Privatdetektivin ist?«

»Ich dachte, das war gar keine Privatdetektivin?«

»Leider doch«, sagte Bente. »Bei Luigi war sie nämlich auch.«

»Wann?«

Luigis Enoteca war die Gerüchteküche der Florastraße. Und Lee-An war eine seiner Stammkundinnen. Wenn es ihr in ihrem Atelier zu langweilig wurde, erschien sie bis zu dreimal täglich an seinem Tresen.

»Keine Ahnung. Er hat es mir am Freitag erzählt. Sie hat ihm dasselbe Foto gezeigt wie uns.«

»Und?«

»Er hat sie für eine Kundin gehalten und zum Atelier geschickt. Er hat sich gar nichts Böses dabei gedacht.«

»Natürlich nicht. Denken ist nicht gerade seine Stärke.«

»Stimmt. Du, ich muss zu meiner Bagage zurück.«

»Viel Spaß«, sagte Ariane.

Luigis Nummer hatte sie nicht. Aber vielleicht hatte Stine sie. Sie setzte sich eine Sonnenbrille auf und machte sich auf den Weg zum Kinderbauernhof. Jeder Schritt tat weh.

Als sie das hölzerne Eingangstor erreichte, zog sich die Schlange der geparkten Kinderwagen vom Ziegenverschlag bis zum Kuchenbüffet am Hauptgebäude. Es gab alkoholfreies Bier, selbst gemachte Holunderbrause und Tofuburger vom Grill. An den Biertischen und Bänken, die rund ums Tipi aufgebaut waren, feierte die Pankower Elternschaft das pralle Leben.

Sie fand Stine in ihr Handy vertieft auf der Bank bei dem alten triefäugigen Hängebauchschwein.

»Riecht ein bisschen streng, ist aber angenehm ruhig«, sagte sie, als Ariane sich neben sie setzte.

»Wo ist Mina?«

»Beim Pfeil-und-Bogen-Basteln. Tut's noch weh?«

»Geht so. Hast du etwas arrangieren können?«

Stine legte das Handy neben sich auf die Bank.

»Meine Eltern haben das Haus eigentlich schon voll. Und mein Vater mit seinen Herzgeschichten …« Sie seufzte. »Wenn du unbedingt willst, kann Rieke Mina morgen mitnehmen. Aber glaubst du nicht, dass es ein bisschen übertrieben ist?«

»Darf ich euch kurz stören?«

Die Frau, die sich vor ihnen aufgebaut hatte, trug ein Blümchenkleid, Wanderschuhe und eine Strickjacke, Handarbeit. Es war eine Kundin. Sie kam sogar manchmal zur Strickmeditation. Blöderweise fiel ihr der Name nicht ein. Sie hielt ein Klemmbrett in der Hand.

»Henny, Jaschas Mama.«

Sie erinnerte sich. Jascha war der Junge, mit dem Mina sich die Kaninchenpatenschaft teilte. Außerdem besuchte er Minas Stepptanz-Kurs.

»Klar, Henny! Setz dich doch.«

»Ich hab hier was für euch.«

Auf dem Klemmbrett lag eine Unterschriftenliste mit der Überschrift »Für ein friedliches Miteinander im Kiez«. Die Unterzeichnenden forderten die Schließung des Ecksteins.

Ariane schob ihre Sonnenbrille ins Haar. »Sei mir nicht böse, Henny, aber das unterschreibe ich lieber nicht.«

Henny starrte sie entgeistert an.

Schnell zog sie die Brille wieder auf die Nase.

»War *er* das?«, fragte Henny.

»Welcher *er*?«

»Na, MacDonald! Hat er dich so zugerichtet?«

»Natürlich nicht, das war ein Unfall!«

»Verstehe, genau wie bei Nadja letztes Jahr. Du weißt schon, dass das alle sagen, nicht wahr?«

»Hör mal, Henny …«

»Du bist nicht allein. Wir sind alle betroffen. Geschäftsfrauen ebenso wie Fabrikarbeiterinnen, Hausfrauen und Künstlerinnen. Sogar in Seniorenheimen kommt es zu Übergriffen.«

»Henny, es war ein Unfall!«

Henny schüttelte den Kopf. »Wenn es dir schon Spaß macht, die Märtyrerin zu spielen, solltest du wenigstens auf Mina Rücksicht nehmen. So was hat nämlich eine echt traumatische Wirkung auf Kinder.«

Ariane holte Luft. »Liebe Henny, würde du dich bitte um deine Angelegenheiten kümmern?«

»Das *ist* meine Angelegenheit. Jedenfalls solange mein Jascha mit deiner Mina spielt, kapierst du das nicht?«

»Ich kapiere es nicht so *ganz*«, sagte Ariane. »Trotzdem, vielen Dank für deinen Rat.«

Nachdem Henny, das Klemmbrett unterm Ellbogen, wütend Richtung Tipi gestürmt war, prustete Stine laut los.

»Kapierst du jetzt, warum Mina hier weg muss?«, zischte Ariane.

»Ich kapiere es nicht so *ganz.*« Stine wischte sich die Lachtränen aus den Augen. »Aber ich sehe es ein.«

Moni guckte genervt. »Irgendwie ist mir das alles ein bisschen too much, Meik.«

»Too much was?«, fragte er.

»Too much durcheinander«, sagte Lea, ihre derzeitige Praktikantin. »Ein bisschen DDR-Kunstszene, ein bisschen IM-Schicksal und dann noch diese Gentrifizierungsgeschichte. Da sieht doch kein Mensch mehr durch.«

Lea war kurzhaarig und dicklich. Ihr einziges hervorstechendes Persönlichkeitsmerkmal war eine renitente Unterlippe.

»Sie hat recht«, sagte Moni. »Bevor du weitermachst, solltest du erst mal sicherstellen, dass dieser Faust noch lebt. Vielleicht ist er ja gestorben und wohnt deshalb nicht mehr in der Gaillardstraße.«

»Richtig.« Lea grinste. »Nur ein lebender IM ist ein guter IM.«

Moni warf ihr einen mahnenden Blick zu. Sie mochte es nicht, wenn Praktikanten *zu* übermütig wurden.

»Vielleicht steht er ja für ein Interview zur Verfügung«, fügte sie in versöhnlichem Ton hinzu. »Das könnte ich mir ganz gut fürs Feuilleton vorstellen. Sprich ruhig mal mit Kajsa darüber.«

Feuilleton! Das hier war eine Polit-Geschichte, was für die Titelseite, kein Feuilleton-Scheiß.

Am besten kündigte er. Sofort. Den ganzen Sonntag hatte er an dieser Geschichte recherchiert.

Ekkhardt Faust war ein Kunstschmied und Metallbildhauer aus der Uckermark. Er war 1938 geboren und hatte in den Sechzigern die Werkstatt seines Vaters, eines ehemaligen Dorfschmieds, übernommen und eine Künstlerkommune namens »Ukrania« gegründet. Im Laufe der Jahre war die Schmiede um eine Töpferei, eine Weberei und eine Holzwerkstatt erweitert worden.

Natürlich hatte Vater Staat die Kommune mit Misstrauen beäugt. Künstler hatten ja bekanntlich ein eigenes Köpfchen und wenig Talent, damit hinterm Berg zu halten. Außerdem war Faust Hobbyboxer. Nachdem er einem Stasispitzel, der sich bei den Ukraniern einschleimen wollte, k.o. geschlagen hatte, kam er in den Bau. Das war 1973 gewesen.

Während Fausts Abwesenheit löste Ukrania sich auf. Als er zurückkam, arbeitete er »in der Produktion« und trat als Künstler kaum noch in Erscheinung. Mitte der Achtziger siedelte er nach Berlin um, weil seine Frau krank geworden war und man diese Krankheit nur dort behandeln konnte. Zu dieser Zeit zog sein Sohn, damals ungefähr zwanzig, mit ein paar Freunden in die Schmiede und gründete ein »Neu-Ukrania«. Neben der Kunst beschäftigte sich die Clique mit der Revolution. Mit einer alten Druckermaschine stellte sie künstlerisch hochwertige, ein bisschen staatsfeindliche Pamphlete her. Irgendjemand verpfiff sie. Kurz vor der Wende wurden alle Neu-Ukranier, außer Sohnemann selber, der gerade bei Muttern im Krankenhaus war, hopsgenommen.

Als die Neu-Ukranier ein paar Jährchen später ihre Stasi-Akten checkten, stellte sich heraus, dass es vermutlich Faust senior gewesen war, der sie verpfiffen hatte.

Die Krankheit seiner Frau hatte ihn erpressbar gemacht. Wenn er nicht mitspielte, kriegte sie keine aufwändige Behandlung mehr. So einfach war das gewesen. Logisch, dass der Alte nach der Geschichte kein Bein mehr auf den Boden bekam. Ein fleißiges Bienchen von Wiki hatte trotzdem so was wie ein Werkverzeichnis von Faust erstellt, und jetzt kam der Knaller: Eine seiner Metallskulpturen mit dem Titel »Hippokrates II« befand sich seit 2008 im Skulpturengarten der Panke-Galerie. Diese Panke-Galerie wiederum lag in Wurfweite von der Stelle, an der Thomas Imhoff, Geschäftsführer von Kiez am Park und Angestellter der NordInvest, aus dem Wasser gefischt worden war.

Und das hielt Moni alles für Zufall, weil sie während ihrer bescheidenen Karriere bei der FP nie ein Näschen entwickelt hatte.

Er hingegen hatte ein Näschen.

Und auch schon einen Plan.

Zum dritten Mal hielt Mina ihr ihre rosa Kinderuhr unter die Nase. »Jetzt ist die große Pause schon vorbei.«

»Und, was kümmert's dich? Du hast frei.«

»Hab ich nicht. Nach der Pause haben wir Deutsch. Ich wollte eine Hauptrolle in unserer Theateraufführung. Jetzt krieg ich die sicher nicht.«

Rieke bremste. Baustelle. Vor ihnen reihten sich die Autos.

»Welche Rolle denn?«

»Den kleinen Muck.«

Sie konnte das Lachen kaum unterdrücken.

»Passt ja!«

»Wenn ich nicht da bin, kriegt Jascha den Muck.«

»Du bist doch nur ein paar Tage weg.«

»Hat Mama denen in der Schule gesagt, dass ich nur ein paar Tage weg bin?«

Rieke seufzte. Sie hatte keine Ahnung, was Ariane dem Rektor erzählt hatte. Sie hielt es für eine totale Überreaktion, Mina von einem Tag auf den anderen aufs Land zu evakuieren. Aber da sie sowieso nach Pillnitz musste, hatte sie sich schlecht weigern können, Mina mitzunehmen. Und dann hatte gestern auch noch Paul angerufen und sie gebeten, ein Auge auf seine kleine Schwester zu haben. Seine Mutter sei ein bisschen durch den Wind. Na, das hatte sie schon selber gemerkt!

Bevor sie auf die Autobahn gefahren war, hatte sie noch einen Umweg über Neukölln machen müssen, wo sie den einzigen Händler in ganz Berlin aufgetrieben hatte, der dieses historische Ladegerät, das Greta haben wollte, noch vorrätig hatte. Deshalb standen sie jetzt im Stau.

»Mist«, sagte sie laut.

»Du hättest das Ladegerät auch in Pillnitz kaufen können«, sagte Mina.

»In Pillnitz? In Pillnitz kannst du Eier und Butter kaufen, aber kein Ladegerät. In Pillnitz kannst du es nicht mal übers Internet bestellen. Das funktioniert da nämlich nicht.«

Sie ließ die alte Karre ihrer Mutter ein paar Meter vorwärts rollen.

»Paul kann deiner Oma WLAN einrichten«, sagte Mina altklug.

»Vielleicht kommt Paul bald«, entfuhr es ihr.

Das Kind hüpfte auf der Rückbank in die Höhe, dass das ganze Auto wackelte.

»Wann?«

»Weiß ich nicht. Außerdem soll es eine Überraschung sein. Also kein Wort zu niemand.«

Sie konnte es selber kaum glauben. Sie wusste nicht mal, ob sie es wollte. Paul war ihr Sandkastenfreund, fast schon Familie. Ihre Beziehung hatte sich daraus einfach so ergeben. Sie hatte gar keine andere Wahl gehabt. Vor ungefähr einem halben Jahr war ihr das zum ersten Mal bewusst geworden. Alle ihre Freundinnen hatten Affären, Herzschmerz, Stress, emotionale Achterbahnfahrten. Nur sie hatte immer denselben Paul, den sie sich nicht einmal ausgesucht hatte. Irgendwie unfair. Deshalb war sie gar nicht unglücklich gewesen, als Paul beschlossen hatte, für ein Jahr in die USA zu gehen. Das gab ihr nämlich die Chance, auch mal was anderes auszuprobieren.

Aber dann hatte er ein paar Tage vor seinem Abflug Schluss gemacht, richtig Schluss. Unter anderem hatte er gesagt, es hätte mit seinem Vater zu tun, was sie ziemlich seltsam fand, da er seinen Vater gar nicht kannte. Aber offenbar hatte er genau damit ein Problem.

Sie kannte ihren Vater auch nicht und hatte überhaupt kein Problem damit. Das konnte natürlich daran liegen, dass Stine ihr mit Manni recht früh einen passablen Ersatz ins Haus geliefert hatte, während die Sache zwischen Ariane und Old MacDonald gründlich schiefgelaufen war. Der alte Schotte war ganz schön schräg. Aber bestimmt kein Mörder. Niemand, der George auch nur ein bisschen kannte, traute ihm einen Mord zu. Es sei denn, man gehörte zu diesen überkandidelten Florastraßenmüttern. Aber wer nahm die denn für voll? Da machten ihr ihre eigene Erzeugerin und Ariane, die normalerweise eher cool waren, schon mehr Sorgen. Irgendwie liefen die beiden gerade neben der Spur. Vielleicht ganz gut, wenn Paul leibhaftig auftauchte und ihnen Bescheid stieß.

Sie hatte noch keinen Plan, wie sie ihm begegnen sollte. Eigentlich waren sie ja gar nicht mehr zusammen. Trotzdem, falls sie spitzkriegte, dass er in Amiland mit irgendeiner Ische gepennt hatte, würde sie ihn umbringen.

»Ich glaube, du liebst ihn noch«, meldete sich ein Stimmchen von der Rückbank.

»Wen?«

»Paul natürlich.«

Catherine hatte ihr dringend von dem Treffen abgeraten. Heute Morgen war sie noch drauf und dran gewesen zu gehorchen. Aber dann hatte sie sich doch für das Treffen entschieden – und gegen die Tabletten.

Sie traute Catherine nicht mehr. Sie verstand auch nicht, warum Catherine unbedingt Nicci in die Sache hineinziehen wollte. Okay, vielleicht war Nicci ein bisschen schwanzfixiert, aber sie konnte sich beim besten Willen nicht vorstellen, dass Nicci fiese Gerüchte über Tommy verbreitet hatte. Für Nicci war Tommy so was wie ein Heiliger gewesen, sie hatte ihn angebetet. Und für seine Kinder hätte sie alles getan. Als Kyra die Lungenentzündung gehabt hatte, hatte sie fast einen Monat lang auf dem Boden vor ihrem Bett geschlafen, ohne dass sie ihr dafür extra Geld angeboten hatten. Sie verstand nicht, warum Catherine, die doch angeblich ihre Freundin war, ihr Nicci wegnehmen wollte. Catherine hatte auch etwas dagegen, dass sie sich mit Jeremy traf.

Also tat sie es heimlich.

Er hatte das Frida Kahlo vorgeschlagen, was gut war. Eine Fahrt in die Innenstadt hätte sie gar nicht hingekriegt in ihrem Zustand. Aber das Kahlo ging gerade noch. Vielleicht hatte er auch erwartet, dass sie ihn zu sich nach Hause einlud. Aber so nah wollte sie ihn nicht an sich herankommen lassen. Sie kannte ihn ja kaum, obwohl er Tommys bester Freund war. Irgendwie musste sie ihm beibringen, dass er nicht auf der Beerdigung aufkreuzen sollte. Ihre Eltern bestanden darauf, dass die Beisetzung »im engsten Familienkreis« stattfand. Sonst war angeblich die Gefahr zu groß, dass sich irgendwelche Presseleute einschlichen. Ihre Mutter immer mit ihrem Prominentenfimmel. Andererseits gehörte Jeremy Beyer tatsächlich nicht zur Familie. Sie hatte in selber nur ein einziges Mal getroffen, bei seiner Hochzeit. Das war ungefähr zehn Jahre her.

Tommy war Jeremys Trauzeuge gewesen. Ihre Beziehung war zu der Zeit noch ziemlich frisch und Tommy hatte die Hochzeitseinladung dazu genutzt, sie in der alten Heimat vorzuführen. Es war kein besonders amüsantes Wochenende gewesen. Eine typische Hochzeit auf dem Lande, auf der jeder jeden kannte, nur sie niemanden.

Inzwischen war Jeremy Anwalt mit eigener Kanzlei. Er war in den letzten Jahren ein paar Mal geschäftlich in Berlin gewesen, aber Tommy hatte sich immer allein mit ihm getroffen.

Als sie das Kahlo betrat, sprang er, wie von der Tarantel gestochen, von seinem Stuhl. Er bestellte ihr eine Latte und begann einen Monolog über seine Kinder, einen Jungen und ein Mädchen, deren Namen sie sich gar nicht erst zu merken versuchte. Den seiner Frau hatte sie auch vergessen. Tommys Vergangenheit hatte sie nie besonders interessiert. Sie war ein Mensch, der in die Zukunft blickte. Das hieß, sie war so ein

Mensch gewesen. Aktuell blickte sie ja gar nichts mehr. Das musste an den Pillen liegen, die Catherine ihr ständig reindrückte. Weil sie sonst so aggro war. Aber damit war jetzt Schluss. Dann war sie eben aggro. Irgendwann musste der Nebel sich ja mal lichten.

»Ich verstehe, dass alles gerade sehr schwer für dich ist, Nova. Neben der Trauer um Tommy musst du dein ganzes Leben neu sortieren.«

Sortieren? Sah sie so aus, als ob sie in der Lage sei, irgendwas zu sortieren? Was wollte er ihr eigentlich sagen?

»Leider muss ich dich mit einer weiteren Sache konfrontieren. Hast du dich schon mit Toms Nachlass beschäftigt?«

Also hatte Catherine recht gehabt mit ihrem Verdacht. Es ging um Geld. Um was auch sonst? Und sie war so naiv gewesen, den Kerl wirklich für einen Freund zu halten. Gott sei Dank fiel ihr sofort die Antwort ein, die Catherine ihr eingetrichtert hatte.

»Darum kümmert sich unser Familienanwalt. Ein Testament hat Tommy ja nie gemacht.«

Sie wischte sich über die Augen. Nicht weil sie weinen musste, sondern weil ihre Augen so trocken waren. Vermutlich eine Nebenwirkung der Medikamente.

»Tom hat eine testamentarische Verfügung bei mir hinterlegt.«

»Eine testamentarische Verfügung?« Das verstand sie nun wirklich nicht. Es gab nichts zu verfügen. Was ihnen gemeinsam gehört hatte, gehörte jetzt logischerweise ihr. Es war ohnehin durch die Mittel ihrer Eltern finanziert worden. Dass Tommy irgendwo eigenes Vermögen deponiert hatte, konnte sie sich nicht vorstellen.

»Tom hat einen Sohn«, sagte er.

»Ja, Hank.«

»Ich meine nicht Hank. Er hat noch einen Sohn.«

Ihr Herz fing an zu rasen. Ein Kind von dieser Thai-Nutte?

»Wer sagt denn, dass das sein Kind ist?«, fuhr sie ihn an. »Sie?«

Jeremy zuckte zusammen.

»Tom selbst hat sich mir anvertraut. Vor knapp drei Jahren.«

Vor drei Jahren! Das erklärte natürlich einiges. Zum Beispiel sein plötzliches Desinteresse an weiteren Kindern. Sie hatte ihm die Zwillinge ja regelrecht aus den Lenden leiern müssen. Er hatte sie immer wieder gefragt, ob sie nicht doch lieber in den Beruf zurück wolle. Jetzt ergab das alles einen Sinn.

»Wie alt ist das Kind genau?«

»Der junge Mann ist vor kurzem achtzehn geworden.«

Sie fuhr so heftig in die Höhe, dass ihr Stuhl nach hinten wegkippte.

Achtzehn! Vor achtzehn Jahren hatten sie und Tommy sich noch gar nicht gekannt! Also ein Kind aus einer alten Beziehung, eine Jugendsünde. Eine, die er ihr verschwiegen hatte. Wie so vieles. Sie setzte sich wieder.

»Davon hat er mir nie erzählt.«

»Er hat niemandem davon erzählt«, sagte Jeremy.

»Warum nicht?«

»Tom wollte zu diesem Zeitpunkt keine Familie gründen. Die Kindsmutter hat das Kind allein groß gezogen. Der Junge hat seinen Vater nie kennengelernt.«

Nova schnappte nach Luft.

»Aha! Und jetzt stellt sie plötzlich Ansprüche. Ich nehme an, die Dame ist eine Klientin von dir?«

Jeremy hob abwehrend beide Hände.

»Sie ist keine Klientin von mir. Sie ist erstmals an Tommy herangetreten, als ihr Sohn begann, sich nach seinem leiblichen Vater zu erkundigen. Und das war vor ungefähr drei Jahren. Der Junge sollte erst an seinem achtzehnten Geburtstag erfahren, wer sein Vater ist.«

»Wann ist er achtzehn geworden?«

»Am 6. August.«

»Das ist ...«

Jeremy Beyer nickte. »Tommys Todestag.«

Sie versuchte, sich an ihrer Latte festzuhalten. Sie drückte das Glas so fest, dass die Fingerknöchel weiß anliefen. Trotzdem drohte die Welt ihr unter den Händen wegzurutschen. Wie dauernd alles wegrutschte seit Tommys Tod. Vielleicht hätte sie die verdammten Pillen doch nehmen sollen.

»Wo lebt der Junge?« Ihre Stimme klang heiser.

»Zurzeit in den USA.«

»Und die Mutter? Vielleicht war sie's.«

Er seufzte.

»Nova, die Frau hätte jahrelang mehr Gründe gehabt, Tom umzubringen, als gerade jetzt.«

»Wie meinst du das?«

»Es ist hart, ein Kind allein aufzuziehen.«

»Sie hatte sich dafür entschieden.«

»Ich würde es anders ausdrücken. Tom hatte sich dagegen entschieden.«

Sie zuckte zusammen. Jeremys Ton war scharf geworden. Sie hatte ganz vergessen, wie religiös diese Süddeutschen waren. Tommy hatte sich immer ein bisschen darüber lustig gemacht.

»Außerdem hat er seinen Sohn seit ihrem Treffen vor drei Jahren freiwillig unterstützt. Er finanziert zum Beispiel diesen USA-Aufenthalt«, fuhr Jeremy fort.

»Aber warum hat er das gemacht, nach so langer Zeit?«

»Vielleicht weil seine anderen Kinder, also eure gemeinsamen Kinder, eine Veränderung in ihm bewirkt haben?«, schlug Jeremy vor.

Ihr wurde schwindlig. Tommy hatte sie also nicht nur belogen und betrogen, er hatte auch ihr gemeinsames Geld, um nicht zu sagen *ihr* Geld, veruntreut. War das »veruntreut«, wenn er ihr Geld dem Kind seiner Ex zuschob? Vermutlich hatte dieses Kind auch noch Erbansprüche. Und sie den beschissenen Job, das ihren Eltern beibringen! Klar, er hatte ihr ja während ihrer gesamten Ehe immer diese Scheißjobs zugeschoben.

»Er hat es verdient«, zischte sie Jeremy an. »Es ist mir scheißegal, wer ihn umgebracht hat. Er hat es ja so was von verdient.«

Sie hatte am Nachmittag einen Termin auf der Dienststelle von Jana Schwarz, wo sie noch einmal ihre Aussage zu dem Einbruch in Lee-Ans Atelier zu Protokoll geben musste. Gegen vier war sie fertig, fuhr mit der S-Bahn nach Pankow und ging zu Fuß die Florastraße hinunter in Richtung Faden. Um diese Zeit war reger Betrieb auf der Flora. Besonders Jule und ihr »Grüngut« profitierten vom Feierabendverkehr. Vielen Flora-Park-Bewohnern war »der älteste Bioladen Pankows« sympathischer als die Bio-Kette, die sich im Einkaufscenter in der Breiten Straße niedergelassen hatte. So gesehen zeugte es durchaus von Charakter, dass Jule sich geweigert hatte, Hennys Unterschriftenliste auszulegen. Zumal Luigi in seiner Enoteca, die nur schräg über die Straße lag, auch vermehrt auf ökologischen Anbau setzte.

Obwohl die Enoteca als anerkannte Klatschbörse der Florastraße galt, war heute bei Jule entschieden mehr los. Nach kurzem Zögern trat sie ein. Da Jule ihren privaten Sockenwollbedarf nicht bei einem Bioversand, sondern aus dem eher schmalen Bioangebot des Fadens deckte, war es sowieso Zeit, sich mal wieder blicken zu lassen. Zwischen Brot- und Frischetheke wurde, wie sie erwartet hatte, der Brandanschlag auf Lee-Ans Atelier diskutiert. Obwohl der Feuerwehreinsatz eine ganze Reihe Bewohner geweckt hatte, schien niemand genau mitbekommen zu haben, was passiert war. Da das Gespräch bei ihrem Eintreten nicht verstummte und sie auch nicht von neugierigen Blicken gestreift wurde, konnte sie davon ausgehen, dass sich ihre Beteiligung an dem Überfall noch nicht herumgesprochen hatte. Vielleicht war Dr.

Chrissie Kämpf keine Biokundin. Die Variante, die gerade diskutiert wurde, war, dass es sich bei der Brandstiftung um einen fehlgeschlagenen Versicherungsbetrug handelte. Keine der anwesenden Frauen hatte jemals eine Kundin in Lee-Ans Atelier gesehen. Genauer gesagt hatten sie auch die Inhaberin selber kaum in ihrem Laden gesehen, dafür umso häufiger an Luigis Tresen. Im Sommer saß sie sogar stundenlang mit dem Barristo plaudernd in der Sonne vor dem Schaufenster.

»Vielleicht hat sie ein Auge auf ihn geworfen«, meinte eine Mutter von zwei an Dinkelstangen nagenden Vorschulkindern.

»Auf Lu-i-gi? Also bit-te!«, sagen zwei andere unisono und der ganze Lachen brach in fröhliches Gelächter aus.

»Sie ist doch Patientin am Amalienpark, oder?«, legte die Dinkelstangen-Mutter nach. »Vielleicht hat sie es lediglich auf seine Gene abgesehen.«

»Wie jetzt? Ich dachte, die Chinesin ist verheiratet.«

»Ja, mit so einem kleinen Dicken, der immer weg ist.«

»Na, bitte!«, triumphierte die Dinkelstange.

Ariane tauchte in den schmalen, u-förmigen Gang ein, in dem Jule ihr komplettes Angebot untergebracht hatte. Da Mina in Pillnitz war, brauchte sie eigentlich gar nichts. Schließlich legte sie eine Schachtel Nerventee und ein Stück Schafsmilchseife in ihr Rattan-Körbchen und stellte sich an der Frischetheke an, hinter der Jule persönlich bediente.

Während Jule ihr ein Stück Ziegenkäse einwickelte, fragte sie: »Hast du die Tage mal was von Nadja gehört?«

»Die ist mit George und den Jungen zu ihrer Schwester gefahren.«

»Mit George?«

»Wieso nicht mit George. Er ist ihr Mann, oder?«

Jule reichte ihr das Käsepäckchen über die Theke.

»Macht ihre Schwester nicht auch irgendwas mit Schmuck?«

Jule musterte sie mit gerunzelter Stirn.

»Malka hat einen eigenen Schmuckladen in Waren an der Müritz. Brauchst du noch was?«

»Vielleicht noch ein paar von den Dingern da.«

Sie deutete auf das Körbchen mit den Dinkelstangen. Jule steckte zwei davon in eine Tüte aus grobem braunem Papier.

»Kannst du mir Malkas Adresse geben?«

»Warte einen Moment.« Überraschend bereitwillig wühlte Jule in einer Schublade unter dem Kassentisch. Dann gab sie ihr eine Karte. »Malka und ihr Mann vermieten Ferienwohnungen. Ich hab die schon einigen meiner Kunden empfohlen. Soll richtig nett sein. Hast *du* eigentlich was von Lee-An gehört?«

Ariane schüttelte den Kopf.

»Komisch. Ich dachte immer, ihr seid befreundet.«

»Sind wir ja auch. Sie ist im Urlaub.«

»Und warum kommt sie nicht zurück? Ich mach doch nicht seelenruhig Urlaub, wenn mir die Bude abgebrannt ist.«

»Das Atelier ist nicht abgebrannt.«

»Na ja, aber einen gewissen Schaden gab's schon, wie ich gehört habe.«

»Das Zimmer nach hinten raus muss auf alle Fälle komplett renoviert werden«, mischte sich eine Kundin hinter ihr ein. »Das muss ganz furchtbar aussehen. Das ganze Treppenhaus stinkt nach Rauch.«

»Wahrscheinlich ist sie schon unterwegs«, sagte Ariane zu Jule. »Die Schweiz ist ja nicht gerade um die Ecke.«

Jule zog die Augenbrauen in die Höhe. »Dann ist sie also in der Schweiz! Mit ihrem Mann?«

»Klar. Warum nicht mit ihrem Mann?«

Sie steckte die Einkäufe in ihre Tasche, zahlte und verließ den Laden.

»Mama?«

Allmählich wurde ihr das Schweigen in der Leitung unheimlich.

»Bist du noch dran?«

»Ja.«

Sie hörte ein Feuerzeug schnappen. Ein schlechtes Zeichen. Ihre Mutter hatte sich das Rauchen abgewöhnt, nachdem sie Lars im zarten Alter von elf Jahren bei Frau Ise im Garten mit einem Glimmstängel erwischt hatte. Seitdem waren Rauchzeichen aus Sybilla Jenssens Mund Krisenzeichen.

»Es ist mir ein Rätsel, wir dir das alles so entgleiten konnte«, sagte sie schließlich.

Nova atmete auf. Ein Donnerwetter klang anders. Ein Donnerwetter à la Sybille Jenssen war wie ein Fallbeil. Danach stand man eine ganze Weile nicht auf.

»Ich habe mich nie um seine finanziellen Angelegenheiten gekümmert«, sagte sie zerknirscht. »Und in der letzten Zeit habe ich sowieso den ganzen Papierkram Catherine überlassen. Das wolltest du doch so, oder?«

Ihre Mutter ignorierte die Frage. »Wir müssen herauskriegen, wie viel es war und auf welches Konto das Geld geflossen ist. Bist du dir sicher, dass du Catherine alle Unterlagen gegeben hast?«

»Ich dachte schon. Ich rede morgen mit ihr darüber.«

»Nein, lass mal. Das übernehme ich«, sagte ihre Mutter.

»Danke, Mama.«

Wieder Schweigen in der Leitung. Sie nahm das Bild von Hank von ihrem Schreibtisch und sah es so lange an, bis sie etwas wie ein Lächeln auf ihrem Gesicht spürte.

»Wie geht's den Kindern?«

»Prächtig. Ihr Großvater hat ihnen im Garten ein Trampolin aufgebaut. Hank hat sogar schon Freundschaft mit der alten Ise geschlossen. Komisch, dass kleine Kinder so auf den alten Zombie abfahren, findest du nicht?« Ihre Mutter kicherte. »Süß.«

»Ja, finde ich auch«, sagte sie und kam sich hässlich vor. Ohne Frau Ise hätte sie ihre Kindheit nicht überlebt.

»Kann ich mal mit Hank sprechen?«

»Er ist nicht da. Dein Vater hat seine drei Lieblinge zu Hagenbeck ausgeführt.«

»Alle drei? Schafft er das denn?«

»Er hat die Russin mitgenommen.«

Sie atmete auf. »Das ist gut. Läuft es einigermaßen mit Nicci?«

»Das Silber ist noch komplett, falls du das meinst. Außerdem bestehen wir darauf, dass sie jeden Abend um 22 Uhr zu Hause ist.«

»Aber Mama! Nicci ist einundzwanzig!«

»Es macht wenig Sinn, wenn sie sich zu wohl fühlt, oder?« Die Stimme ihrer Mutter hatte wieder die gewohnte Schärfe angenommen. Fast war sie erleichtert darüber.

»Wann kommt dein Zug morgen an?«

»Ich wollte das Auto nehmen.«

»Das Auto? Du weißt, dass das neue Medikament Auswirkungen auf die Fahrtüchtigkeit haben kann, und bei so einer langen Strecke ...«

»Ich habe es abgesetzt.«

»Du hast, bitte schön, was getan?«

»Ich nehme die Pillen nicht mehr, und ich fahre morgen mit dem Auto.«

Sie merkte, wie die Wut auf ihre Mutter sich in ihre Stimme drängte. Es fühlte sich gut an, endlich wieder einmal sie selbst zu sein. Aber sie durfte es nicht übertreiben.

Dienstag, 19. August

Um halb sieben hängte sie das Schild mit der Aufschrift »Aus technischen Gründen geschlossen« ins Schaufenster. Eine halbe Stunde später war sie schon auf der Autobahn. Gegen acht trank sie an einer Raststätte einen Kaffee und bat Maddy per SMS, den UPS-Mann abzufangen.

Nadjas Schwester hieß Malka Toller. Auf der Rückseite ihrer Karte wurden die Ferienapartments »der Familie E. Toller« beworben. Die Wegbeschreibung führte zu einem ockerfarben gestrichenen Fachwerkhaus mit üppigen Geranienkästen.

Durch ein Holztor gelangte sie auf einen gepflasterten Hof, der von einstöckigen Nebengebäuden, vermutlich ehemaligen Werkstätten, umgeben war. Vor jedem Eingang lag eine kleine Terrasse mit einem bunten Sonnenschirm und einem Geranienkübel. Unter einer Wäschespinne prügelten zwei Jungen mit Holzschwertern auf einen Fußball ein. Als sie sie sahen, hörten sie auf. Alarmiert durch die Stille, trat eine Gestalt aus einer der Ferienwohnungen. Es war George. Er trug Boxershorts und Flo auf der Hüfte. Seine Haut glänzte rosig vom Duschen.

»Ariane! Na, so eine Überraschung! Was ist denn mit deinem Auge passiert?«

»Schranktür. Gibt's schon Kaffee?«

George deutete auf den Tisch auf der Terrasse und verschwand ins Haus. Der Tisch war fürs Frühstück gedeckt. Nadja erschien mit einer Pfanne mit Eiern und Speck in der Tür. Sie sah sie einen Moment überrascht an, dann stellte sie die Pfanne ab, um noch ein Gedeck zu holen. George, inzwischen in seinen üblichen Latzhosen, rief die Schwertkämpfer an den Tisch und setzte Flo in seinen Hochstuhl.

»Hanka hat behauptet, du seist in Ahrenshoop«, begann Ariane.

»Kleines Ablenkungsmanöver. Man weiß ja nie, wer fragt.« George riss sich ein Stück Brot ab und wischte Fett aus der Pfanne. »Aber am Wochenende wären wir sowieso zurückgekommen. Ich muss Hanka beim Straßenfest unter die Arme greifen.«

»Ach, keine Angst mehr vor der Selbstjustiz des Flora-Mobs?«

Er zuckte mit den Schultern. »Nachdem sich das allgemeine Interesse jetzt auf den Brandanschlag in der Gaillardstraße verlagert hat ...«

Nadja verteilte Spiegeleier auf die Teller ihrer Söhne und schnitt für Flo eine Scheibe Brot in kleine Stücke. Einige Minuten lang konzentrierten sich alle aufs Essen, dann ließ Ariane ihr Messer sinken.

»Was hat denn der Brand mit Imhoffs Tod tun? Und woher weißt du überhaupt davon?«

»Buschfunk«, sagte George.

Plötzlich sah er sich suchend um. »Sag mal, wo ist eigentlich Mina?«

»Schön, dass du sie vermisst. Bei Freunden in der Uckermark. Damit sie sich die Geschichten über ihren prügelnden und mordenden Vater nicht mehr anhören muss.«

Nadja zuckte zusammen.

George setzte sein reumütiges Gesicht auf.

»Diese verdammte Flora-Park-Mafia! Aber jetzt können die Hyänen ihre Zähne ja an der schönen Hutmacherin wetzen. Vielleicht hat *die* ja den Dippeling hinterrücks erschlagen.«

»George, reiß dich zusammen.«

Nadja hob den Kleinen aus dem Hochstuhl und gab ihm einen Klapps auf den Windelpopo. »Geh spielen, Flo.«

Seine großen Brüder begriffen dies als Aufforderung, ebenfalls zu verschwinden.

»Und du hör auf, so einen verdammten Unfug zu erzählen!« Nadjas Stimme klang schrill. »Als ob Lee-An dazu in der Lage wäre …« Mit einer heftigen Bewegung griff sie nach der Bratpfanne. George zog intuitiv den Kopf ein. An Ariane gewandt, fuhr sie fort: »An dieser Sache ist irgendwas ultrafaul, wenn du mich fragst. Lee-An ist einfach das nächste Bauernopfer.«

Sie sprang auf, nahm die Pfanne und knallte die Terrassentür so fest hinter sich zu, dass das Häuschen wackelte.

George atmete auf.

»Was ist hier los?«, fragte Ariane. »Was soll das Gerede über Lee-An?«

George zog seinen Tabakbeutel aus der Latztasche seiner Hose.

»Hanka hat mir gestern erzählt, dass die Chinesin eine Affäre mit Imhoff hatte.« Er strich ein Zigarettenpapierchen auf der Tischdecke glatt und verteilte vorsichtig Tabak darauf. »Hast du das gewusst? Ihr seid doch befreundet.«

Er befeuchtete die Gummierung mit der Zungenspitze.

Sie schüttelte den Kopf. »Wie kommt Hanka darauf?«

»Luigi.«

Sie legte die Hände vors Gesicht. »Luigi! Das ist nicht dein Ernst, oder?«

George grinste.

»Angeblich haben die beiden sich regelmäßig bei ihm getroffen. Ein paar Tage nach Imhoffs Tod ist die Chinesin spurlos verschwunden. Und jetzt der Brandanschlag. Außerdem war eine Privatdetektivin bei ihm im Geschäft, die nach der Chinesin gefragt hat. Klingt abenteuerlich, oder?«

»Klingt bescheuert! Lee-An ist nicht verschwunden, sondern zu ihrem Mann in die Schweiz gefahren.«

»Na, dann ist es ja gut.«

George zog eine Streichholzschachtel aus der Hosentasche und zündete die Zigarette an.

Sie überlegte. »Und selbst wenn Lee-An was mit Imhoff gehabt hat. Warum hätte sie ihn dann umbringen sollen?«

George schüttelte den Kopf.

»Mich darfst du so was nicht fragen. Ich habe euch Frauen noch nie verstanden. Ich bin einfach nur froh, dass ich aus der Schusslinie bin.«

»Hast du Imhoff am Abend vor seinem Tod getroffen?«

Er sah sie lange an.

»Wenn ich Imhoff vor seinem Tod aus was für Gründen auch immer getroffen hätte, dann säße ich jetzt nicht hier, sondern im Bau.«

»Sein Auto stand am Donnerstagmorgen vor meinem Laden. Eure Werkräume liegen genau gegenüber.«

»Von mir aus kann jeder parken, wo er will.«

»In der Zeit, in der der Wagen dort stand, hat ihm jemand den Schädel eingeschlagen und in die Panke geworfen.«

Georges Schläfenader begann zu pochen.

»Schrei ruhig«, sagte sie.

Er nahm einen Zug von seiner Zigarette.

»Ich schrei nicht. Du weißt, dass ich niemanden umbringen könnte. Du kennst mich doch, oder?«

Seine Stimme hatte einen fast flehentlichen Ton angenommen. Nadja, die aus dem Haus getreten war, warf ihm einen eisigen Blick zu. Sie hatte eine Badetasche über der Schulter und Flo auf dem Arm. Laut rief sie nach den beiden Jungen, die sofort angelaufen kamen.

»Ich dachte, George kommt mit an den See«, sagte der Ältere klagend.

»Er kommt nach, wenn er mit Ariane gesprochen hat.« Sie deutete ein Winken an und schob die Kinder durchs Tor.

Ariane war sicher, dass George mehr wusste, als er zugeben wollte.

»Hanka hat gesagt, dass sie eine Verabredung mit Imhoff hatte, die nicht zustande gekommen ist. Weißt du, worum es ging?«

»Um die Remise.«

»Etwas genauer?«

»Hanka wollte eine Verlängerung des Nutzungsrechts. Sie hat darauf spekuliert, dass sich der Baubeginn sowieso um Monate verzögert. Warum also sollte sie Ekke und Greta rausschmeißen?«

»Wer sind Ekke und Greta?«

»Du kennst doch Ekkhardt Faust! Hankas Gärtner, der Hüter des Skulpturengartens. Er und seine Frau hausen schon eine ganze Weile in der Remise. Für Greta ist das ideal, weil sie ohne Hilfe mit dem Rolli in den Garten kommt. Wenn die NordInvest die Remise dem Nachbargrundstück zuschlägt, bedeutet das für die beiden Alten so was wie die Vertreibung aus dem Paradies.«

»Das heißt, Hanka hat sich den Stress mit Imhoff aufgehalst, um den beiden alten Leutchen einen Gefallen zu tun?«

George wiegte den Kopf. »Na ja, die beiden sind die letzten noch lebenden Freunde ihrer Eltern.«

Sie versuchte sich zu erinnern. Am Samstag hatte sie keine alten Leute in der Galerie gesehen. Aber der Rollstuhl in der Waschküche könnte Frau Faust gehören. Und die Strickjacke vielleicht auch, obwohl Greta Faust noch nie in ihrem Laden aufgetaucht war. Wahrscheinlich sah sie gar nicht mehr genug, um zu stricken.

»Wo sind die beiden jetzt?«

»Bei Freunden auf dem Land. Aber das ist nur eine vorübergehende Lösung.«

Die Geschichte klang plausibel, abgesehen davon, dass Hanka viel zu gut dabei wegkam.

»Wenn Hanka vorhatte, bis Donnerstag auf Rügen zu bleiben, wieso ist sie dann schon am Mittwoch wieder in Berlin aufgetaucht?«

George zuckte mit den Schultern.

»Einer dieser Galeristen in Bergen hat sie genervt. Darum ist sie früher abgereist.«

»Wann genau ist sie bei dir im Eckstein aufgekreuzt?«

Er schlug mit der flachen Hand auf den Tisch. »Verdammt, Ariane! Ich seh beim Arbeiten nicht auf die Uhr! So gegen acht, glaub ich. Es war ein Scheißtag. Ich hatte Kopfschmerzen wegen des Gewitters, das sich zusammenbraute.«

»Und wieso habt ihr in ihrer Wohnung gegessen? Normalerweise seid ihr im Sommer doch immer in der Galerie.«

George stöhnte. »Wegen des Gewitters vielleicht? Ich hab nicht drüber nachgedacht. Hanka hat gesagt, ich soll in ihre Wohnung kommen, und ich hab's gemacht.«

Er stand auf und begann das Geschirr auf dem Tisch zusammenzustellen.

»Und den Rest der Nacht hast du mit Hanka zusammen in einem Bett verbracht?«

Ein Messer fiel klirrend auf den Boden.

»Sag mal, bist du jetzt wahnsinnig geworden? Ich bin mit Nadja verheiratet!«

»Ich wusste nicht, dass das ein Argument ist.«

Er hatte absichtlich keine Führung vereinbart. Ein guter Journalist setzte auf den Überraschungseffekt. Aber dann lag die Überraschung eher auf seiner Seite. Die Frau, die mit flotten Schritten auf das Tor der Panke-Galerie zukam, kannte er.

»Aha, der Herr von der FP«, sagte sie, während sie das Tor aufschloss und einen Flügel mit einem Feldstein fixierte.

»Frau Israel?«

Sie nickte huldvoll. »Und Sie? Immer noch auf Wohnungssuche?« Sie trug ein langes, ärmelloses Kleid aus braunem Leinen, das ein wenig sackartig wirkte, aber ihre Bizeps zur Geltung brachte.

»Ach, ich bleibe doch lieber in Friedrichshain. Ich würde gern den Skulpturengarten besichtigen. Falls das ohne Termin geht.«

»Das passt schon«, sagte sie großzügig. »Heute wird sowieso der Schrott abgeholt.«

Im selben Moment bremste ein Lkw vor dem Tor.

»Pünktlich wie die Dachdecker!« Die Galeristin öffnete auch den zweiten Torflügel, damit der Lkw durchfahren konnte. »Möchten Sie sich einfach umsehen oder suchen Sie etwas Bestimmtes?«

Er kratzte sich am Ohr.

»Ehrlich gesagt interessiere ich mich besonders für eine Skulptur von Ekkhardt Faust. Sie heißt *Hippokrates II.*«

Ihre feinen, wie mit einem Stift nachgezeichneten Augenbrauen rutschten in die Höhe.

»Sie interessieren sich für Ekkhardt Faust?«

»Warum nicht?«

»Na, dann kommen Sie mal mit.«

Mit energischem Schritt führte sie ihn am Galeriegebäude vorbei zu einem flachen Schuppen. Davor türmte sich allerlei Schrott, der vom Fahrer des Lkw inspiziert wurde.

»Das ist ganz schön viel, Hanka. Wahrscheinlich muss ich zwei Mal fahren.«

»Dann fahr eben zwei Mal.«

Sie reichte dem Mann einen Schlüssel. »Die Möbel müssen in den Keller vom Heilzentrum im Kastanienhof. Schafft ihr das bis Mittag?«

»Mal sehen.«

»Dann seht mal. Und Vorsicht mit dem Sekretär.«

Sie drehte dem Fahrer den Rücken zu und deutete auf einen Pfad, der aus dem Gartenbereich auf die Obstwiese führte. Die knorrigen Bäume trugen kleine, warzige Äpfel, die bestenfalls als Mostobst taugten. Auch einen Pflaumenbaum entdeckte er. Zwischen den Ästen hingen Gebilde aus bunt glasiertem Ton und auf ein paar abgesägten Stämmen waren Metall- oder Holzskulpturen befestigt. Eine »gelungene Synthese aus Kunst und Natur«, hätte Feuilleton-Kajsa formuliert. Er assoziierte damit eher die Zauberwälder seiner pubertären Fantasy-Phase. Ekkhardt Fausts Skulptur stand da, wo die Wiese zur Panke hin leicht abfiel. Sie war aus Metallscheiben und Doppel-T-Trägern zusammenmontiert und erinnerte ihn spontan an einen Riesen-Ampelmann auf Stelzen.

»Wer war noch mal dieser Hippokrates? Irgend so ein römischer Gott?«

Die Galeristin warf ihm einen mitleidigen Blick zu.

»Ein griechischer Arzt.«

Er grinste sie an. »Ach? Psychodoktor oder Gehirnchirurg?«

»Da er 400 vor Christus gelebt hat, vermutlich beides im Rahmen seiner Möglichkeiten«, entgegnete sie spitz. »Die Skulptur entstand in den Achtzigern, nachdem Ekkhardt erfahren hatte, dass seine Frau unheilbar krank ist. Sie war zu DDR-Zeiten eine hochangesehene Porzellanmalerin. Wegen ihrer Erkrankung musste sie ihren Beruf aufgeben.«

»Sie kannten die Leute von Ukrania wohl ziemlich gut?«

Hanka Israel warf ihre rote Mähne zurück »Ich kannte die Leute von Ukrania *gar nicht*. Ekkhardt war ein Freund meines Vaters. Er und Greta waren daher oft seine Gäste.«

»Was für eine Krankheit hat sie denn?«

»Eine Art Nervenkrankheit, einhergehend mit allmählicher Erblindung.«

»Krass.«

»Könnte man so ausdrücken. Wenn Sie sich noch ein bisschen hier aufhalten wollen ... Ich muss mal nach meinen Möbelpackern sehen.«

»Ich glaube, das genügt mir schon.«

Er folgte ihr zurück zu dem Schuppen, wo zwei Männer die Möbel auf den Lkw luden.

»Bauen Sie um?«

Sie schnaubte. »Soll das ein Witz sein? Hier regiert ab sofort die Abrissbirne der NordInvest. Ein Teil des Gartens geht auch in deren Besitz über. Das war Ihre letzte Gelegenheit, Hippokrates in aufrechter Haltung zu sehen, junger Mann.«

Sie fuhr sich mit beiden Händen durch ihre Hennahaare. »Die Skulpturen sind Geschenke namhafter Künstler. Und nun weiß ich nicht, wohin damit.«

»Vermachen Sie das Zeug der NordInvest. Die haben in ihren Wohnparks doch Platz genug.«

Sie warf ihm einen verächtlichen Blick zu. »Gut, dass Menschen wie Sie in Friedrichshain bleiben.«

»Wieso? Haben Sie ein Problem mit der NordInvest? Etwa, weil einer der leitenden Angestellten neben Ihrem idyllischen Gärtchen tot aus der Panke gefischt wurde?«

»Sie landen auch gleich in der Panke, wenn Sie noch mehr dummes Zeug reden«, sagte sie grob. »Übrigens ist inzwischen bekannt, wer hinter Thomas Imhoffs Tod steckt.«

»Das ist bekannt?«, fragte er verdattert.

»Kann natürlich sein, dass es bis Friedrichshain noch nicht durchgedrungen ist«, fügte sie in herablassendem Ton hinzu.

»Dann klären Sie mich auf!«

»Seine Geliebte. Aber das bleibt unter uns.«

»Thomas Imhoffs Geliebte?« Er begann schallend zu lachen.

Die Galeristin funkelte ihn böse an.

»Tschuldigung.« Er wischte sich die Lachtränen aus den Augen. »Geliebte! Na ja, immer noch besser als der Gärtner.«

Vielleicht war es ihr Kardinalproblem, dass sie keine Liebe ertrug, dass sie Liebe immer als etwas Erstickendes empfunden hatte.

Ihre gefühllose, schlaffe Hand in Nobys zupackender, fleischiger, war das Liebe? Der besorgte Ausdruck in Nobys kleinen, braunen Augen, die so einen stechenden Röntgenblick annehmen konnten, war das Liebe?

War es Liebe, was diesen galoppierenden Herzschlag auslöste und ihr gleichzeitig die Kehle zuschnürte? War es Liebe, was sie so in Panik versetzte, dass sie kein Wort herausbrachte?

»Na, na, na.« Der Arzt tätschelte ihren Oberschenkel. »Ganz locker bleiben. Das kennst du doch alles schon.«

Natürlich kannte sie das, dieses Gefühl, wenn die beiden Latexfinger in sie hineinglitten und akribisch die Beschaffenheit ihres Unterleibs abtasteten.

»Alles bestens«, sagte der Arzt.

Noby schnaufte. Schweißperlen standen auf seiner Stirn.

Der Tastkopf des Ultraschallgerätes glitt zwischen ihre Beine.

»Na, wen haben wir denn hier? Komm mal rüber, Norbert.«

Noby ließ ihre Hand los.

»Siehst du den Herzschlag? Du wirst glücklicher Vater, alter Junge.«

Über ihrem aufgebockten linken Unterschenkel glänzte Nobys kahler Schädel neben dem graumelierten des Professors. Der Professor war Leiter der privaten Frauenklinik und ein alter Schulfreund Nobys. Die Berühmten, Reichen und Schönen gaben bei ihm ihre Familienplanung in Auftrag. Dr. Assmanns Praxis am Amalienpark war ein Dreck dagegen.

Genau dieses Wort hatte Noby gebraucht, nachdem er mit Dr. Assmann telefoniert hatte: »Dreckskerl«. Dr. Assmann hatte nämlich behauptet, von ihrer Schwangerschaft nichts zu wissen, da sie seit über einem halben Jahr nicht mehr bei ihm gewesen sei. »Behandlung von der Patientin abgebrochen, wie ich auf der Abschlussrechnung vermerkt habe. Aber wenn Ihre Gattin meint, schwanger zu sein ...«

»Meint?«, hatte Noby in den Hörer gebrüllt. »Was meinen Sie mit ›meint‹, Sie Dreckskerl?«

Nach dem Gespräch hatte sich seine geballte Liebe in einem Wutausbruch entladen, wie sie ihn noch nie bei ihm erlebt hatte. Sie hatte beide Hände über ihren Unterleib gelegt und »unser Kind, unser Kind« geschrien, was zum Glück sofort gewirkt hatte.

Dann hatte sie ihm gestanden, dass sie die Behandlung bei Dr. Assmann abgebrochen habe, weil sie sich allmählich nur noch wie eine kaputte Maschine, wie ein nicht funktionierender Brutkasten vorgekommen sei. Und habe sie nicht intuitiv genau das Richtige getan? Schließlich sei sie ein paar Wochen später tatsächlich schwanger geworden, und zwar auf ganz natürlichem Wege.

Zum Glück hatte Noby sich ziemlich schnell beruhigt.

»Assmann war ohnehin die falsche Wahl«, hatte er gemurmelt. »Wir hätten die Praxis am Ku'damm nehmen sollen. Dann stünden wir jetzt schon vor der Einschulung.«

Nun, da er die Frucht seiner Lenden schwarz-weiß auf dem Bildschirm sehen konnte, floss er fast über vor Glück.

»Wahnsinn!«

Der Arzt grinste. »Kein Wahnsinn. Ein strammer Junge, Norbert.«

»Ich glaube, meine Frau wünscht sich eine Tochter.«

»Wenn die so schön wird wie sie, durchaus eine passable Alternative.«

Noby wandte den Kopf vom Monitor ab. Er grinste wie ein Marzipanschwein.

Dann beugte er sich über sie und küsste sie zärtlich.

»Wir haben es geschafft, Butterfly, wir haben es geschafft.«

Er küsste sie auf die Stirn, fuhr mit der Zunge an ihrer Schläfe entlang bis zu ihrem Ohr, biss in ihr Ohrläppchen. Sie spürte die Feuchtigkeit seines Speichels, roch den leicht bitteren Geruch seiner Haut, ihr Magen ballte sich zusammen. Sie drehte den Kopf zur Seite und stieß Noby mit beiden Händen so hart gegen die Brust, dass er rückwärts ins Behandlungszimmer taumelte.

Sie schwang die Beine aus den Schalen und stürzte zur Toilette.

An der Tür der Hutmacherei klebte immer noch der Zettel mit der Bitte, die Post im »Faden der Ariane« abzugeben, aber das hieß noch lange nicht, dass die Lotusblüte spurlos von der Bildfläche verschwunden war, wie die Israel behauptet hatte. Sie konnte genauso gut ihren Urlaub verlängert haben. Noch weniger war es ein Beweis dafür, dass sie was mit Thomas Imhoff gehabt hatte. Und selbst wenn sie was mit ihm gehabt hätte, warum hätte sie ihm den Schädel einschlagen sollen? Je länger er darüber nachdachte, umso unsinniger erschien ihm die Vorstellung. Das gaben die zarten Oberarme der Frau gar nicht her. Trotzdem konnte es nicht schaden, sich in der Gerüchteküche umzuhören. Der Wollladen hatte aus technischen Gründen geschlossen, zu der Rasta-Frau wollte er auf keinen Fall, blieb also nur die dicke Dänin von »Bullerbü«.

Die Dänin hatte Kundschaft, eine Öko-Bohnenstange, die hier bestimmt falsch war, denn an der Ladentür hing ein dezentes Schild, auf dem stand »Wir lieben große Größen«. Und dass damit bei Frauen nicht die Höhe gemeint war, wusste ja sogar er!

»Probier noch mal das Blaue. Da könnte ich in der Taille gut was wegnehmen«, sagte die Dänin, bevor sie sich ihm zuwendete.

»Leider führen wir keine Herrenmode, also, *noch* nicht.«

»Kein Problem. Ich finde Damenmode sowieso interessanter.«

Sie guckte ihn einen Moment verblüfft an, dann grinste sie.

»Ach, der Herr Journalist! Wann erscheint der Artikel über das Straßenfest denn endlich?«

»Deshalb bin ich hier. Ich hätte da noch ein paar Fragen.«

Er knetete seine Finger, während sein Hirn auf Hochtouren improvisierte.

»Ich möchte eines der Geschäfte der Florastraße besonders porträtieren und habe da an das Atelier ›gut behütet‹ gedacht.«

»Das ist aber in der Gaillardstraße und nicht in der Flora!«, rief die Bohnenstange aus der Umkleidekabine.

»Stimmt auffällig«, sagte er. »Aber leider kann ich Frau Tau nicht erreichen.«

Die Dänin nickte. »Lee-An ist gerade mit ihrem Mann in der Schweiz.«

Die Bohnenstange schlug den Vorhang zur Seite und baute sich vor ihm auf.

»Wieso wollen Sie denn ausgerechnet über diesen Hutladen schreiben? Der ist doch so überflüssig wie ein Kropf.«

»Aber Jule!«, sagte die Dänin.

»Sorry, Bente, aber ich finde, dass alteingesessene Geschäfte hier Vorrang haben sollten.«

Ihm blieb nichts anderes übrig, als auf sie einzugehen.

»Haben Sie auch ein Geschäft in der Florastraße?«

»Grüngut, Bioprodukte aus regionalem Anbau. Wir sind sozusagen das Geschäft der ersten Stunde.« Sie reichte ihm über die an ihrer Taille herumfummelnde Dänin hinweg die Hand. »Jule Markwart. Ich hab was dagegen, dass sich in der Flora Luxusläden breitmachen. Das können Sie ruhig schreiben. Welcher Pankower braucht einen Hut für fünfhundert Euro? Und wissen Sie, was da vorher drin war?« Jule Markwart holte Luft. »Ein stinknormaler Schuhmacher! Jetzt muss man noch weiter latschen, wenn man sich die Absätze machen lassen will. Wenn Sie mich so fragen: Gar nicht die dümmste Lösung, dass der Laden abgefackelt ist.«

»Aber Jule!«, rief die Dänin wieder.

Er sah von der einen zur anderen.

»Ich war doch gerade dort. Das Atelier ist nicht abgefackelt.«

»Jule übertreibt«, sagte die Dänin. »Jemand ist am Wochenende eingebrochen und hat einen Brandsatz gelegt, der zum Glück nicht richtig gezündet hat. Es ist kein größerer Schaden entstanden.«

»Na ja, der Kronleuchter ist im Arsch, und renovieren muss sie auch«, verbesserte Jule.

»Ich glaube nicht, dass er das in seinem Artikel erwähnen muss, oder?«

»Kommt drauf an, für wen er schreibt. Sex and crime sells.«

»Sex and crime?«, wiederholte er. »Spielen Sie damit darauf an, dass Frau Tau was mit dem Geschäftsführer von Kiez am Park hatte? Dem toten Geschäftsführer, meine ich.«

Die beiden Frauen wechselten einen Blick.

»In die Privatangelegenheiten meiner Kunden mische ich mich prinzipiell nicht ein«, sagte Jule Markwart entschieden.

»Ich halte die Geschichte eher für ein Gerücht«, sagte die Dänin etwas freundlicher. »Ist das okay so, Jule, oder soll ich noch ein bisschen mehr wegnehmen?«

Zum ersten Mal in seinem Leben verspürte er den Impuls, eine Tür einzutreten. Und dann auch noch die Tür zu einem Wollgeschäft. Der Zettel mit den Worten »Aus technischen Gründen geschlossen« war mit einem Mundwinkel-abwärts-Smiley verziert. Diese Smileys auf jedem Fitzelchen Kommunikation gingen ihm sowieso auf die Nerven. Becca versah auch alle Nachrichten großzügig damit. »Geld angekommen«: Smiley Mundwinkel aufwärts. »Leider kann ich heute doch nicht«: Smiley Mundwinkel abwärts. Wie nannte man eigentlich einen Smiley, der die Mundwinkel nach unten zog? Heuli?

Okay, es machte keinen Sinn, sich aufzuregen. Er musste runterkommen. »Zur Basis chillen«, wie Becca sagen würde. Und vor allem brauchte er einen Kaffee.

Er ging schräg über die Straße zur »Knopfkiste«. Komischer Name für einen Gastronomiebetrieb, aber hier in der Flora wirkte einiges ein bisschen selbstgestrickt, im Gegensatz zum professionellen Prenzlberg. Wenn dafür die Preise ein bisschen humaner waren als auf dem Helmi, sollte es ihm recht sein.

Er setzte sich auf einen wackeligen Holzstuhl vor dem Schaufenster. Solche Stühle hatte seine Oma in der Küche gehabt. Bestimmt hatten die Betreiber gar keine Genehmigung für die Gehsteigbestuhlung, aber das war nicht seine Baustelle.

Er griff nach der in Heimarbeit laminierten Karte. Fair-Trade-Kaffee aus Nicaragua. Aha! Aber eins neunzig für den Pott ging. Und Mohnkuchen. Das war ja wirklich wie bei seiner Oma. Er merkte, wie seine schlechte Laune sich in Kuchenstimmung auflöste.

Es war purer Zufall gewesen, dass er in der Kantine Jana getroffen hatte, eine Kollegin, die gerade aus dem Erziehungsurlaub zurückgekommen war und mit der er ganz früher mal zusammengearbeitet hatte. Vermutlich weil kein attraktiverer Platz frei gewesen war, hatte sie sich zu ihm gesetzt und ihm von einem Brandanschlag in der Pankower Gaillardstraße erzählt, der sie in der Nacht von Samstag auf Sonntag auf Trab gehalten hatte. »Mein erster Nachtdienst seit Jahren, und dann so was. Die arme Frau hat mir so leid getan. Geht mitten in der Nacht spazieren, weil sie nicht schlafen kann, beschließt, mal kurz im Laden einer Freundin vorbeizuschauen, für den sie sich die Urlaubsbetreuung aufgehalst hat, legt sich dort aufs Sofa und wird da kurz vor dem erlösenden Wegdämmern von einem Einbrecher niedergeschlagen.«

»Und die Geschichte hast du ihr abgekauft?«, hatte er gefragt.

Sie hatte ihn verwundert angesehen. »Aber klar! Kennst du das nicht? Nächte, in denen die ganze Welt in deinem Kopf Karussell fährt und du kein Auge zu kriegst?«

In seinem Kopf begann umgehend einiges Karussell zu fahren: die Gaillardstraße, der Flora-Park, die NordInvest, Thomas Imhoff.

Selbst wenn »das Opfer«, wie die Kollegin die Nachtwandlerin (»Mensch, Rainer, die Frau hat ein Kind zu Hause, so jemand ist kein Einbrecher!«) hartnäckig nannte, mit Pfefferspray außer Gefecht gesetzt worden war und ein blaues Auge kassiert hatte, blieb ihre Begründung für den nächtlichen Aufenthalt im Laden ihrer Freundin ziemlich fadenscheinig. Deshalb hatte er sich nach dem Essen mal die Akte angesehen und war auf den Namen Ariane Keppler gestoßen. Tja, wiedersehen machte Freude.

»Bestellen ist eigentlich am Tresen.«

Er sah auf.

Die Frau hatte ungefähr seine Größe. Sie trug Dreadlocks, Springerstiefel und ein Batik-Shirt, auf dem, im Gegensatz zu ihrem Gesicht, die Sonne schien.

»Tschuldigung.« Er versuchte ein Lächeln. »Kann ich trotzdem einen Kaffee haben?«

»Pott?«

Er nickte. »Und ein Stück Mohnkuchen, bitte.«

»Mohn ist aus.«

Sie drehte sich und ging in den Laden zurück, jeder Zoll gealterte Hausbesetzer-Szene. Ex-Schliemannstraße, nahm er an. Für Friedrichshain war sie zu alt und für Kreuzberg zu ostdeutsch. Wahrscheinlich gehörte ihr das Café, wenn sie es sich leisten konnte, so nett zu den Gästen zu sein. Vielleicht hatte sie auch ein feines Näschen für Zivilfahnder. Viele Hausbesetzer hatten einschlägige Erfahrungen mit »den Bullen« gemacht, und er war der Letzte, der es ihnen übelnahm, wenn sie daraus ihre Konsequenzen zogen. Er war vor zig Jahren bei ein paar Räumungen am Prenzlberg dabei gewesen und hatte sofort beschlossen, dass *das* nicht sein Job war. Er überlegte, ob er ihr vielleicht mal in der Schliemann begegnet war. Die Katzenaugen kamen ihm irgendwie bekannt vor. Er mochte diesen unabhängigen Frauentyp eigentlich ganz gerne. Nur schade, dass diese Mädels solche Schwierigkeiten hatten, erwachsen zu werden.

Ein brauner UPS-Lieferwagen bog von der Wollankstraße her ein und hielt nach einem schneidigen Schlenker vor dem »Faden der Ariane.« Der Fahrer stieg aus, ging, sein Klemmbrett unterm Ellbogen, zur Ladentür und betrachtete kopfschüttelnd das Schild.

Die Bedienung trat aus dem Café, setzte den Kaffeebecher so eilig vor ihm ab, dass er überschwappte, und lief auf die Straße. Nach kurzer Verhandlung öffnete der UPS-Fahrer die Tür des Lieferwagens und stellte zwei große Kartons auf den Gehsteig. Die Cafébetreiberin schnappte sich einen, der UPS-Mann den andern. Miteinander plaudernd, verschwanden sie in der »Knopfkiste«. Die Veränderung in Mimik und Stimme der Frau war verblüffend. Als der UPS-Fahrer wieder auf die Straße trat, hielt er in der einen Hand einen Pappbecher und in der anderen etwas, das hoffentlich kein Mohnkuchen war.

Die Inhaberin hockte sich auf die Eingangsstufen zum Café und zündete sich eine Zigarette an.

»Nett von Ihnen«, sagte er.

Sie musterte ihn mit zusammengezogenen Brauen.

»Was?«

»Dass Sie die Lieferung für Frau Keppler angenommen haben.«

»Kennen Sie Ariane?«

»Ich bin ein alter Bekannter.«

»Sie sind ein Bulle.«

»Schließt das eine das andere aus?«

»Bei mir schon. Bei Ariane eigentlich auch. Dachte ich jedenfalls.«

»So leicht kann man sich in Menschen täuschen.«

»Stimmt.«

»Ich hab das jetzt auf den Bullen bezogen.«

Sie musste lachen.

»Können Sie mir sagen, wo ich sie finde?«

»Wen, Ari?« Sie legte den Kopf auf die Seite und musterte ihn aus der Froschperspektive.

»Ich wollte mich nur davon überzeugen, dass es ihr gut geht, nach dem Zwischenfall Samstagnacht.«

»Was für ein Zwischenfall?«

»Hat sie Ihnen nichts davon erzählt?«

Sie drückte ihre Zigarette auf der Stufe aus. »Ich hab Eierschecke.«

Er verstand nicht.

»Mohn ist aus, aber ich hab frische Eierschecke. Mögen Sie?«

»Ich mag keine Rosinen.«

»Sind keine drin. Ist hausgemacht.«

Sie huschte in den Laden und kam mit einem ordentlichen Stück gelb glänzendem Käsekuchen auf einem angeschlagenen Porzellanteller zurück. Mit einem leichten Knall stellte sie den Teller auf den Tisch.

»Also?«

Er probierte den Kuchen. Wie von seiner Oma, nur ohne Rosinen.

»Was war los Samstagnacht?«, fragte sie.

»Ihre Freundin hat eine Dosis Capsaicin aus unmittelbarer Nähe abbekommen.«

Als alte Hausbesetzerin wusste sie natürlich, was Capsaicin war.

»Deshalb die Sonnenbrille!«

Er nickte.

»Also, wo steckt sie?«

Sie setzte sich auf den Stuhl ihm gegenüber.

»Keine Ahnung. Sie hat mir eine SMS geschickt, dass ich den UPS-Mann abfangen soll. Was ist denn passiert?«

Er winkte ab. »Das erzählt sie Ihnen bestimmt, wenn sie zurück ist.«

»Es steckt nicht George dahinter, oder?«

»MacDonald? Wie kommen Sie darauf? Ich dachte, die beiden sind getrennt?«

Sie zögerte. »Stimmt. Zwischen den beiden läuft nichts mehr.« Er konnte sehen, wie es hinter ihrer hohen Stirn arbeitete.

»Hat sie eine neue Beziehung?«

»Wieso fragen Sie? Sie sind doch mit ihr befreundet. Oder kennen Sie sie etwa doch nicht so gut?«

»Sie hat mal was von Stress mit der Hausverwaltung angedeutet.«

Es war einfach nur ein Schuss ins Blaue, aber sie ging sofort darauf ein.

»Also doch. Ich hatte mich schon gewundert.«

Er machte mit dem Kopf eine Bewegung zum Wollgeschäft auf der gegenüberliegenden Straßenseite.

»Das Gebäude wird von Kiez am Park verwaltet. Genau wie Ihres, nicht wahr?«

»Stimmt, und ich habe letztes Jahr eine Mieterhöhung bekommen und Ari nicht. Fand ich schon komisch. Sie sagte damals, sie könne sich das nicht erklären.« Sie pickte mit dem Finger einen Kuchenkrümel vom Tisch. »Aber die Hausverwaltung hat sie nicht mit Tränengas attackiert, oder?«

Er tastete nach seinem Portemonnaie.

»Wie gesagt, das fragen Sie sie am besten selbst.«

»Und ich dachte schon, sie steckt mit denen unter einer Decke«, murmelte sie.

»Unter einer Decke? Wieso?«

»Drei neunzig«, sagte sie und wollte nach dem Fünfeuroschein greifen, den er ihr hinhielt.

Er zog die Hand zurück.

»Wieso glaubten Sie, dass Ariane mit der Hausverwaltung unter einer Decke steckt?«

»Fragen Sie sie selber.«

»Das wollte ich ja, aber wie Sie sie sehen, ist mein Versuch gescheitert.« Er gab ihr den Fünfer. Der Kuchen war wirklich gut gewesen. Er hatte das Stück eingeatmet wie nichts.

»Die Situation ist ernst. Sonst wäre ich nicht hier«, legte er nach.

Sie seufzte.

»Während Ari im Urlaub war, ist einer von den NordInvest-Typen in ihren Laden marschiert.«

»Wann?«

»Am Mittwoch. Am Tag vor dem Gewitter, nachmittags.«

»Und was hat der Mann in dem Laden gemacht?«

»Hat was abgeliefert.«

Sie griff nach dem leeren Kuchenteller.

»Das haben Sie beobachtet?«

»Da war nicht viel zu beobachten. Mit Karton rein, ohne Karton raus.«

»Haben Sie Ariane nicht gefragt, was in dem Karton war?«

Sie schüttelte den Kopf. »Nee. Darüber habe ich mir auch gar nicht so viel Gedanken gemacht. Hätte ja einfach ein neuer Boiler sein können oder eine Kloschüssel. Ich fand's nur unverschämt, dass der Typ während ihres Urlaubs in den Faden latscht.« Sie lachte kurz auf. »Aber bevor ich ihr davon erzählen konnte, lag er schon tot in der Panke.«

»Imhoff hat den Karton in den Laden gebracht?«

Sie nickte langsam, als müsse sie diesen Sachverhalt immer noch verdauen.

»Und Ariane hat nie erwähnt, was er ihr gebracht hat?«

Sie schüttelte wieder den Kopf. Ihr Gesichtsausdruck hatte sich verdüstert. Besser er zog Leine, bevor sie bereute, überhaupt etwas gesagt zu haben. Er stand auf.

»Ihre Eierschecke ist übrigens wirklich ausgezeichnet.«

»Schleimer«, murmelte sie, seinen Schein immer noch zwischen den Fingern.

Sie hatte das Fenster weit geöffnet. Die Nachtluft trug den weichen, würzigen Duft des Kräutergartens herein.

Die beiden Frauen sahen gespannt auf das Display des Handys, das Rieke mit dem neuen Ladegerät ans Netz angeschlossen hatte. Die Ladeanzeige leuchtete grün auf.

»Woher hast du das Ding eigentlich?«, fragte Rieke zum zigsten Mal.

Greta schüttelte leicht den Kopf, wie immer, wenn sie eine Frage nicht beantworten wollte. Das hatte sie schon so gemacht, als Rieke ein kleines Mädchen gewesen war. Damals hatte Rieke immer gedacht, sie hätte eine dumme Frage gestellt.

Jetzt hätte sie schon ganz gern eine Antwort gehabt. Zumal Greta sich mit dem Telefon überhaupt nicht auszukennen schien. Sie hatte ja nicht einmal gewusst, dass man ein Handy regelmäßig laden musste. Und wie es aussah, konnten ihre Augen nur unter größter Anstrengung die Ziffern auf den Tasten erkennen. Trotzdem hatte Greta darauf bestanden, dass sie ihr in Berlin ein Ladegerät besorgte.

»Wenn du willst, kannst du gleich lostelefonieren. Und morgen früh kannst du es mit in den Garten nehmen.«

Greta saß schon um sieben Uhr morgens im Garten. Jede halbe Stunde kam Ekkhardt und verrückte ihren Stuhl um ein paar Meter. Auf diese Weise zog sie einmal täglich ums Haus. Gretas Netzhaut löste sich seit Jahren mikrometerweise ab. Aber sie kommentierte trotzdem den Blütenstand der Rosen, den Ertrag der Obstbäume und das abendliche Spiel der Schwalben. Ihre Großmutter sagte, Greta sähe mit allen Sinnen. Sie konnte einzelne Blumensorten aus einem Strauß herausriechen. Wenn ihre Hände nicht so sehr zitterten, könnte sie sie wahrscheinlich auch noch malen. Aber Rieke bezweifelte, dass Greta noch malen wollte. Seitdem sie hier war, aß sie nur noch wie ein Vögelchen, am liebsten Kuchen. Deshalb backte ihre Großmutter jeden Tag. Alle in diesem Haus glaubten, dass Greta bald sterben würde, aber natürlich sprach das niemand aus. Die Schuld an Gretas Zustand gaben sie absurderweise nicht ihrer Krankheit, sondern Ekkhardt, aber auch das sprach niemand aus. Stattdessen sprach niemand mehr mit ihm.

Er sprach auch mit niemandem. Er arbeitete von morgens bis abends im Garten, rückte jede halbe Stunde Gretas Stuhl weiter, brachte ihr Wasser, Kaffee und Kuchen und legte ihr ab und zu eine besonders schöne Blüte in den Schoß. Sah eigentlich ziemlich nach Liebe aus. Aber ihre Großmutter behauptete, es sei pure Reue.

Sie konnten Ekkhardt durch die Wand schnarchen hören. Er bewohnte die zweite der beiden Mansardenstuben. Die beiden Zimmerchen waren winzig. Es gab kein Bad und keine Toilette hier oben. Aber die Ferienwohnungen im Anbau waren bis Ende September ausgebucht.

»Ich geh mal runter«, sagte sie. Sie war hundemüde.

»Kannst du mir noch Milans Telefonnummer besorgen?«, fragte Greta.

Sie ließ die Türklinke wieder los.

»Wie? Du hast seine Nummer gar nicht?«

»Sie scheint nicht mehr zu stimmen. Oder ich habe was durcheinander gebracht.«

»Steht sie denn nicht im Adressbuch?«

»Ich kann mein Adressbuch nicht finden. Es ist in einer der Kisten.«

Greta und Ekkhardt hatten ein paar Kisten und Kartons mitgebracht, die noch unten in der Diele standen.

»Ich meine das Adressbuch im Telefon! Das ist da, wo die Nummern gespeichert sind.«

Sie wollte nach dem Telefon greifen, aber Greta schlug ihr blitzschnell auf die Finger. »Lass das liegen!«

»Hey! Ich wusste gar nicht, dass du so flink bist.«

»Bin ich aber. Das hier ist privat.«

»Ach nee! Aber für das blöde Ladegerät durfte ich durch ganz Berlin fahren! Wer ist dieser Milan eigentlich?«

»Milan Bokran.«

Sie hatte den Namen noch nie gehört.

»Adresse, Stadt?«

»München.«

»München?«

Wieso kannte Greta, die seit Jahren kaum aus ihrem Rollstuhl, geschweige denn aus Berlin herausgekommen war, einen Milan in München?

»Ist er ein Arzt, irgendein Spezialist oder so?«

»Nein.«

Das Nein duldete keine weitere Nachfrage.

»Okay. Ich rufe morgen bei der Auskunft an. Wenn die nichts haben, kann ich es noch im Internet probieren. Aber das geht nur von Berlin aus.«

»Ich möchte nicht, dass du mit irgendjemand darüber sprichst.«

»Ja, Greta. Das habe ich schon begriffen.«

Durch den Türspalt beobachtete sie, wie das Zimmermädchen den Wohnbereich der Suite aufräumte.

Mit den flinken, verstohlenen Bewegungen eines Eichhörnchens las es die Kleidungsstücke vom Teppich auf und legte sie auf den Sessel neben der Terrassentür. Dann hielt die Frau mitten in einer Drehung inne und ging leicht vornübergebeugt in die Knie. Sie hatte den Blutfleck auf dem Teppich entdeckt. Sie betrachtete ihn einen Moment, dann ging sie in den Flur hinaus und kam mit einer Sprühflasche zurück. Sie sprühte den Fleck gründlich ein und ließ die Flasche neben der eingesprühten Stelle stehen. Dann holte sie Besen und Kehrset und öffnete die Terrassentür. Lee-An hörte einen leisen Aufschrei, gefolgt von ein paar Flüchen auf Spanisch oder Portugiesisch.

Die Terrasse sah aus wie ein Schlachtfeld. Noby hatte dort die hoteleigene Whiskykaraffe und zwei Gläser zerbrochen. Außerdem war die große Palme umgefallen und trockene Blumenerde hatte sich, mit Blut und Whisky vermischt, über den Fliesenboden verteilt. Die Frau würde eine Zeitlang beschäftigt sein.

Lee-An schlüpfte aus dem Bett und bewegte sich so schnell sie konnte zur Tür der Suite. Sie tauschte die Generalkarte des Servicepersonals, die in dem Schlitz neben der Tür steckte, gegen ihre eigene Schlüsselkarte aus und zog die Tür hinter sich zu. Sie hatte eine halbe Nacht lang Zeit gehabt, zu überlegen, was zu tun war.

Die Eingangstür zur Suite der russischen Edelprostituierten und ihres Begleiters lag schräg gegenüber. Sie drückte die Karte gegen das Ablesegerät und schlüpfte hinein. Der Wohnraum war bereits hergerichtet und der Vorhang vor die Terrassentür gezogen. Die beiden hatten die bessere Suite, die mit Seeblick. Die Terrasse war doppelt so groß wie ihre und Nobys und hatte Abendsonne. Lee-An ging unwillkürlich auf Zehenspitzen, als sie das Schlafzimmer betrat. Es war ebenfalls schöner und größer als ihres und noch kitschiger eingerichtet. Auch wenn es der Kronleuchter über dem Bett nicht ganz mit dem in ihrem Atelier aufnehmen konnte. Sie verdrängte den Gedanken an Berlin. Ihre Zeit war begrenzt. Sie musste sich konzentrieren.

Auf dem nachgemachten Rokoko-Frisiertisch lag ein Paar dunkelroter Handschuhe in einer offenen Schachtel wie ein gerade erst getätigter Einkauf. Die Farbe war wunderschön. Ein Dunkelrot wie frisch geronnenes, aber noch nicht ganz getrocknetes Blut. Sie zog den linken Handschuh über. Das Leder schmiegte sich weich um ihre wunden Knöchel. Eine Sanftheit, die täuschte. Gutes Leder war strapazierfähiger, als es aussah. Zäh, wie die Deutschen sagten. Sie mochte das Wort »zäh« nicht besonders. Aber sie hatte jetzt keine Zeit, über Wörter nachzudenken. Die schöne Russin und ihr Sugardaddy würden zwar kaum vor dem späten Nachmittag zurückkommen, aber Noby brauchte für sein Wellnessprogramm selten länger als eineinhalb Stunden, und er war schon eine halbe Stunde weg.

Sie zog auch den zweiten Handschuh über und begann die Schubladen des Frisiertisches zu untersuchen. Sie hatte so etwas schon ewig nicht mehr gemacht, aber die Routine kam schnell zurück. Bereits in der zweiten Schublade wurde sie fündig. Dreihundert Schweizer Franken in gemischten Scheinen lagen zwischen zwei noch originalverpackten Wolford-Spitzenstrumpfhosen. Offenbar traute die schöne Russin ihrem Liebhaber nicht so ganz. Kluge Frau. Sie schob die Geldscheine unter den Gummibund ihres Slips und merkte, wie sie sich entspannte. Durch die mentale Entspannung wurden die körperlichen Schmerzen allerdings deutlicher spürbar. Einzelne Körperteile begannen sich aus dem dumpfen Schmerznebel herauszukristallisieren. Ihr Kinn und ihr rechtes Ohr mussten was abgekriegt haben. Sie konnte den Unterkiefer nur gefühlte eineinhalb Zentimeter nach unten bewegen. Und ihr rechtes Auge fühlte sich auch nicht gut an. Sie schob ihr Gesicht näher an den Spiegel. Das Auge war komplett zugeschwollen. Sie sah aus wie ein Zombie. Aber darum musste sie sich später kümmern.

Erst mal brauchte sie ein paar Klamotten, damit sie auf die Straße konnte. Noby, der Idiot, hatte ihren Kleiderschrank abgeschlossen, sodass sie jetzt in Unterhose und T-Shirt dastand. Die Russin war einen Kopf größer als sie, aber zum Glück sehr schlank. Lee-An griff nach einer mit glitzernden Strasssteinchen verzierte Jeans. Jede Bewegung tat höllisch weh. Als sie sich bückte, um die Hosenbeine umzuschlagen, verzerrte sich ihr Gesicht vor Schmerz. Sie zog den Bund mit dem Gürtel zusammen und griff nach einem rosafarbenen Sweatshirt, das mit irgendetwas Flaumigem, Weißem verziert war, und einem Paar ebenfalls mit Glitzersteinchen besetzten Leinenturnschuhen. Wenigstens die Schuhgröße stimmte einigermaßen. Neben den Turnschuhen lag eine Plastiktüte mit was Weichem darin. Es war eine Perücke, ein platinblonder Pagenkopf. Die Russin war brünett und trug einen raspelkurzen Pixie. Wahrscheinlich setzte sie das Ding auf, wenn ihr Sugardaddy ein bisschen Abwechslung wollte. Sie fasste ihr eigenes dünnes Haar über dem Wirbel zusammen, während sie sich die Perücke überstülpte. Super! Sie sah aus wie eine mongolische Prostituierte, die von ihrem Zuhälter zusammengeschlagen worden war. Etwas Lippenstift wäre nicht schlecht.

Sie ging ins Bad und öffnete den Kosmetikkoffer der Russin. Es war ein Musterkoffer für französische High-End Produkte. Sie wählte einen warmen Fuchsiaton von Guerlain, eigentlich viel zu schade für ihr jämmerliches Outfit. In einem Seitenfach des Schminkkoffers steckte ein Reisepass. Sie zog ihn heraus. Es war ein Schweizer Pass, ausgestellt auf den Namen Swetlana Fingerli. Die Frau war mit dem alten Knacker verheiratet! Auf dem Passfoto trug Swetlana Fingerli die blonde Perücke – oder sie war damals noch blond gewesen. Swetlana Fingerli dachte wahrscheinlich, sie hätte es geschafft. Aber man konnte sich täuschen.

Sie steckte den Pass in die Tüte, in der die Perücke gewesen war. Die Tüte würde ihr ganzes Reisegepäck sein. Für einen Moment erwog sie, auch den Lippenstift mitzunehmen, aber dann ließ sie es. Frauen hingen an ihren Lippenstiften. Und das Eichhörnchen vom Roomservice musste ja nicht mehr Ärger bekommen als unbedingt nötig. Nach einem letzten prüfenden Blick in den Spiegel öffnete sie vorsichtig die Tür.

Der Wagen des Roomservice stand immer noch neben der geschlossenen Tür zu ihrer und Nobys Suite. Der Korridor war leer. Mit drei schnellen Schritten war sie bei der Fahrstuhltür, die sich sofort öffnete. Sie musste es einfach nur raus auf die Straße schaffen, dann war sie so gut wie gerettet, wenn auch nur für die nächsten paar Stunden.

Als sie ins Taxi stieg, fiel ihr auf, dass sie immer noch die blutroten Handschuhe trug.

Mittags war das »Green Kitchen« noch einigermaßen leer. Hannah, die sich eine Fensternische ausgesucht hatte, begrüßte ihn mit Wangenküsschen. »Schicker Laden. Haben sie dich zum Chefredakteur befördert?«

»Leider nicht.«

Er hängte seine Lederjacke über die Stuhllehne und griff nach der Karte.

Überteuerter exotischer Kram. Die gebratenen Nudeln gingen. Wenn sie die Morcheln wegließen, würde er die gerade so runterkriegen.

»Ein Prosecco vorneweg?«

Sie machte große Augen. »Heißt das, ich kriege den Praktikumsplatz?«

Er grinste. »Zeig erst mal, was du hast.«

Sie zog einen Schnellhefter aus ihrem schmuddeligen Leinenbeutel und presste ihn an ihre Brust.

»War gar nicht so einfach, an die Unterlagen heranzukommen, bei dem ganzen Theater wegen des Brandanschlags. Wieso interessierst du dich eigentlich so für den Laden?«

Ganz oben war der Mietvertrag für die Hutmacherei eingeheftet, ausgestellt auf Lee-An Lossamer-Tau. Beim Anblick des Mietpreises stockte ihm der Atem. Auch wenn die Miete günstiger war als in Mitte, konnte sie die mit ihren Hüten unmöglich einspielen.

»Die Miete wird regelmäßig gezahlt?«

»Sicher. Die wird abgebucht.«

»Von welchem Konto? Hast du die Bankverbindung?«

Sie riss ihm den Ordner weg.

»Spinnst du? Ich gebe doch keine Daten weiter. Was hast du eigentlich mit dieser Lossamer-Tau?«

Er ignorierte ihre Frage.

»War die Polizei bei euch im Büro wegen des Brandanschlags am Sonntag?«

»Klar! Die wollten wissen, ob es mit der Mieterin irgendwelche Probleme gibt. Da gibt's aber keine. Und sie wollten die Kontaktdaten. Sie können sie wohl nicht erreichen, weil sie im Urlaub ist.«

»Komisch, oder?«

»Finde ich nicht. Als ich letzten Herbst auf Lanzarote war, hatte ich auch keinen Empfang.«

Die Kellnerin brachte die Getränke. Gierig griff er nach seinem Hefeweizen.

»Frau Lossamer-Tau ist aber nicht auf Lanzarote, sondern in der Schweiz. Das hat mir eine ihrer Freundinnen anvertraut.«

»Du kennst deren Freundinnen?«

»Die Dame hat auch einen Laden in der Florastraße. Dänische Moden in Übergrößen.«

Das Wort Übergröße brachte sie zum Kichern. Obwohl sie bei ihrem Appetit in zehn Jahren eine tragen würde. Spätestens.

»Und warum ist diese Chinesin nun so interessant?«

»Sie hatte was mit Imhoff.«

»Das ist jetzt aber Quatsch!«

»Von wegen.«

Er hatte den Tag mit einer Latte bei Luigi eingeläutet. Der kleine Italiener war ebenso schwul wie geschwätzig. Er hatte sich alles von der Seele geredet. Dass Imhoff und die Chinesin sich regelmäßig bei ihm am Tresen getroffen hatten und dass er genau gesehen hatte, wie sich da was zwischen den beiden angebahnt hatte. Natürlich hatte er dazu geschwiegen wie ein Grab. Der gehörnte Ehemann hatte bereits einige Male seinen teuersten Grappa gekauft. Außerdem gab es so was wie eine Barista-Ehre.

Die beiden waren vorsichtig gewesen. Sie waren nie zusammen gekommen oder gegangen. Manchmal hatte Imhoff auch zwei ToGos geholt: doppelten Espresso mit etwas Milch für sie und einen großen Cappuccino für sich. Dann hatte er die Getränke vermutlich in ihr Atelier gebracht, denn im Container von Kiez am Park, konnten sie es ja kaum getrieben haben, oder? Wenn Imhoff allein aufgetaucht war, hatten sie sich oft über die technischen Finessen der Kaffeezubereitung unterhalten. Luigis Kaffeemaschine hatte Imhoff sehr beeindruckt. Er hatte geplant, eine desselben Fabrikats für sein Büro anzuschaffen.

Hannah lachte los. »Schön wär's ja! Unsere Maschine ist seit Monaten im Arsch. Drum renne ich ja ständig zum Coffee-Shop. Allerdings ...« Sie verstummte.

»Ja?«

»Vor ein paar Wochen wurde eine ziemliche fette Maschine geliefert, eine italienische. Meike wollte die erst gar nicht annehmen. Aber dann kam ihr der Gedanke, dass Tommy die privat bestellt haben könnte. Und so war's dann auch.«

»Und wo ist diese Maschine jetzt?«

»Jedenfalls nicht im Büro.«

»Vielleicht ist sie in der Hutmacherei. Damit die beiden zum Vorspiel nicht immer zu Luigi gehen müssen.«

Die Augen der Praktikantin weiteten sich ob seines Scharfsinns.

»Krass! Und uns hat er ständig von seiner Frau und seinen Kindern vorgeschwärmt.«

»Logo. Er wollte nicht, dass ihm jemand auf die Spur kommt. Aber offenbar war er nicht vorsichtig genug.«

»Du meinst, jemand hat ihn wegen der Chinesin ...?«

»Die ist seit über einer Woche verschwunden.«

Ihre Augen erreichten Spiegeleiformat.

»*Sie* hat ihn umgebracht?«

Er schüttelte den Kopf.

»Ausgeschlossen. Dazu wäre sie körperlich gar nicht in der Lage. Sie ist eins sechzig groß und ihr Taillenumfang ist so.« Er deutete mit beiden Händen Lee-Ans Taillenumfang an, auch um sie ein bisschen neidisch zu machen. Aber sie ignorierte die Geste.

»Warum ist sie dann abgehauen?«

»Ich schätze, weil sie Angst hatte, dass sie als Nächste dran ist. Und die Angst war ja auch nicht ganz unberechtigt, oder?«

»Du meinst, der Brandanschlag galt ihr?«

»Wem sonst?«

War sie vielleicht doch nicht so helle, wie er gehofft hatte? Jedenfalls guckte sie ziemlich verwirrt.

»Wir dachten alle, es sei einfach ein Einbruch gewesen. Es gab im letzten Jahr ein paar Wohnungseinbrüche im Flora-Park. Und weil der Einbrecher frustriert war, dass nichts zu holen war, hat er den Brand gelegt.«

»Er hat nicht spontan einen Brand gelegt. Er hatte den Molli doch schon dabei. Der wollte nicht klauen, sondern zerstören!«

»Hm. Und wer macht so was?«

»Na, wen könnte es denn gestört haben, dass Imhoff fremdgegangen ist?«

»Du verdächtigst jetzt nicht etwas Tommys Frau?«

»*Du* hast mir doch erzählt, wie eifersüchtig die ist.«

Die Kellnerin brachte das Essen. Einen fettglänzenden Nudelberg für ihn und eine mit irgendwas gefüllte Ananas für Hannah.

»Könnte es nicht genauso gut der Mann der Chinesin gewesen sein?«, fragte sie.

»Mord aus Leidenschaft wird zu fünfundneunzig Prozent von Frauen begangen.« Die Zahl war zwar komplett aus der Luft gegriffen, aber er hat mal etwas in die Richtung gelesen. »Bei Männern stehen eher finanzielle Interessen dahinter. Siehst du hier so was?«

Sie schüttelte den Kopf. »Ich kann mir trotzdem nicht vorstellen, dass Nova Jenssen mit Brandsätzen um sich schmeißt. Die hat drei kleine Kinder, das ist 'ne richtige Mutti, verstehst du?«

»Die können auch hart drauf kommen. Vor allem, wenn sie ihre kleinen Helferlein vergessen.«

Nachdenklich rührte sie in ihrer Ananas herum.

»Na ja, Nova *ist* hart drauf. Meike und ich dürfen nicht mal zu Tommys Beerdigung, nur der engste Familienkreis ist zugelassen.«

Er griff nach seinem Weizenglas und nahm einen Schluck, um den Fettfilm von seinem Gaumen zu spülen. Morcheln waren natürlich doch drin.

»Was hältst du davon, wenn ich dich zu meiner Assistentin mache?«

Sie grinste unsicher. »Eigentlich wäre ich mit einem Praktikumsplatz schon ganz zufrieden.«

»Oder zur Co-Autorin?«

»Wovon sprichst du eigentlich?«

»Von einer Geschichte, die so heiß ist, dass sich jedes Blatt unserer Hauptstadt die Finger danach leckt. Wenn wir diese Story haben, kann die FP uns kreuzweise. Weißt du eigentlich, dass die ihre Praktikanten nicht mal bezahlt?«

»Echt nicht?«

»Die bezahlt ihren angestellten Redakteuren ja kaum was.«

Sie schluckte. »Du willst mit der Story zu einer anderen Zeitung gehen?«

»Warum nicht? So eine Story ist das Sprungbrett zu einer Karriere. Auch zu deiner, wenn du willst.«

»Fifty-fifty«, sagte sie.

»Nicht übermütig werden. Fünfundzwanzig für dich.«

»Vierzig.«

»Na gut, dreißig. Also, was ist?«

»Vierzig. Ich hab nämlich was für dich, das kriegst du nur von mir.«

Er seufzte. »Und das wäre?«

»Der Schlüssel.«

»Welcher Schlüssel?«

Sie grinste. »Den Schlüssel des neuen Schlosses, das die Hausverwaltung nach dem Einbruch eingebaut hat.«

»Topp«, sagte er.

Rieke legte eine Decke über Gretas Beine und rückte den Rollstuhl in den Schatten. Dann steckte sie das Handy in ihre Jackentasche und ging Ekkhardt suchen. Sie fand ihn auf der Obstwiese. Sie sagte, dass Greta schliefe und sie kurz ins Dorf müsse. Ekkhardt nickte kaum merklich und fuhr mit seiner Arbeit fort.

Sie schwang sich auf Großmutters klappriges Rad. Seit ein paar Jahren hatte man zwar auf dem Hof einigermaßen Handyempfang, aber sie hatte keine Lust, sich von irgendeiner Nase dabei erwischen zu lassen, wie sie Gretas Handy untersuchte.

Die Dame von der Telefonauskunft hatte mit dem Namen Milan Bokran rein gar nichts anfangen können. Sie hatte sie sicherheitshalber auch noch nach Milan Bogran und Milan Bogdan suchen lassen, aber alles Fehlanzeige.

Sie fuhr geradewegs zur Dorfkirche. Unter der großen Kastanie auf dem Kirchplatz stand eine Bank, auf der sie als

Kind oft mit ihrer Großmutter gesessen und ein Stiel-Eis aus dem Konsum-Laden geschleckt hatte, während ihre Großmutter in der soeben gekauften Fernsehzeitung blätterte. Diese Erinnerung gehörte zu den schönsten ihrer Kindheit.

Es war heiß und über dem Kirchplatz lag eine knisternde Stille. Vielleicht kam das Knistern auch von den Bienen in der Kastanie. Anstelle der morschen Lattenbank mit dem grünen Anstrich stand hier jetzt ein klobiges, aus zwei halbierten Baumstämmen zusammengefügtes Teil, das eigentlich an den Rand eines Wanderwegs gehört hätte. Sie ließ sich ein wenig zu heftig auf die Sitzfläche fallen und verzog das Gesicht. Hart!

In Gretas Handy gab es keinen Milan Bokran.

Das Adressbuch enthielt gar keine Namen, sondern die Buchstaben A bis C, mit denen drei gespeicherte Nummern chiffriert waren. Wenn sie wissen wollte, wer sich hinter diesen Buchstaben verbarg, blieb ihr nichts anderes übrig, als alle drei Nummern der Reihe nach anzurufen.

Die Nummer A war nicht erreichbar.

Bei der Nummer B sprang die Mailbox von Ariane an. Sie hatte nicht gewusst, dass Ariane und Greta sich kannten. Greta hatte das Stricken schon vor Jahren aufgegeben, weil es ihre Augen zu sehr anstrengte. Sie hatte ihr einmal erzählt, dass es einer der traurigsten Momente ihres Lebens gewesen war. Da hatte sie beschlossen, ihr die Jacke zu stricken, in dem Farbton ihrer Lieblingsblume, hellviolettem Flieder, und mit einem komplizierten Lochmuster, das Gretas Finger nachvollziehen konnten. Greta hatte sich sehr über die Jacke gefreut. Wo war die eigentlich? In einer der Kisten?

Bei Nummer C meldete sich eine Männerstimme mit einem verhaltenen »Ja bitte«.

»Herr Bokran?«, fragte sie.

»Hier ist Jeremy Beyer. Mit wem spreche ich, bitte?«

Sie ignorierte die Gegenfrage.

»Ich möchte Herrn Milan Bokran sprechen. Ist er unter dieser Nummer erreichbar?«

»Ich helfe Ihnen gern, wenn Sie mich wissen lassen, wer Sie sind«, sagte die Stimme mit eindeutig süddeutschem Akzent. Ariane hatte einen ganz ähnlichen, womit Paul, der geborene Berliner, sie manchmal aufzog.

»Ich heiße Rieke, aber das ist nicht wichtig. Dieses Handy gehört einer ... äh, einer älteren Dame aus meinem Bekanntenkreis. Sie möchte dringend mit Milan Bokran sprechen. Vielleicht könnten Sie Herrn Bokran bitten, diese Nummer zurückzurufen.«

»Ich kenne keinen Milan Bokran.«

»Kennen Sie Frau Greta Faust?«

»Auch nicht, bedaure.«

»Warum ist Ihre Nummer dann auf Gretas Handy gespeichert?«

»Sind Sie sicher, dass das Telefon Ihrer Bekannten gehört?«

»Ja. Wieso?«

»Ich kenne diese Nummer. Sie gehört einem Freund von mir.«

»Oh.«

»Er ist tot.«

»Milan Bokran? Ist er tot?«

»Nein, nein. Hören Sie, ich werde versuchen, diesen Milan Bokran ausfindig zu machen, und rufe Sie zurück.«

»Stopp!«, rief Rieke. »Normalerweise gibt Greta ihr Telefon nie aus der Hand. Es ist besser, wenn Sie mich auf meinem Handy zurückrufen.«

Sie gab ihm ihre Handynummer durch. Dann schob sie ihr Rad zu dem Supermarkt, der das Lebensmittelgeschäft inzwischen abgelöst hatte. Deshalb also konnte Greta mit dem Telefon nicht umgehen. Es gehörte ihr gar nicht. Eigentlich hatte sie so etwas schon geahnt. Aber wem gehörte es dann? Es musste jemand aus ihrem Bekanntenkreis sein, da Arianes Nummer darin gespeichert war. Ihrer Mutter? Sie und Ariane waren zwar ziemlich dicke, aber so konspirativ, dass sie ein Zweithandy dafür brauchten, war ihre Freundschaft nun auch wieder nicht. Ekkhardt gehörte es auch nicht. Ekkhardts vorsintflutliches Seniorenhandy, das er immer mit sich herumtrug, falls Greta etwas passierte, und das bestimmt auch nie aufgeladen war, kannte sie. Außerdem hatte der Name Faust diesem Jeremy Beyer nichts gesagt. Ihr blieb nichts übrig, als seinen Rückruf abzuwarten.

Etwas planlos stromerte sie durch den ziemlich leeren Supermarkt und kaufte sich schließlich genau dasselbe Orangenwassereis, das sie als Kind immer gegessen hatte. Wenigstens das gab's noch.

Sie ging mit dem Eis zur Bank zurück, um dort auf Jeremy Beyers Rückruf zu warten.

Dabei fiel ihr Blick auf ein kleines Messingschild, das an der Lehne angebracht war. Diese kleinen Schilder fanden sich an mehreren Bänken im Ort. Sie nannten ihre Spender, wohlhabende Urlaubsgäste, die in dieser abgeschiedenen Ecke etwas Frieden gefunden hatten und sich dafür erkenntlich zeigen wollten. Die Aufschrift auf dem Schild lautete: »Tereza Bokran – Filmproduktionsgesellschaft«.

Auf ein knappes »Paketsendung aus Hamburg« hin summte umgehend der Türöffner. Er verzichtete auf den Fahrstuhl, der genau gegenüber der Wohnungstür ankommen würde, und nahm stattdessen die Treppe. So konnte er sie eiskalt überraschen. Aber die Frau in der Wohnungstür war gar nicht Nova Jenssen, sondern Rosa Mercurio. Er hatte den Fuß in der Tür, bevor sie sie wieder zuschlagen konnte, und drängte sie, etwas grober als geplant, in die Wohnung. Sie konnte ruhig merken, dass er mit seiner Geduld am Ende war, dass es jetzt wirklich Ärger gab, wenn sie nicht endlich aufhörte, ihn zu verarschen. Sie und ihre feinen Freundinnen.

»Wo ist Frau Jenssen?«

»Nach Hamburg gefahren. Heute Morgen. Mit dem Auto.«

Er folgte ihr auf die Terrasse.

»Ach nee, so plötzlich?«

»So plötzlich ist es auch wieder nicht. Tommy wird am Samstag beerdigt.«

Auf dem Rattan-Tisch stand eine Schale Milchcafé neben einer achtlos aufgerissenen Tüte teuren französischen Gebäcks.

»Ist Frau Tillier-Teuffel auch hier?«

Sie schüttelte den Kopf.

»Wo ist sie dann?«

»Catherine? Arbeiten, schätze ich.«

Er hörte ein Juchzen und drehte sich um. Wanja hopste auf einem Trampolin, das auf dem hinteren Ende der Terrasse aufgebaut war. Das Trampolin war von einem Zylinder aus engmaschigem Netz umgeben, der etwas zwei Meter in die Höhe ragte. Um reinzukommen, musste man sich durch ein kleines Loch im Netzwerk zwängen. Ein absoluter Kindertraum, den der Kleine in Abwesenheit der Familie Jenssen-Imhoff ganz ungestört genießen konnte. Plötzlich kam er sich vor wie ein Arsch. Betrachtete er es wirklich als seine Lebensaufgabe, Frauen wie Rosa Mercurio, die es ohnehin schon nicht leicht hatten, noch zusätzliche Knüppel zwischen die Beine zu werfen? Andererseits war Thomas Imhoff auf dem besten Weg in die Datei ungeklärter Mordfälle. Und das sah er wiederum auch nicht ein.

»Nova hat nichts dagegen, dass ich mit den Kindern hochkomme, wenn sie nicht da ist«, sagte Rosa Mercurio.

Neben dem Trampolin stand ein kleines aufblasbares Planschbecken. Eigentlich war es heute ein bisschen zu kühl zum Baden, aber es lag trotzdem ein buntes Handtuch davor. Daneben schlief das Baby in seiner Wippe.

»Setzen wir uns«, sagte er.

Widerwillig folgte sie ihm zu der Sitzgruppe.

»Ich dachte, Sie wollten mit Nova sprechen.«

»Das muss ich nun wohl den Kollegen in Hamburg überlassen.«

Er lehnte sich zurück, schlug die Beine übereinander wie einer dieser ekelhaften Fernsehkommissare und musterte sie ungeniert. Rosa Mercurio hatte Probleme. Die Bank ihres Noch-Ehemannes meldete Besitzansprüche an der Wohnung an, in der sie lebte. Auf der Suche nach einem Retter hatte sie sich offenbar an Danny Lade gewendet statt an einen Anwalt, der sie vielleicht vor den Tücken des Sozialstaats retten könnte. Ein Anwalt kostete Geld, das sie nicht hatte. Danny Lade hingegen hatte einen festen Job als Hilfsarbeiter bei einer Bauschreinerei angenommen. Schade hatte sich, einer nächtlichen Eingebung folgend, vorhin in einem Werkzeuggroßhandel die mobile Grundausrüstung eines Zimmermanns zeigen lassen und war dabei auf ein Utensil gestoßen, dessen Spitze haarscharf in die Wunde in Thomas Imhoffs Schädel passte. Das Ding nannte sich Latthammer.

Manchmal glich die Lösung eines Falles einem Puzzle-Spiel. Alle Teile lagen auf dem Tisch. Die Schwierigkeit bestand darin, schlüssige Verbindungen herzustellen. Lade kannte Rosa Mercurio, Rosa Mercurio kannte Thomas Imhoff, vielleicht sogar besser, als er zunächst vermutet hatte. Catherine Tillier hatte etwas in die Richtung angedeutet. Er hatte der Tillier-Teuffel nicht so recht glauben wollen, weil sie ihm unsympathisch war. Aber die Wahrheit war keine Sympathiefrage. Imhoff hatte Rosa Mercurio verschmäht. Vielleicht weil er Thailänderinnen bevorzugte, vielleicht aus anderen Gründen. Vielleicht hing da auch noch irgendwo dieses Au-pair mit drin, das er leider nicht in die Finger kriegte. Fakt war, dass er bisher in Imhoffs Umfeld auf keine einzige Thailänderin gestoßen war. Aber die Mieterin der Hutmacherei in der Gaillardstraße, in die eingebrochen worden war, war Chinesin – und verschwunden. Bis jetzt war es weder seiner Kollegin Jana Schwarz noch der Hausverwaltung Kiez am Park gelungen, mit ihr Kontakt aufzunehmen.

In der Florastraße machte inzwischen das Gerücht die Runde, die Chinesin habe eine Affäre mit Thomas Imhoff gehabt. Ursprung des Gerüchts war ein kleiner italienischer Laden mit Kaffeeausschank. Also war er auch dorthin gegangen. Der Inhaber hatte schon angefangen zu erzählen, bevor er auch nur seinen Ausweis gezückt hatte. Er hatte ihn wohl für jemanden von der Presse gehalten.

Der Himmel über der Terrasse hatte sich zugezogen und Rosa Mercurio fröstelte. Ihre Hand tastete nach dem Telefon, das sich in der Tasche ihrer viel zu dünnen Strickjacke abzeichnete. Wahrscheinlich brannte sie darauf, ihren Freund Lade anzurufen – oder die Tillier-Teuffel.

»Wo waren Sie eigentlich in der Nacht von Samstag auf Sonntag?«

Sie starrte ihn an. »Ich? Letztes Wochenende?«

Er nickte.

»Zu Hause natürlich! Was glauben Sie denn, wo eine Mutter von zwei kleinen Kindern ihre Nächte verbringt?«

»Zeugen?«

»Danny war hier! Davon haben Sie sich doch selber überzeugt am Sonntagmorgen.«

»Er hat mir nicht gesagt, dass er über Nacht da war.«

»Haben Sie ihn danach gefragt?«

Er ignorierte die Gegenfrage. Da sie frech wurde, schien sie sich wieder sicherer zu fühlen.

»Wissen Sie, wo Nova Jenssen die Nacht von Samstag auf Sonntag verbracht hat?«

»Hier bei sich, schätze ich. Nova hat auch kleine Kinder, Herr Kommissar.«

»Die waren aber bei der Oma in Hamburg.«

»Ach ja, richtig.« Sie zuckte mit den Schultern. »Dann weiß ich nicht, was sie in der Nacht gemacht hat, okay?«

»Nö. Ich glaube nämlich, dass sie es Ihnen erzählt hat.«

»Hä? Wieso denn?«

»Als ich Sie am Sonntagmorgen hier mit Frau Jenssen und Frau Tillier-Teuffel antraf, hatte ich das Gefühl, dass sie ein ernsthaftes Gespräch führten.«

»Darf man das nicht?«

»Verraten Sie mir, um was es ging?«

»Ich glaube zwar nicht, dass ich das muss, aber ich sag's Ihnen trotzdem: Es ging um Novas Zustand. Es geht ihr einfach total schlecht seit Tommys Tod und Catherine und ich kümmern uns ein bisschen um sie. Zufrieden?«

Sie hatte wieder Oberwasser.

War er auf der falschen Spur? Oder *dachte* sie nur, er sei auf der falschen Spur?

Aber er konnte sie schlecht mit dem Latthammer konfrontieren, bevor die Pathologie seinen Verdacht abgesegnet hatte. Und er wollte auch nicht, dass sie Lade warnte, bevor er dem mit einem Durchsuchungsbeschluss auf die Pelle rücken konnte. Der Beschluss war schon in Arbeit. Also wechselte er am besten das Thema.

»Wo wohnt eigentlich das Au-pair?«

Sie guckte verwirrt.

»Das Au-pair der Imhoffs, meine ich. Sie muss hier doch ein Zimmer haben.«

Sie deutete mit dem Zeigefinger nach oben. »Auf dem Dach.«

Tatsächlich befand sich über der Wohnung der Imhoffs ein kleiner, bungalowähnlicher Dachaufbau.

»Wie komme ich da hin?«

»Über die Küche.«

Bevor sie Einwände erheben konnte, war er schon unterwegs. Hinter der Schrankzeile der offenen Küche führte eine schmale Holztreppe, eigentlich mehr eine Stiege, nach oben. Die Treppe, die oben mit einem Kindergitter gesichert war, mündete in einen niedrigen, lichtdurchfluteten Raum mit bodentiefen Fenstern zu zwei Seiten. Von einem der Deckenbalken ging eine Kinderschaukel und vor den Fenstern standen bunte Spielzeugkisten. In der hinteren Wand befand sich eine Tür.

Er öffnete sie und stand im Zimmer des Au-pairs. Durch die Dachschräge war es kaum größer als eine Abstellkammer. Das schmale Bett und der eintürige Schrank passten gerade so eben rein. Unter dem Dachfenster stand ein kleiner Sessel mit pinkfarbenem Plüschbezug. Direkt vor dem Sessel befand sich ein etwas breiteres Wandbord, das als Ablage für ein Notebook oder als Schminktisch genutzt werden konnte. Tatsächlich hatte eine frei geräumte, staubfreie Stelle das Format eines kleineren Notebooks.

Er versuchte sich an die junge Frau zu erinnern, der er vor seinem einzigen Gespräch mit Nova Jenssen kurz begegnet war. Da er sich auf das Gespräch mit der Witwe konzentriert hatte, hatte er sie leider kaum beachtet. Etwas an ihren Haaren war komisch gewesen, so eine modische Mischung aus Schwarz und Silber. Sie war klein und dünn gewesen und hatte enge Sachen getragen, auch mit Schwarz und Silber. Es fiel ihm schwer, die Sachen zu beschreiben, aber es war genau die Art von Klamotten, die Becca, die ungefähr im gleichen Alter war, niemals tragen würde. Alles was Becca trug, war weit und lässig und wirkte sehr entspannt, abgesehen von ihrem Nasenpiercing.

Oberhalb der Leerstelle, die das Notebook hinterlassen hatte, hing ein Spiegel, in dessen Rahmen eine Postkarte steckte. Darauf stand: »Nüchtern betrachtet, war es besoffen besser.« Diese Karte konnte er sich allerdings auch in Beccas Zimmer vorstellen.

Er überlegt, ob er den Kleiderschrank kontrollieren sollte, aber dann verzichtete er darauf. Ihre Unterwäsche interessierte ihn nicht und nach geheimen Tagebüchern suchten sie auch nur noch im Fernsehen. Heute brauchte man den Zugang zu Facebook- und Instagram-Accounts, wenn man was über das Innenleben eines jungen Menschen erfahren wollte.

Er zog die Tür hinter sich zu und stieg die Hühnerleiter wieder hinunter.

Rosa Mercurio saß immer noch draußen. Als sie ihn kommen sah, steckte sie ihr Handy schnell in die Tasche ihrer Strickjacke. Wen sie wohl angerufen hatte, Nova, Lade oder die Tillier-Teuffel? Er tippte auf Lade. Nova konnte ihr nicht helfen, wenn sie in Hamburg war. Und die Tillier-Teuffel würde sie nur im äußersten Notfall anrufen.

»Waren Sie mit dem Au-pair befreundet?«

»Mit Nicci? Nee!«

»Warum nicht?«

»Warum sollte ich? Nicci ist einundzwanzig, ich bin neununddreißig.«

»Hat sie manchmal auf Ihre Kinder aufgepasst?«

»Nee. Warum sollte sie?«

»Frau Tillier-Teuffel erwähnte, dass Nicci manchmal ihren Sohn mit abholte.«

»Klar, weil sie sie bezahlt. Ich habe leider kein Geld für Babysitter übrig.«

»Mögen Sie sie? Das Au-pair, meine ich?«

Rosa Mercurio stand auf.

»Wenn Sie noch was von mir wissen wollen, laden Sie mich bitte offiziell vor, damit ich meinen Anwalt mitbringen kann, okay?«

Also hatte sie Lade angerufen. Die Tillier-Teuffel hätte ihr nicht so einen platten Spruch empfohlen.

Vielleicht war an der Latthammer-Theorie also doch was dran.

Er grinste und streckte ihr zum Abschied die Hand entgegen.

»Tschüss, Frau Mercurio. Und lassen Sie diesen Junkie nicht mehr in Ihre Wohnung. Denken Sie an Ihre Kinder.«

Sie sah auf seine Hand, als würde sie am liebsten draufspucken.

»Denken Sie an Ihre eigenen«, sagte sie.

Sie legte das Eis neben sich auf die Bank und zog noch einmal Gretas Handy hervor.

»Ja?«, meldete Jeremy Beyer sich sofort.

»Haben Sie schon etwas herausgefunden?«

»Ich hatte noch keine Zeit. Ich bin gerade in einer Besprechung.«

»Sie können sich auch nach einer Tereza Bokran erkundigen. Tereza mit ›z‹.«

»Wer ist das?«

»Sie hat eine Filmproduktionsgesellschaft. Vielleicht ist sie Milans Frau oder so.«

»Ist ihre Nummer auch in dem Handy gespeichert?«

»Keine Ahnung.«

Tereza Bokran könnte natürlich A sein. Aber auch Milan selbst könnte A sein.

»Können Sie mir die Nummern durchgeben, die auf dem Handy gespeichert sind?«, fragte er.

»Nein!«

»Nein?«

»Versuchen Sie einfach, diesen Milan Bokran ausfindig zu machen.«

Sie unterbrach die Verbindung und stellte das Handy ab.

Sie würde Ariane nicht in diese Sache hineinziehen. Zumal sie keinen Schimmer hatte, wer dieser Jeremy Beyer war. Vermutlich war es schon ein Fehler gewesen, dass sie dem Typen ihre eigene Handynummer gegeben hatte. Sie war immer viel zu vertrauensselig. Was, wenn der jetzt versuchte, sie ausfindig zu machen? Andererseits hatte sie nichts zu verbergen, oder? Irgendwo musste sie ja anfangen, wenn sie Greta helfen wollte.

Greta! Sie sah auf ihre Uhr. Es war viel später geworden, als sie geplant hatte. Hoffentlich war Greta noch nicht aufgewacht. Sie warf den Eisstiel in den Mülleimer neben der Bank – vermutlich auch von Tereza Bokran gespendet – und schwang sich aufs Rad.

Kurz vor dem Abzweig zum Hof kam ihr ein Rettungswagen entgegen. Kein Blaulicht – wozu auch, hier war kaum jemand unterwegs –, aber mit sichtbar überhöhtem Tempo. Fast wäre sie beim Ausweichen in den Straßengraben gerutscht. Ihr Herz begann wie wild zu schlagen und sie trat noch kräftiger in die Pedale.

Die Haustür stand weit offen. Die Schürze ihrer Großmutter lag auf den Steinfliesen im Flur.

Sie rannte hinters Haus.

Gott sei Dank! Greta saß in ihrem Stuhl. Mina kauerte auf einem Höckerchen neben ihr und strich ihr über die Hände, die irgendwas umklammert hielten.

»Ich dachte schon, es sei was passiert«, keuchte Rieke.

»Ist auch«, sagte Mina. »Onkel Ekkhardt ist vom Baum gefallen. Deine Großeltern sind mit ins Krankenhaus gefahren. Tante Greta hat sich ganz doll aufgeregt.«

Rieke kniete sich neben Rollstuhl. »Greta?«

Gretas Unterkiefer bewegte sich hin und her, als wollte sie etwas sagen, brächte aber kein Wort hervor. Ihre Sonnenbrille war verrutscht. Vorsichtig begann Rieke, die ineinander verschränkten Hände zu lösen. Dazwischen steckte eine gelbe Rosenblüte.

Jaguars Stimme zerschnitt ihr Trommelfell wie ein Skalpell und löste kleine blitzartige Explosionen über ihren Augen aus. Sie presste die freie Hand gegen die Stirn und wankte, das Telefon am Ohr, zum Fenster. Die hässlichen Worte fuhren ihr direkt in die Seele. In das miese Restchen von Seele, das sie sich noch bewahrt hatte. Obwohl Roboter ja keine Seele brauchten. Und genauso war sie sich in den letzten vier Wochen vorgekommen, wie ein Roboter, der dumpf und stumpf Jaguars Befehle ausführte.

Sie hatte Jaguar sagen wollen, dass das enden müsse. Dass ihr ihre Therapeutin einen Burnout diagnostiziert und den Totalzusammenbruch vorausgesagt hatte, wenn sie nicht sofort etwas änderte. Sie müsse auch an sich denken, für sich sorgen. Seit Wochen hieß an sich denken, an Jaguar denken. Für sich sorgen hieß für Jaguar sorgen. Für Jaguar sorgen hieß, Jaguars Befehle bis ins Details auszuführen. Und wehe, es unterlief ihr ein Fehler.

Das musste enden, sofort.

»Hör sofort auf, so mit mir zu reden«, sagte sie, immer noch ungläubig, dass diese ätzenden Worte wirklich ihr galten. »Ich dulde nicht, dass du mich beleidigst. Ich erwarte Respekt.«

Jaguars Verachtung entlud sich in dröhnendem Gelächter.

Wie anders alles vor einem Vierteljahr gewesen war. Als sie unter blühenden Linden gewandelt waren, die süße Abendluft eingesogen und nach einem Konzert im Schauspielhaus bei Champagner zusammengesessen hatten. Jaguars Hand war von ihrem Knie langsam ihren Oberschenkel hinaufgewandert, geräuschlos und kühl auf der glatten Seide. Chopin, Debussy, Ravel, selige Schwerelosigkeit. Alles was sie besaß, war ihr plötzlich verzichtbar erschienen. Ihr Mann, der so bedeutungslos in ihrem Leben geworden war, dass sich sogar eine Scheidung erübrigte. Die Kinder, die sie eigentlich schon immer gelangweilt hatten, nicht erst seitdem sie aus dem Gröbsten heraus waren.

»Die besten Mütter sind ohnehin die, die nicht fürs Muttersein geschaffen sind«, hatte Jaguar gesagt.

Sie hatte diesen Satz eingeatmet, wie sie jeden Satz Jaguars eingeatmet hatte. Jeder dieser Sätze, jede der Blicke und Gesten, die diese Sätze begleiteten, waren so erotisch aufgeladen, dass der Sex selber fast unwichtig erschien. Aber er war immer noch wichtiger als jeder andere Sex, den sie jemals gehabt hatte.

Sie konnte nicht fassen, dass Jaguar dies alles so entwürdigte, dass sie plötzlich wie eine kleine Angestellte behandelt wurde, die ihren Job nicht ordentlich gemacht hatte.

»Feuerst du mich etwa?«, fragte sie.

Sie hatte selber hin und wieder jemanden feuern müssen. Vorzimmermädchen, die nicht bis drei zählen konnten. Sekretärinnen mit Flecken auf der Bluse. Au-pairs, die mit Marcs Boxershorts unterm Kopfkissen schliefen. Lauter lästige, unwichtige Menschen. Wichtige Menschen feuerte man nicht. An wichtigen Menschen arbeitete man sich ab, manchmal bis Blut kam, süßes, dunkelrotes Blut.

Sie sah den kleinen Kommissar unten auf den Gehsteig treten. Mit hängenden Schultern und gesenktem Kopf überquerte er die Fahrbahn und steuerte das italienische Schnellrestaurant gegenüber an. Frau Lienhorst, ihre derzeitige kluge und fleckenfreie Vorzimmerdame, hatte ihn freundlich, aber bestimmt abgefertigt. Sie hatte von ihrem Büro aus alles mit angehört. Frau Tillier sei leider nicht im Haus. Ob sie einen Termin für ihn machen dürfe? Der früheste freie Termin sei am nächsten Donnerstag. Zu spät? Moment, bitte! Sie sehe gerade, auch am Dienstag sei Frau Tillier noch für ein halbes Stündchen zu haben. Passe auch nicht? Wie schade! Ob er mit einer Vorladung wiederkommen dürfe? Aber selbstverständlich. Frau Tillier sei schließlich Anwältin. Mit Vorladungen habe sie ganz gewiss keine Probleme. Noch einen wunderschönen Feierabend für ihn.

Frau Lienhorst vereinte Kompetenz und Zielstrebigkeit mit Anmut und Würde. Die meisten Deutschen kriegten das eher nicht hin, Männer wie Frauen.

»Vielleicht möchtest du mir in freundlichen Worten erklären, was ich falsch gemacht habe«, sagte sie in den Hörer.

Jaguar war durchaus zu Anmut und Würde fähig. Jaguar wollte unhöflich sein. Warum? Weil sie, Catherine, einer freundlichen und würdevollen Behandlung nicht würdig war? Jaguar zischte und fluchte mit gedämpfter Stimme. Vielleicht war das Haus mal wieder voller Gäste oder die Kinder spielten nebenan. Jaguar, das spürte sie jetzt, spielte mit *ihr*. Sie war zu Jaguars Spielball geworden. Wie hatte das nur passieren können?

In was war sie da bloß hineingeschlittert?

Sie hatte Tommy mit dieser Frau im »Dim Sum« gesehen und spontan auf den Kamera-Auslöser ihres Telefons gedrückt. Dabei hatte sie nur an die arme Nova gedacht. Nova, deren Freundin, Sach-, Finanz- und Emotionsverwalterin sie war. Nova, die schon ihre Vertraute gewesen war, bevor sie Jaguar kennengelernt hatte.

Sie hatte mit einer Klientin, die sie erfolgreich durch eine langwierige Erbschaftsangelegenheit begleitet hatte, am anderen Ende des Lokals gesessen, als Tommy in Begleitung mehrerer Herren und dieser sehr anmutigen asiatischen Frau hereingekommen war. Erst hatte sie die Gesellschaft für eine Art Geschäftsessen gehalten. Aber später an der Bar, als die anderen gegangen waren, hatte sie diesen Eindruck revidieren müssen. Tommy und die Asiatin hatten eine sehr private Beziehung. Nicht dass sie das schüttert hätte. Sie kannte diese Art von Situation aus ihrer Erfahrung als Anwältin und aus ihren privaten Erfahrungen mit Marc. Sie gehörte zur Ehe, seitdem Ehen existierten. Als Frau musste man lernen, damit umzugehen, kompetent und zielstrebig, mit Anmut und Würde. Das Foto war als reine Vorsichtsmaßnahme gedacht gewesen. Das Foto hatte Nova helfen sollen, nicht schaden. Sie hätte das Foto Jaguar nicht zeigen dürfen. Und wenn Jaguar sie nicht vollkommen um den Verstand gebracht hätte, hätte sie den Schnappschuss auch niemals herausgerückt. Niemals. Jamais. Never ever.

Das Foto war der Anfang gewesen. Der Anfang einer Reihe von Dingen, die möglicherweise zu Tommys Tod geführt hatten.

Was würde Marc tun, wenn er erführe, was sie getan hatte? Konnte sie sich darauf verlassen, dass er sie nicht feuerte, weil sie seine Frau war? Würde er ihr helfen, die ganze Sache unter dem Teppich zu halten? Und was, wenn sich diese Geschichte nicht unter dem Teppich halten ließ? Würde Marc sie nicht nur ent-, sondern auch verlassen? Und wenn er sie verließ, würde er die Kinder mitnehmen? Die beiden Großen würden ohnehin freiwillig mit ihm gehen. Den Draht zu den Mädchen hatte sie längst verloren. Aber Anton? Er war doch noch so klein. Sie liebte Anton. Ihre Gefühle waren seit Wochen so übervoll von Jaguar gewesen, dass sie die kleine, zarte Liebe zu Anton kaum noch gespürt hatte. Schon Anton zuliebe musste sie etwas unternehmen.

Und wenn sie Marc alles erzählte?

Und wenn sie Jaguar drohte, Marc alles zu erzählen?

Würde sie zerbrechen, wenn sie Jaguar verlor?

»Sei nicht so naiv«, zischte Jaguar am anderen Ende der Leitung. »Du wirst die Verantwortung dafür tragen, wenn *irgendwas* rauskommt. Und erwarte nicht, dass ich dir dann helfe.«

Es war so ernüchternd, sich zu entlieben. Es war ihr schon mehrmals in ihrem Leben widerfahren, aber erst jetzt erinnerte sie sich daran, wie schrecklich ernüchternd es war.

Sie konnte Maddy von draußen krakeelen hören, während sie ihr Rad am Ständer anschloss. Sie war spät dran. Auf der Rückfahrt von Waren war sie in einen Unfallstau geraten und gleich danach in den Feierabendstau auf der Stadtautobahn. Da in der Flora kein Parkplatz zu kriegen war, hatte sie Elfis Liebling erst in die Garage gebracht und war dann aufs Fahrrad gesprungen. Sie hoffte sehr, dass das jetzt das endgültig letzte Treffen des Straßenfest-Komitees war.

»Wusstest du davon?« Maddy wedelte ihr mit einem Foto vor dem Gesicht herum. »Hat sie *dir* gesagt, dass sie was mit dem Dippeling hatte?«

Sie nahm Maddy das Foto aus der Hand. Es war das, aus dem der Ausschnitt stammte, mit dem die Detektivin hausieren gegangen war. Der graue Jackettärmel und die altmodische Uhr gehörten Thomas Imhoff. Das Lächeln, das er auf Lee-Ans Scheitel scheinen ließ, wirkte glücklich – und sehr lebendig.

»Woher hast du das?«

»Von Luigi.«

»Und von wem hat der es?«

»Wollte er mir nicht sagen. Ist aber auch egal, oder? Das Bild spricht doch für sich.«

»Ich hatte keine Ahnung davon«, sagte sie zu Maddy.

Maddy nickte. »Satz des Tages.«

Bente und Stine saßen bereits an der Restetafel. Bentes Hals war von roten Flecken gesprenkelt, wie immer, wenn sie nervös war. Stine drehte ihr Weinglas zwischen den Fingern.

»Und nun? Was machen wir?«

»Das Straßenfest können wir jedenfalls nicht abblasen«, sagte Bente. »Aber vielleicht die Modenschau. Es fällt ja sowieso die ganze Hutkollektion weg. Und Lee-An als Model.«

»Und deine Sachen?«, fragte Ariane.

Bente guckte unglücklich.

»Wir schmeißen jetzt doch nicht alles um«, sagte Maddy. »Dann modeln wir eben selbst.«

»Wenn du möchtest, bitte«, sagte Stine. »Aber ich muss schon die Moderation machen.«

»Ich in Bentes dänischer Mutti-Mode? Kommt gar nicht infrage. Ari, wie sieht's mit dir aus?«

»Zur Not.«

»Vielleicht taucht Lee-An ja noch auf«, murmelte Bente. »Heute ist erst Mittwoch.«

Maddy schüttelte den Kopf. »Vergiss es. Unsere schöne Hutmacherin ist über alle Berge.«

»Über alle Berge? Ich dachte, in den Schweizer Bergen?«, fragte Stine.

»Ganz egal, welche Berge. Sie wird jedenfalls nicht mehr auftauchen. Und das hier«, sie tippte auf das Foto, das inzwischen neben der Platte mit den kalten Zucchinipuffern lag, »ist der Grund.«

»Lee-An taucht unter, weil sie mit dem Dippeling einen Cocktail getrunken hat? Übertreibst du nicht ein bisschen?«, fragte Stine.

»Sie hat nicht nur einen Cocktail mit ihm getrunken. Die beiden hatte eine Affäre und damit hat sie Grund genug, sich nicht mehr blicken zu lassen.«

»Vorsicht, Maddy«, sagte Ariane.

Bente war schon aufgesprungen. »Du bist ja wahnsinnig! Lee-An kann nicht mal eine Fliege totschlagen. Außerdem ist sie unsere *Freundin*. Wir kennen sie seit Jahren. Wie kannst du überhaupt auf so einen Gedanken kommen!«

Maddy straffte die Schultern und warf ihre Rasta-Locken zurück.

»Wir kennen sie nicht seit *Jahren*, sondern seit *zweieinhalb* Jahren. Und alles, was wir über sie wissen, ist das, was sie uns erzählt hat. Ich glaube ihr gar nichts. Ich glaube nicht einmal, dass sie Chinesin ist. Sie spricht nicht ein einziges Wort Chinesisch. Das ist doch komisch, oder? Und wenn deine Beziehung zu ihr so eng war«, sie fixierte Bente, »warum hat sie dir dann nie gesagt, dass sie was mit dem Dippeling hat?«

Bente biss sich auf die Lippen.

»Egal, was Lee-An uns erzählt hat oder nicht«, mischte Stine sich ein. »Als ihre Physiotherapeutin bin ich mir ziemlich sicher, dass sie mit ihren ein Meter achtundfünfzig nicht in der Lage gewesen wäre, Thomas Imhoff den Schädel zu spalten.« Sie machte eine Pause und sah Maddy in die Augen. »Könnten wir diese Diskussion also beenden?«

Bente atmete auf.

Maddy zuckte mit den Schultern. »Hat ja sowieso keinen Sinn. Wie machen wir es also am Samstag?«

Ariane spürte Stines Fußspitze an ihrem Schienbein.

»Wir bleiben bei der Modenschau. Bente, falls mir von der Kollektion irgendwas passt, zockele ich damit gern über den Laufsteg.«

Bente lächelte dankbar. »Super! Ich könnte Nadja noch fragen. Sie hat allerdings eine glatte 36. Und Hanka hat vielleicht auch Lust …«

»Aber nur, wenn ihr Rücken mitmacht«, unkte Maddy.

»Sieht aktuell ganz gut aus.« Stine legte sich ihren zweiten Zucchinipuffer auf den Teller. »Die Dinger sind superlecker. Wieso sind die eigentlich nicht gegangen, Maddy?«

»Warum wohl nicht? Weil sich seit Montag alle bei Luigi die Wampe vollschlagen. Er hat das bessere Entertainment.«

»Zwei Wochen, dann dürfte es vorbei sein«, sagte Ariane.

Maddy musterte sie erstaunt. »Warum?«

»Hat mir ein Fachmann gesagt, ein Polizist.«

»Ein Bulle? Mittelgroß, mittelblond, mittelunauffällig?«

»Könnte hinhauen.«

»Der war heute bei mir. Wollte wissen, ob's dir gut geht. Wegen dem da.« Maddy deutete auf die Grünfärbung über Arianes Auge, die sie notdürftig abgepudert hatte.

»Wie ist das eigentlich passiert?«, fragte Stine und trat ihr wieder ans Schienbein.

Sie hatte recht. Es war besser, es ihnen endlich zu erzählen.

»Ach, du Scheiße!«, rief Maddy, als sie fertig war. »Warum hast du uns das denn nicht früher gesagt?«

»Weil es wehtat.«

»Selber schuld. Und woher kennst du den kleinen Bullen?«

»Der ist mal im Faden aufgekreuzt und hat mir indiskrete Fragen zu Pauls Aktivitäten im Eckstein gestellt. Und daraus wurde eine wunderbare Freundschaft. Neuerdings joggen wir sogar gemeinsam.«

»Du und ein Polizist? Ich fasse es nicht«, sagte Stine.

»Wenigstens passiert dir dann nichts«, meinte Bente.

»Pass lieber auf.« Maddy legte ihr die Hand auf den Arm. »Die Typen glauben, sie können sich alles leisten, nur weil sie so eine Hundemarke haben. Dein Schade hat mir übrigens das letzte Stück Eierschecke weggefressen.«

»Die selbst gebackene von deiner Mama? Dann kommt er bestimmt wieder«, sagte Bente.

Donnerstag, 21. August

Als er sein Rennrad am Ständer vor Luigis Enoteca anschloss, war es exakt drei Uhr dreißig.

Hannah wartete schon in der Gaillardstraße 5 vor dem Schaufenster des Hut-Ateliers. Die Zweitschlüssel, die ihre Chefin und seine Namensvetterin normalerweise im Tresor verwahrten, hielt sie in der Hand. Hannah hatte darauf bestanden, die Sache in der Nacht durchzuziehen. Zum einen, weil sie tagsüber keine Zeit hatte, zum andern, weil sie bei den Mietern kein Aufsehen erregen wollte. Nach dem Einbruch waren die so dünnhäutig geworden, dass sie schon die Polizei riefen, wenn sich auf dem Gehsteig jemand eine Zigarette anzündete.

Die Eingangstür ließ sich lautlos öffnen.

Das Wohnungsschloss hakte erst ein bisschen, gab dann aber auch nach.

»Voilà!« Sie machte eine große Geste. »Hereinspaziert und an die Arbeit!«

Fassungslos starrte er zur Decke. Das Phantom in der Oper hatte voll zugeschlagen. Der gigantische Kronleuchter bestand nur noch aus ein paar mickrigen Scherben, die im wahren Sinne des Wortes an seidenen Fädchen hingen. Der Rest der einst funkelnden Pracht war auf dem Parkett und dem Samtbezug des Diwans verteilt. Die Leo-Decke hatte jemand zusammengeknüllt in eine Zimmerecke geworfen. Bestimmt die Spusi, die auf den Türblättern und anderen glatten Oberflächen ihre schwarzen Spuren hinterlassen hatte.

»Am besten nimmst du dir die Küche vor und ich sehe mich hier ein bisschen um«, sagte Hannah.

»Und was suchen wir genau?«

»Hinweise, dass die Chinesin und Tommy was miteinander hatten.«

»Zum Beispiel?«

Sie verdrehte die Augen. »Spitzenunterwäsche, eine Packung Billy Boys. Irgend so was.«

»In der Küche?«

Sie seufzte. »Küche. Teure Espressomaschine. Klingelingeling?«

Ach so, ja, die Maschine.

Aber Lee-An Tau besaß keine teure Espressomaschine. Sie besaß nicht mal eine billige. Dafür einen Wasserkocher von Russel & Hobbes und vier verschiedene chinesische Teekannen. Zwei aus schwarzem Eisen und zwei aus weißem Porzellan. Auf einem Bord über der Arbeitsfläche aus mattem dunklem Holz standen zwölf zylinderförmige Lackdosen, immer abwechselnd rot neben schwarz. Er nahm eine in die Hand und schüttelte sie. Klang wie Tee. Er öffnete sie. Roch auch wie Tee. Ursprünglicher fester Aggregatzustand der grünlichen Moder-Plörre, mit der sie ihre Kundschaft zu beglücken pflegte. In der sechsten Dose, es war eine schwarze, wurde er fündig. Er zog einen mehrmals mit durchsichtiger Küchenfolie umwickelten Gegenstand hervor. Es war eine Uhr, eine altmodische goldene Herrenuhr mit einem gut eingetragenen braunen Lederarmband. Nicht gerade eine Patek Philippe, aber vermutlich auch nicht von OTTO.

Er legte sie auf den Tresen. Die übrigen Dosen enthielten tatsächlich nur Teeblätter. Auf dem Bord darunter standen Teeschalen aus durchsichtigem hellgrünem und hellgrauem Porzellan.

Unter der Arbeitsfläche befand sich ein Schubladen-Block. In der obersten waren neben allerlei Krimskrams etliche Tablettenschachteln, Aspirin, Ibuprofen, Naratriptan. Die Arme schien an Migräne zu leiden. Das Naratriptan war allerdings schon abgelaufen. In der mittleren Schublade waren Besteck und ein paar Teesiebe untergebracht und in der untersten Putzmittelflaschen. Der kleine Einbaukühlschrank war leer bis auf ein angebrochenes Glas Gewürzgurken und eine Flasche Schampus aus dem Hause der berühmten Witwe. Aber selbst wenn man davon ausging, dass sie die nicht alleine leeren wollte, stellte sie keinen Beweis für eine Beziehung mit Thomas Imhoff dar.

»Und?«

Hannah stand in der Tür. Ihrem Gesichtsausdruck nach zu urteilen, hatte sie keine bahnbrechenden Entdeckungen gemacht.

»Keine Billy Boys?«

Sie schüttelte den Kopf. »Nichts, was auf Tommy oder einen anderen Mann hinweist.«

Sie deutete auf die Uhr auf dem Tresen.

»Wo hast du die her?«

»Steckte in einer der Teedosen.«

»Das ist Tommys Uhr.«

»Sicher?«

Sie nickte. »Hundert pro. Er hat sie von seinem Vater geerbt. Sein Vater ist bei einem Autounfall gestorben, als er noch ganz klein war. Deshalb hing er sehr an der Uhr.«

»Rührend.«

»Rührend? Todtraurig ist so was.«

»Ja, natürlich *tod*traurig«, grinste er.

»Unwitzig.«

Sie wollte die Uhr in ihren Leinenbeutel stecken. Er hielt ihre Hand fest.

»Was?«

»Die Uhr habe ich gefunden. Sie ist Teil der Geschichte.«

Sie starrte ihn an. »Die gehörte Tommy. Die müssen wir seiner Witwe geben.«

Er schüttelte den Kopf. »Wir müssen journalistisch denken. Die Uhr steckte in einer Teedose. Liegen Uhren normalerweise in Teedosen? Wer hat sie dort hingetan? Sicher nicht er selbst, oder?«

»Die Chinesin!«, rief sie.

Er lächelte. »Die Kandidatin hat hundert Punkte. Aber warum hat sie es getan? Und noch wichtiger: Wann hat sie es getan? Vor seinem Tod oder danach?«

»Danach natürlich. Sonst hätte sie ihm die Uhr klauen müssen. Freiwillig hätte er sie hundertpro nicht hergegeben.«

Er lächelte weiter. »Nun ja, es soll Männer geben, die vor dem Sex ihre Uhr ablegen. Und wenn der Sex aufregend genug war, vergessen, sie danach wieder anzulegen. Und sich dann nicht mehr erinnern, wo sie sie verloren haben.«

»Könnte mir nicht passieren«, sagte sie. »Aber ich bin ja auch kein Mann.«

Sie kniete sich vor den Kühlschrank, schraubte das Gurkenglas auf und schob sich ein Gewürzgürkchen in den Mund. Dann nahm sie die berühmte Witwe heraus, ließ ihre Taschenlampe auf das Etikett scheinen und steckte die Flasche in ihren Hipster-Beutel.

»He, das kannst du nicht machen!«, protestierte er.

»Du machst das doch auch so mit der Uhr«, sagte sie. »Und jetzt raus hier.«

Sie hatten gerade die Wohnungstür hinter sich zugezogen, als die Haustür von außen aufgeschlossen wurde. Es war Dr. Kämpf, die Ärztin aus dem dritten Stock.

Sie hatte leichte Schlagseite, erkannte ihn aber trotzdem sofort.

»Ach nee, der Herr von der FP! Was machen Sie denn hier?«

»Ich hoffe, mit Ihrem Abo ist alles in Ordnung«, sagte er.

»Das habe ich gekündigt. Darf ich fragen, was Sie in dem Atelier von Frau Tau gemacht haben?«

»Nein«, sagte Hannah und drückte sich an der Ärztin vorbei. »Komm schon, Meik!«

»Aber hallo!«, rief die Kempf. »Woher haben Sie eigentlich den Schlüssel?«

Hannah zerrte ihn im Laufschritt hinter sich her bis zur Ecke Florastraße. Aber die Ärztin verfolgte sie sowieso nicht. Erstens war sie viel zu fertig, zweitens brauchte sie nur bei der FP anzurufen, wenn sie ihm ans Leder wollte. Scheiße aber auch!

»Warum hast du nicht gesagt, dass du hier bekannt bist wie ein bunter Hund?«, keuchte Hannah.

»Weil das übertrieben gewesen wäre.«

Er sah sich nach seinem Fahrrad um. Er hatte es in den Fahrradständer unter dem Schaufenster der Enoteca gestellt. Vor nicht einmal einer halben Stunde. Und nun war es verschwunden. Zu nachtschlafenden Zeiten, in Pankow. An die moralischen Abgründe der Hauptstadt würde er sich als religiös erzogener Süddeutscher vermutlich niemals gewöhnen.

Sie tastete nach der Uhr auf dem Nachttisch. Kurz vor fünf. Das Geräusch, das sie geweckt hatte, kam vom Seniorenheim gegenüber. Vermutlich mal wieder ein Noteinsatz. Sie hörte das Rasseln einer Notarztbahre, die über den Gehsteig geschoben wurde, leise Stimmen, den routinierten Wortwechsel zwischen Sanitäter und Nachtschwester. Eine Autotür klappte, der Krankenwagen fuhr ab. Jetzt zwitscherte nur noch eine Amsel. Sie döste kurz weg und schreckte nach wenigen Minuten wieder hoch. Sie brauchte einen Moment, um zu begreifen, dass das Klopfen von ihrer eigenen Wohnungstür kam.

»Ich bin's!«

Die Frau vor der Tür war Lee-An, in blond.

Ihre Oberlippe war blutverkrustet. Auf der rechten Gesichtshälfte zog sich ein Bluterguss vom Jochbein bis zur Schläfe. Das Auge war fast zugeschwollen. In dem rosa Pulli und der mit Strasssteinchen verzierten Jeans sah sie aus wie eine misshandelte Barbie auf der Flucht vor Ken.

Ariane zog sie in die Wohnung.

»Lee-An! Was ist passiert?«

Lee-An hob die Arme und zerrte sich den rosa Flauschpulli über den Kopf. Ihre Schultern und Oberarme waren mit Hämatomen übersät.

»Kann ich ein Bad nehmen?«

Im warmen Wasser begann sie langsam zu erzählen. Zuerst war Noby, genau wie sie erwartet hatte, geradezu außer sich gewesen vor Freude über ihre Schwangerschaft. Nach ein paar Tagen am Vierwaldstätter See war zu der Schwangerschaftsübelkeit eine Migräne gekommen, an der sie fast wahnsinnig wurde. Noby hatte darauf bestanden, dass sie nach Zürich fuhren, wo ein alter Bekannter von ihm eine private Frauenklinik leitete. Nachdem Nobys Freund erfahren hatte, dass sie durch eine IVF schwanger geworden war, kontaktierte er vorsichtshalber Dr. Assmann am Amalienpark und ließ sich ihre Patientenakte schicken. Und damit begann die Katastrophe. Aus der Akte ging nicht nur hervor, dass Lee-An die Behandlung bereits im April abgebrochen hatte, was sie Noby bereits gestanden hatte, sondern auch, wie es um seine Fruchtbarkeit tatsächlich stand. Seine Spermien waren in so geringem Maße existent und, wie die Untersuchungen zeigten, so unbeweglich, dass sie zu einer natürlich Befruchtung schlicht nicht in der Lage waren. Das hieß, wenn Lee-An auf natürlich Weise schwanger geworden war, dann sicher nicht von Nobys Sperma.

Der Züricher Kindermacher war aus Reputationsgründen durchaus bereit, an das eine oder andere Wunder zu glauben. Noby als Jurist prinzipiell nicht.

»Und deshalb hat Noby dich zusammengeschlagen?«

Lee-An winkte ab.

»Er hat sich ein bisschen abreagiert. Kannst du bitte heißes Wasser nachlaufen lassen?«

Am Morgen nach ihrem Zusammenstoß hatte er ihre Papiere, Kreditkarten und Bargeld in den Safe und ihre Klamotten und Schuhe in den Schrank eingeschlossen. Dann war er zur Regeneration in die Sauna gegangen. Als der Reinigungsservice gekommen war, hatte Lee-An sich die Generalkarte des Zimmermädchens geschnappt und sich in der Nachbar-Suite mit Kleidern, der blonden Perücke und etwas Bargeld versorgt.

»Zweihundert Franken hat schon das Taxi zur Autobahnraststätte gekostet. Den Rest habe ich dem ersten Lkw-Fahrer gegeben, damit ich ihm keinen blasen musste. Was für ein Arschloch! Der zweite war ganz okay. Ab Hannover bin ich mit einer Frau gefahren. Die wollte mich gleich im Frauenhaus abliefern. Ich hoffe, du hast was zu essen da.«

Ariane ging in die Küche und deckte den Frühstückstisch. Das Gespräch mit Henny auf dem Kinderbauernhof fiel ihr ein. Hatte Noby Lee-An schon öfter misshandelt? Lag es vielleicht doch nicht an ihren »knochigen Schultern«, dass Lee-An gern langärmelige Blusen trug? Hatte ihr immer perfektes Make-up blaue Flecken im Gesicht kaschiert? War sie selbst so blind gewesen?

»Von wem ist das Baby denn nun wirklich?«, fragte sie, als Lee-An schließlich in einer ihrer Jeans und einem dicken Sweatshirt am Küchentisch saß.

Lee-An schnitt ein Brötchen auf und bestrich die obere Hälfte dick mit Minas Schokocreme.

»Ist das wichtig für dich?«

»Du steckst in Schwierigkeiten. In deinem Atelier wurde ein Brandsatz gelegt. Und es kursiert das Gerücht, dass du eine Affäre mit Thomas Imhoff hattest.«

Lee-An ließ das Messer sinken. »Wer erzählt denn so was?«

»Die üblichen Verdächtigen. Aber bevor du erleichtert aufatmest: Es existiert ein Foto.«

Sie stand auf und holte das Bild. Maddy hatte nicht einmal bemerkt, dass sie es eingesteckt hatte.

Lee-An betrachtete es lange. »Interessant! Es muss im Dim Sum in Charlottenburg aufgenommen worden sein. Nach einem Essen der Stiftung Junge europäische Kunst, bei dem ich für Noby eingesprungen bin. Ich wusste gar nicht, dass da jemand fotografiert hat. Woher hast du das Bild?«

»Maddy hat es Luigi abgeschwatzt. War Imhoff auch Teilnehmer der Veranstaltung?«

»Offensichtlich, oder? Er war im Auftrag der NordInvest da. Wir haben danach noch einen Drink an der Bar genommen. Und um dieses Bild ist so ein Wirbel entstanden?«

Kopfschüttelnd legte sie das Foto neben ihren Teller. »Hat Luigi Maddy gesagt, wo er es her hat?«

»Nee. Aber er erzählt überall rum, dass ihr euch regelmäßig bei ihm getroffen habt.«

Lee-An schwieg einige Minuten. Dann sagte sie: »Dafür, dass ich Noby dazu überredet habe, unsere kompletten Weinvorräte über ihn zu beziehen, hätte er ruhig etwas diskreter sein können.«

»Wann seid ihr, du und Imhoff, euch nähergekommen?«

»Als die Sache mit dem Eckstein los ging. Wir haben viel über Gentrifizierung gesprochen. Tommy wollte niemanden aus dem Kiez verdrängen. Der Knatsch mit den Eckstein-Leuten ist ihm echt an die Nieren gegangen.«

Sie begann zu weinen. Es sah beängstigend aus, wie das Wasser aus dem komplett zugeschwollenen Auge drang.

»Was hattet ihr vor, Lee-An? Wollte Imhoff seine Frau verlassen? Und du Noby? Wolltet ihr zusammen durchbrennen?«

»Überhaupt nicht«, schluchzte Lee-An. »Es war von Anfang an klar, dass Tommy sich nicht von seiner Familie trennen würde.«

»Aber das hat ihn nicht daran gehindert, dich zu schwängern.«

»Das hat er nicht getan.« Sie seufzte. »Jedenfalls nicht bewusst.«

»Er wusste nichts von deiner Schwangerschaft?«

Lee-An schüttelte den Kopf.

»Als ich merkte, dass ich schwanger bin, war für mich klar, dass ich die Sache sofort beenden muss. Ich habe mich mit ihm verabredet, um ihm zu sagen, dass Noby misstrauisch geworden ist und wir uns nicht mehr treffen können. Aber er kam mir zuvor.«

»Wie?«

»Er sagte, dass seine Frau misstrauisch geworden sei und wir uns deshalb nicht mehr sehen könnten.« Sie lächelte unter

Tränen. »Alles war total harmonisch zwischen uns, sogar die Trennung.«

»Wann hat dieses Gespräch stattgefunden?«

»Am 6. August.«

»An dem Tag, an dem er gestorben ist. Wann?«

»Er kam nachmittags im Atelier vorbei, so gegen vier. Er hatte sogar ein Abschiedsgeschenk für mich. Eine Kaffeemaschine für mein Atelier, ein ganz edles Teil, zur Erinnerung an unsere Treffen bei Luigi. Ich konnte sie nicht annehmen. Noby hätte wissen wollen, wie ich sie bezahlt habe.« Sie seufzte. »Tommy hat sogar das verstanden. Er hat die Maschine wieder mitgenommen.«

»Und dann? Was hat er dann gemacht?«

Sie zuckte mit den Schultern. »Er wollte zu seiner Familie nach Sylt fahren. Seine Frau hatte eine Aussprache gefordert. Wie gesagt, sie war misstrauisch geworden. Und er konnte es sich gar nicht leisten, sich von ihr zu trennen. Er hatte Schulden gemacht und ein paar Gläubiger an der Hacke. Das Vermögen seiner Frau war seine einzige Möglichkeit, da rauszukommen. Das hätte auch bestimmt funktioniert. Aber dann muss er George in die Arme gelaufen sein.« Sie begann wieder zu weinen.

Ariane wartete, bis sie sich einigermaßen beruhigt hatte, dann sagte sie:

»George hat Imhoff nichts getan.«

Lee-An hob den Kopf. »Nein?«

»George hat ein Alibi. Und er hatte auch keinen Grund, Imhoff umzubringen.«

»Aber wer war es dann?«

Sie griff nach der Serviette und tupfte an ihrem zugeschwollenen Auge herum. »George hat immer so gewalttätig auf mich gewirkt.«

»Glaub mir, im Gegensatz zu Noby ist er ein Lamm.«

»Na, du musst es wissen.« Lee-An zog die Nase hoch und biss in ihr Schokoladenbrötchen.

»Was hast du jetzt vor? Willst du dich mit Noby versöhnen?«

»Das wird nicht funktionieren. Noby kann nur ein Kind lieben, das sein eigenes ist. Er kann auch nur eine Frau lieben, die ihm mit Haut und Haar gehört. Ich hoffe, dass er eine gütliche Scheidung anstrebt. Immerhin hat er einen Ruf zu wahren. Aber bis dahin sollte ich für ein paar Wochen untertauchen.«

»Wo willst du hin?«

»Ich habe eine Tante in Magdeburg. Da kann ich fürs Erste unterschlüpfen. Ich brauche aber dringend Geld. An unsere Konten komme ich nicht ran. Die Karten hat Noby.« Nachdenklich führte sie ihre Kaffeetasse zum Mund. »Ich werde das Phantom in der Oper verscherbeln.«

»Das kannst du vergessen.«

»Warum?«

»Der Brandsatz.«

Sie legte eine Hand vor den Mund. »Ausgerechnet! Was ist noch alles kaputt?«

»Eigentlich nur der Kronleuchter.«

»Ich muss in den Laden.« Lee zog einen Schlüsselbund aus ihrem Plastikbeutel. »Den hat er vergessen, mir abzunehmen.«

»Nach dem Einbruch sind die Schlösser ausgewechselt worden. Am besten gehst du zuerst zur Hausverwaltung.«

»Auf keinen Fall.«

Sie schob den Schlüsselbund über den Tisch. »Gehst du in unser Haus und holst meinen Schmuck? Nach allem, was passiert ist, möchte ich mich lieber nicht im Kiez blicken lassen. Unter dem Besteckeinsatz müsste ein bisschen Bargeld liegen. Und ein paar Klamotten wären nicht schlecht. Außerdem brauche ich ein neues Handy.«

»Was ist denn mit dem alten passiert?«

»Verloren.«

Die Geschichte gefiel ihr nicht. Aber in Kürze würde Noby in Berlin auftauchen. Und dann war es wirklich besser, wenn Lee-An nicht mehr in der Stadt war.

»Wusste Noby von deiner Affäre mit Tommy?«

Lee-An lächelte. »Glaubst du ernsthaft, dann würde ich hier am Tisch sitzen?«

Ihr Handy klingelte, während sie im Krankenhausflur vor Ekkhardts Zimmer saß. Greta wollte mit Ekkhardt allein sein, obwohl er nicht einmal mit ihr reden konnte. Wenn man den düsteren Prognosen der Ärzte glauben durfte, würde er es nie mehr können.

Das Telefon am Ohr, lief sie ins Treppenhaus. Es war Jeremy Beyer. Er musste Frühaufsteher sein. Es war noch nicht einmal acht Uhr.

»Haben Sie diesen Milan gefunden?«

»Ich habe die Telefonnummer des Büros von Tereza Bokran ausfindig gemacht. Tereza Bokran ist Filmregisseurin. Sie hat vor ein paar Jahren ihren Kameramann geheiratet und er hat ihren Nachnamen angenommen. Die beiden leben allerdings seit einigen Jahren nicht mehr in München, sondern in Hamburg.«

»Ich kann mir kaum vorstellen, dass Greta Leute vom Film kennt«, sagte sie. »Aber vielleicht haben die mal hier gedreht. Jedenfalls hat diese Tereza eine Bank in Pillnitz gestiftet. Heißt ihr Mann denn Milan?«

»Er nennt sich Milos.«

»Immerhin ganz ähnlich. Geben Sie mir die Nummer?«

»Geben Sie mir die Nummern, die auf dem Handy Ihrer Bekannten gespeichert sind?«

»Tut mir leid. Greta gibt das Handy nicht mehr aus der Hand. Außerdem weiß ich nicht mal, wer Sie sind.«

»Rechtsanwaltskanzlei Beyer in Esslingen. Sie finden mich im Internet. Ich glaube übrigens, dass Ihre Bekannte mit einer gestohlenen Karte telefoniert.«

Sie hätte fast laut gelacht.

»Greta ist neunundsiebzig und sitzt im Rollstuhl. Die klaut keine Telefonkarten. Die schafft es ja kaum noch, die Tasten zu erkennen.« Leise setzte sie hinzu: »Außerdem bringt sie in letzter Zeit ziemlich viel durcheinander.«

Jeremy Beyer schwieg einen Moment.

»Vielleicht hat Ihre Bekannte das Telefon irgendwo gefunden.«

»Wie denn? Mit ihrem Rollstuhl kommt sie doch gar nicht raus.«

»Wo lebt diese Greta denn?«

»In Berlin.«

»Sehen Sie, der Freund, der mich immer unter dieser Nummer angerufen hat, lebt auch in Berlin. Seine Name ist Imhoff, Thomas Imhoff.«

»Imhoff?«, wiederholte sie. »Der Dippeling? Den kenn ich. Das ist ja schräg!«

»Sehen Sie«, Beyer klang plötzlich scharf wie ein Rasiermesser, »nun haben wir doch eine Basis für ein ausführliches Gespräch gefunden.«

Auf ihr Klingeln reagierte niemand, aber Noby konnte oben in der Badewanne liegen oder seinen Whiskyrausch ausschlafen. Sie drehte den Schlüssel so leise sie konnte im Schloss und stieg mit angehaltenem Atem die Wendeltreppe in den ersten Stock hinauf. Das Schlafzimmer war ebenso leer wie das Badezimmer. Das ganze Haus atmete Leere. Vielleicht hatte Noby eine andere Lösung seines Problems gefunden, als Lee-An nachzureisen. Sie lief zurück in den Eingangsbereich und schloss die Haustür von innen ab, damit er sie nicht überraschen konnte. Wenn er eintraf, würde sie sofort Schade anrufen. Obwohl sie Lee-An hoch und heilig versprochen hatte, die Polizei aus dem Spiel zu lassen.

Der Notgroschen unter dem Besteckkasten betrug zweihundertfünfzig Euro in kleinen Scheinen. Der würde locker für das Handy und die Fahrkarte nach Magdeburg draufgehen. Sie stopfte das Geld in die Hosentasche und stieg wieder die Treppe zum Schlafzimmer hinauf. Der Safe befand sich, wie Lee-An beschrieben hatte, an der Rückwand des Kleiderschrankes. Sie tippte den Code ein und ließ die lederne Schmuckkassette in ihre Umhängetasche gleiten. Noby und Lee-An hatten einen Ehevertrag geschlossen. Im Falle einer Scheidung konnte Noby all die kostbaren Stücke, mit denen er sie in den vergangenen dreieinhalb Jahren verwöhnt hatte, zurückfordern. Deshalb wollte Lee-An sie so schnell wie möglich versilbern. Sie war überzeugt davon, dass Noby alles dafür tun würde, sie ohne einen Pfennig dastehen zu lassen.

Sie begann Lee-Ans Liste sytematisch abzuarbeiten. Die schwarzen Lack-Stilettos von Louboutin fand sie auf Anhieb im Schuhteil des siebentürigen Kleiderschranks. Sicherheitshalber warf sie noch ein Paar Turnschuhe und die Cowboystiefel, die Lee-An so gern trug, in die stabile Papiertüte von »Grüngut«. Dann folgten der Jil-Sander-Hosenanzug und ein paar andere Designerkleider. Ganz am Ende der Liste stand die Missoni-Bluse, die sie an dem Abend, an dem sie sich in Imhoff verliebt hatte, im »Dim Sum« getragen hatte. Ariane musterte gerade die Stange mit nach Farbschattierungen geordneten Blusen, als es kurz und energisch klingelte.

Sie zuckte zusammen.

Aber es war unwahrscheinlich, dass Noby an seiner eigenen Tür klingelte. Vielleicht der Postbote. Aber der kam nicht vor neun.

Sie lief ins Badezimmer und öffnete vorsichtig das Fenster. Sie musste sich ziemlich weit hinauslehnen, um den Eingangsbereich einsehen zu können.

Der Mann unten hatte schütteres blondes Haar. Als er ein paar Schritte zurücktrat, erkannte sie Rainer Schade. Reflexartig ging sie in die Knie und kauerte sich auf die Fliesen. Schade! Wie hatte Schade Wind davon bekommen, dass Lee-An in Berlin war?

Oder hatte Noby etwa die Frechheit besessen, seine Frau vermisst zu melden? Sie traute dem Mann inzwischen alles zu. Vielleicht war Schade aber auch einfach auf gut Glück aufgekreuzt.

Er klingelte noch einmal.

Auf gut Glück hatte er jedenfalls keine Befugnis, gewaltsam einzudringen. Und über die Terrassentür, nach bester Tatort-Manier, war bestimmt nicht sein Stil. Und selbst wenn er sie in der Wohnung überraschte, konnte er ihr kaum zum Vorwurf machen, dass sie ihrer Freundin bei der Flucht vor ihrem gewalttätigen Ehemann half.

Sie krabbelte auf allen vieren zurück ins Schlafzimmer. Nachdenklich strich sie über die Reihe zarter Blusenärmel. Warum hatte Lee-An überhaupt einen gewalttätigen Mann zum Vater ihres Kindes machen wollen?

Sie zog eine Bluse, die der auf dem Foto ähnlich war, vom Bügel und legte sie in die Tüte. Sie fand die richtige einfach nicht. Aber in ein paar Wochen würde Lee-An ihre übrige Garderobe ohnehin nachholen können. Was sollte Noby damit anfangen?

Sie ging noch einmal ins Bad, um einen Blick vors Haus zu werfen. Schade war verschwunden. Auf dem Grundstück gegenüber schob eine Frau ihr Fahrrad durch die Gartenpforte, um zur Arbeit zu fahren. Sie sah nicht zu ihr hoch.

Frau Ise trug den knöchellangen Morgenmantel aus gestepptem rosafarbenem Perlon, den sie schon zu Novas Kinderzeiten getragen hatte. Ihre groben Männerfüße steckten in Adiletten Größe 46, die Nägel waren altrosa lackiert.

Sie saßen in der Sitzecke zwischen den Tannen hinter der Schwendnerschen Villa, wo Frau Ise seit vierzig Jahren ihre Morgenzigarette genoss. Vor kurzem hatte sie ihre silberne Zigarettenspitze mit Elfenbein-Mundstück gegen ein »Elektrogerät«, wie sie es nannte, ausgetauscht.

»Ist zwar nicht schön«, hatte sie gesagt, »aber was willst du machen, Kindchen? Alles wird gesünder, und die Leidenschaft bleibt allmählich auf der Strecke.«

Als Nova Frau Ise zum ersten Mal bewusst wahrgenommen hatte, konnte die nicht älter als Mitte zwanzig gewesen sein. Eine große blonde Frau mit muskulösen Beinen, die Miniröcke und High Heels trug, wenn sie abends ausging, und Kittelschürze und Adiletten, wenn sie den Herren Schwendner den Haushalt machte. Als Kind hatte sie nicht über Frau Ise nachgedacht. Sie hatte ihr einfach vertraut. Eigentlich war das immer noch so.

»Papas Pistole ist weg«, sagte sie.

»Keine Ahnung, wovon du sprichst, Kindchen.«

Frau Ise wiegte Kyra auf ihren kräftigen Knien. Kyra lehnte ihren Kopf an Frau Ises breite rosa Brust. Ihre Ohren hatten ihr eine schlimme Nacht beschert. Da Sybilla Nicci nach Berlin zurückgeschickt hatte, hatte auch Nova kein Auge zugekriegt. Also hatte sie Zeit genug gehabt, über alles Mögliche nachzudenken, zum Beispiel über die verschwundene Pistole. »Du hast die doch damals besorgt, oder, Frau Ise?«

»Schon möglich.« Frau Ise pustete blaue Rauchspiralen über Kyras Köpfchen hinweg in die Tannen.

»Kennst du dich in der Branche noch aus?«

»Die Branche gibt's nicht mehr.«

»Wie jetzt?«

»Das geht heutzutage alles übers Darknet.«

»Übers Darknet?«

Als in den Achtzigern eine Einbruchserie die Nachbarschaft in Angst und Schrecken versetzt hatte, hatte Frau Ise den Schwendners und Novas Vater Knarren besorgt. Ganz unkompliziert, wie es ihre Art war. Nova konnte sich noch gut daran erinnern, wie ihre Mutter sich zuerst darüber aufgeregt und dann bei Frau Ise Schießunterricht genommen hatte. Weil sie ja oft nächtelang mit den Kindern allein im Haus war. Die Welle der Einbrüche verebbte. Die Wachdienste wurden besser. Die Waffe lag jahrelang unbenutzt im Safe. Den Schlüssel zum Safe hatte Nova gefunden, in der Zigarrenkiste im Schreibtisch ihres Vaters, in der er seit jeher lag. Aber die Pistole war verschwunden.

»Ich dachte, du hast sie vielleicht für ihn verkauft.«

»Wie kommst du denn da drauf?«, sagte die Ise. »Ich bin seit Jahren aus der Szene raus. Sagte ich ja schon.«

Sie führte den Antiquitätenhandel der Schwendners ein bisschen weiter, seitdem der erste Schwendner-Bruder verstorben und der zweite zum Pflegefall geworden war.

Nova bezweifelte, dass ihr Vater die Waffe selbst verkauft hatte. Er war nicht der Mann, der freiwillig eine Waffe in die Hand nehmen würde, nicht mal zum Verkauf. Wer wusste sonst noch von der Existenz der Pistole? Lars?

»Der war doch seit fünf Jahren nicht mehr zu Hause«, sagte Frau Ise. »Was willst du eigentlich mit der Waffe?«

»Ich dachte, es wäre gut, eine zu haben. Just in case.«

»Es ist nie gut, eine zu haben. Just in case«, sagte Frau Ise und nahm einen langen Zug aus ihrer E-Zigarette. Und dann: »Welches Problem willst du damit lösen?«

Nova zögerte.

»Nicht direkt ein Problem.«

»Vor wem hast du Angst?«

»Vor Tommys Mörder. Was mache ich, wenn der plötzlich vor mir steht?«

»Jedenfalls nicht schießen.«

Frau Ise legte ihre Elektropfeife behutsam auf den Gartentisch.

»An so was darfst du nicht einmal im Traum denken, Kind.«

»Warum nicht?«

Frau Ise machte eine Handbewegung von Kyra auf ihrem Schoß zum Gebüsch, in dem Hank und Miley sich versteckten.

»Wegen dieser drei Herzchen natürlich.«

»Um die kümmert sich Sybilla doch sowieso viel besser als ich.«

»Sybilla«, wiederholte die Ise und atmete auf. »Und ich hatte mir schon Sorgen gemacht, dass du sie um die Ecke bringen willst.«

Sie machte sich nicht einmal die Mühe, Überraschung vorzutäuschen, als er kurz nach elf den Laden betrat.

»Kaffee?«

»Sehr gern.«

Er folgte ihr in die Küche, wo ein Trumm von einer Espressomaschine in einer mehr als bescheidenen Einbauzeile prunkte. Der kleine Italiener hatte ihm also keinen Blödsinn erzählt. Und Madeline Mittmann auch nicht.

»Wissen Sie, wo Frau Lossamer-Tau sich gerade aufhält?«

»In der Schweiz, schätze ich. Cappuccino oder Crema?«

»Normal. Hübsches Maschinchen übrigens. Hat Ihnen Herr Imhoff öfter solche großzügigen Geschenke gemacht?«

»Leider nicht.«

Sie nahm, ohne die geringsten Anzeichen von Verlegenheit, zwei Kaffeetassen aus dem Schrank und stellte sie auf den Rost in der Maschine.

»Wie lange haben Sie die Maschine schon?«

Sie hielt inne, als müsse sie nachdenken. Dann sagte sie, als sei sie selber überrascht davon: »Seit genau zwei Wochen.«

Er nickte.

»Stimmt. Herr Imhoff hat die Maschine am Mittwoch, den 6. August gegen 16 Uhr 30 in Ihr Geschäft gebracht. Er hat sich dabei ungefähr eine Viertelstunde in Ihrem Laden aufgehalten. Dann ist er in seinem Wagen weggefahren.«

Sie fragte ihn nicht, woher er diese Details hatte. Sie zeigte auch sonst keine Anzeichen von Überraschung.

»Wo waren Sie um diese Zeit?«, fragte er.

»Im Urlaub, hab ich Ihnen das nicht schon gesagt?« Sie schob ihm seine Kaffeetasse zu, Crema, ohne Milch und Zucker. »Im französischen Jura. Unterwegs zum Basler Flughafen. Der Flieger nach Berlin ging um zwanzig Uhr.«

»Zeugen?«

Sie schüttelte missbilligend den Kopf, als könne sie nicht glauben, dass ihr diese Frage gestellt wurde. »Sicher! Die Freundin, die mich zum Flughafen gefahren hat. Wir hatten den Urlaub zusammen verbracht. Das französische Jura ist ein schönes Wandergebiet.«

»Wann ist Ihr Flieger in Berlin angekommen?«

»Kurz nach neun.«

»Hat Herr Imhoff Sie vom Flughafen abgeholt?«

»Wie kommen Sie denn darauf? Ich habe den Bus genommen.«

»Haben Sie dafür einen Beleg?«

»Sie meinen den Fahrschein? Könnte sein, dass der noch im Portemonnaie steckt.«

»Dann bringen Sie den morgen auf die Dienststelle, zusammen mit Ihrem Flugticket und der Adresse Ihrer Freundin.«

»Morgen kann ich nicht.«

Er nahm einen Schluck Kaffee und verbrannte sich den Mund.

»Die Einladung war nicht optional.«

»Sie wissen genau, dass ich morgen nicht kann. Morgen ist Imhoffs Beerdigung.«

Er probierte es mit noch einem Schluck.

»Warum haben Sie mir nicht gesagt, dass Imhoff der Vater Ihres Sohnes ist?«

Wenn sie jetzt sagte: »Weil Sie mich nie gefragt haben«, war es aus zwischen ihnen.

Sie sagte: »Ich wollte die Situation für mich und die Kinder nicht verkomplizieren.«

Er atmete auf.

»Ist es richtig, dass Thomas Imhoff Ihnen seit drei Jahren über ein Anwaltsbüro in Ihrer Heimatstadt Esslingen eine monatliche Unterstützung für Ihren Sohn gezahlt hat?«

Sie nickte. »Als ich Tom vor ungefähr drei Jahren zufällig in Berlin wiedertraf, wurde Paul plötzlich zu einem Thema für ihn.«

»Zufällig?«

Sie trank einige Schlucke Kaffee mit halb geschlossenen Augen, als müsse sie sich sammeln.

»Ich hatte ein bisschen Geld geerbt und wollte diesen Laden aufmachen. Deswegen hatte ich einen Termin bei Kiez am Park. Mein Verhandlungspartner war Tommy. Wir konnten es beide kaum glauben, uns auf diese Weise wiederzusehen.«

»Dieses Wiedersehen erklärt die moderate Miete, die Sie für diesen Laden bezahlen?«

Sie nickte.

»Erwartete er irgendwelche Gegenleistungen für sein Engagement?«

»Es war ihm wichtig, dass seine Frau nichts von Pauls Existenz erfuhr. Aber ich habe ihn nicht erpresst, falls Sie darauf anspielen.«

»Ich spiele nie auf etwas an.«

»Kurz nachdem wir den Mietvertrag gemacht hatten, erklärte mir Paul, dass er seinen Vater kennenlernen wolle.« Sie hielt inne und rührte in ihrem Kaffee. »Es ist seltsam, wie die Dinge manchmal zusammentreffen, oder? Tommy bat mich um Zeit. Seine Ehe war offenbar nicht ganz frei von Spannungen. Schließlich trafen wir die Abmachung, dass Paul an seinem achtzehnten Geburtstag erfahren sollte, wer sein Vater ist. Aber dann bekam Paul die Zusage für diesen USA-Aufenthalt und wir mussten das Treffen verschieben.«

»Weiß Ihr Sohn inzwischen, wer sein Vater ist?«

»Ja.«

»Sie haben es ihm gesagt?«

»Nein. Ich habe es nicht fertiggebracht über Skype. Nach Tommys Tod habe ich Jeremy Beyer, einen gemeinsamen Jugendfreund, gebeten, mit ihm zu sprechen.«

»Jeremy Beyer hat Paul in den USA angerufen?«

Sie nickte, sichtlich bemüht, ihre Gesichtszüge unter Kontrolle zu behalten.

»Seitdem hat Paul sich nicht mehr bei mir gemeldet. Er ist auch nicht mehr über Skype zu erreichen.«

Ihre Stimme zitterte leicht.

»Gibt's was Neues über Tommys Tod?«

Er nahm noch einen Schluck Kaffee. Er schmeckte jetzt wirklich ganz gut. Kräftig, aber sehr bekömmlich.

»Was sollte es Neues geben?«, gab er zurück.

»Sie sagen, dass er am Mittwoch zwischen 16 Uhr 30 und 16 Uhr 45 meinen Laden verlassen hat. Wo war er danach? Und wieso stand sein Auto am Donnerstagmorgen wieder hier?«

Er beugte sich zu ihr.

»Exakt die Frage, die uns umtreibt. Um 16 Uhr 45 hat ein Zeuge Imhoff von Ihrem Laden wegfahren sehen. Kurz nach Mitternacht stand der Audi laut einem anderen Zeugen *nicht* da. Aber am frühen Morgen gegen 5 Uhr 30 dann wieder. Das haben die Leute von der Müllabfuhr bestätigt, die er bei der Arbeit behindert hat.«

Sie sah ihn an.

»Wann ist Tommy gestorben?«

Das durfte er ihr eigentlich nicht sagen. Aber sei's drum.

»Am frühen Abend. Definitiv vor 20 Uhr.«

»Das heißt, jemand hat Tommys Auto nach seinem Tod vor mein Geschäft gefahren.«

Er nickte.

»Unangenehmer Gedanke, nicht wahr? Wer wusste, dass Thomas Imhoff der Vater Ihres Sohnes ist?«

»Niemand.«

»Keine Ihrer Freundinnen?«

Sie schüttelte den Kopf.

Er fixierte sie aus zusammengekniffenen Augen. »Auch nicht Frau Lossamer-Tau?«

»Nein, nein. Mit Lee-An hätte ich über solche Themen ohnehin nicht gesprochen. Wenn, dann mit Stine, meiner besten Freundin. Aber auch der habe ich es nicht erzählt. Tommy war ein Tabu-Thema. Niemand wusste von ihm.«

Das dachte sie. In der Realität wusste immer irgendjemand etwas. Es galt nur herauszufinden, wer.

»Und in der alten Heimat, wie sah's da aus?«

»Jeremy Beyer, unser Freund aus alten Zeiten. Tommy muss ihn informiert haben, nachdem wir uns in Berlin wiedergetroffen hatten. Über Jeremys Büro liefen auch seine Zahlungen. Aber das haben Sie ja schon herausgefunden.«

Diesen Jeremy musste er sich bei der nächsten Gelegenheit noch mal vorknöpfen. Blöderweise war er ihnen durchs Raster geschlüpft, als sie in Imhoffs alter Heimat nach Familienangehörigen gefahndet hatten. Da war nur noch so eine Ziehtante gewesen, die ihn ewig nicht mehr gesehen hatte.

»Wenn Sie schwanger von Esslingen nach Berlin gezogen sind, muss doch irgendjemand Lunte gerochen haben.«

Sie lächelte versonnen. »Als ich weggegangen bin, sah man mir noch nicht an, dass ich schwanger war. Aber ich glaube, Elfi hat's geahnt, meine Tante. Aber die ist gestorben.«

»Könnte sie es jemandem erzählt haben?«

»Vielleicht meiner Mutter.«

Er sah sie fragend an.

»Sie hat irgendwann aufgehört, Fragen zu stellen.«

Er trank seinen Kaffee aus und stand auf.

»Wussten Sie, dass Thomas Imhoff eine Affäre mit Lee-An Tau hatte?«, fragte er noch, als sie ihn zur Ladentür begleitete.

Wie erwartet, schüttelte sie den Kopf. »Ich dachte, sie ist glücklich verheiratet.«

Als sie nebeneinander auf der Schwelle standen, fügte sie hinzu: »Was auch immer man sich darunter vorzustellen hat.«

Das Gefieder der Alster-Schwäne schimmerte in der Spätnachmittagssonne. Sie saßen in Sybillas Lieblingscafé in der ersten Reihe. Über sie wachte ihr Lieblingskellner, ein geschniegeltes Kerlchen, das sie wie eine VIP behandelte und auf irritierende Weise Tommy ähnlich sah. Plötzlich sehnte Nova sich nach Berlin. Sogar die Sandkastenhölle am Helmi was besser als das hier.

»Stell dich nicht dumm, Kind.«

Mit klirrenden Armreifen führte Sybilla Jenssen ihre Teetasse an die Lippen. »In dem Alter haben Sie alle eine Schwäche für junges Gemüse.«

Der Rand der Tasse, die sie wieder zurückstellte, war von einem blutroten Lippenstiftabdruck verziert. »Das war bei deinem Vater ganz genauso.«

Nova schloss die Augen.

Diese alte Geschichte über ein dänisches Au-pair namens Tove, das ihren Vater fast, selbstverständlich nur *fast*, verführt hatte, hatte ihr jetzt gerade noch gefehlt. Die Einkaufstour war anstrengend genug gewesen. Ihre Mutter war der Ansicht, dass man auch in einem Beerdigungskostüm in Größe 44 nach Jil Sander aussehen musste. Aber Jil Sander führte nun mal nichts in 44. Nachdem es endlich geschafft war – das Kleid mit passendem Mantel würde morgen um zehn vom Schneider geliefert werden –, hatte Sybilla beschlossen, dass sie sich eine Auszeit mit Blick auf die Alster verdient hatten.

»Ich glaube, ich kann dir nicht ganz folgen, Mama.«

»Das iPhone, die Coccinelle-Tasche, das Miss-Fit-Abo?«

»Das iPhone hatte ein Kollege in der Firma übrig, die Coccinelle-Tasche hat Nicci sich selber zusammengespart und das Miss-Fit-Abo haben wir ihr zum Geburtstag geschenkt.«

Die Mitgliedschaft in dem Fitness-Club hatten sie Nicci wirklich geschenkt. Das neue Handy hatte Nicci gebraucht, nachdem ihr altes in Hanks Badewasser gefallen war. Zufällig hatte einer von Tommys Kollegen ein iPhone übrig gehabt. Dass es sich um das neueste Modell handelte, hätte sie vielleicht stutzig machen sollen, aber ihr Leben hatte gerade genug andere Baustellen gehabt. Wie Nicci das Geld für die

Coccinelle-Tasche zusammengekriegt hatte, wusste sie tatsächlich nicht, aber ihr hatte sie es jedenfalls nicht geklaut. Bei Kleingeld war Nicci geradezu beschämend ehrlich.

»Okay, vielleicht hat Tommy ihr ein bisschen was dazugegeben«, sagte sie. Vielleicht hatte Tommy es genossen, den attraktiven, weisen und selbstverständlich unerreichbaren väterlichen Freund zu geben. Aber er war nicht mit ihr ins Bett gegangen. Tommy war nicht wie Marc. Er hätte sich nicht von einem halben Kind einen blasen lassen.

»Sie ist kein Kind mehr«, sagte ihre Mutter, die ihre Gedanken wieder einmal gelesen hatte. »Sie weiß genau, was sie will.«

Nova seufzte. »Gut, sie ist kein Kind mehr. Aber wir wollen Tommy doch mit Würde unter die Erde bringen, oder? Das ist es doch, was euch wichtig ist, oder?«

»Ach, Kind!« Ihre Mutter legte ihr eine Hand auf den Unterarm. Sie war kühl wie ein Fisch. »Es geht nicht um Tommys Würde. Es geht um deine. Und darum, wie deine Kinder ihren Vater in Erinnerung behalten. Oder möchtest du, dass sie irgendwann erfahren, dass er das Opfer einer kleinen russischen Nutte wurde?«

Bist du jetzt völlig übergeschnappt?, schoss es ihr durch den Kopf. Sie konnte sich gerade noch zurückhalten, den Satz auszusprechen. Das war nicht der Ton, in dem man mit ihrer Mutter sprach. Sie merkte, dass ihre Finger zu zittern begannen. Ihre ganze Hand zitterte. Sie brauchte ihre Pillen. Oder einen Drink. Einen richtigen Drink. Einen ganz steifen Drink. So wie die, die Tommy früher am Ende eines anstrengenden Tages für sie beide gemixt hatte. Sie vermisste Tommy so sehr.

»Lass gut sein, Mama« flüsterte sie. »Nicci verschwindet doch ohnehin aus unserem Leben.«

Nicci hatte es abgelehnt, mit ihr und den Kindern nach Hamburg zu ziehen. Die Agentur hatte bereits mehrere Familien in Berlin gefunden, die sich für sie interessierten. Sie hatte ihr erlaubt, noch so lange in ihrer Wohnung am Helmi zu wohnen, bis sie sich für eine entschieden hatte.

»Allerdings«, sagte ihre Mutter grimmig. »Ich habe die Agentur über ihr Verhalten informiert. Das wird nichts mit einer neuen Familie. Sie wird zurückgeschickt nach Russland. Und das ist auch gut so. Nicht dass sie uns noch mehr Ärger macht.«

»Was für Ärger denn?«, fragte sie.

Ihre Mutter sah sie mitleidig an.

»Jetzt sei doch nicht so naiv, Kleines. Du hast doch auch dieses Foto bekommen von Tommy und seinem Flittchen, oder?«

Sie sah ihre Mutter nur an, bewegungsunfähig, wie in Schockstarre.

»Das war von Nicci?«

Ihre Mutter nickte mitfühlend.

»Sicher, Liebes. Dein Vater und ich, wir hatten es auch im Briefkasten.«

Freitag, 22. August

Es war der helle Wahnsinn, Paul auf sich zukommen zu sehen. Wie hatte sie sich nur jemals ein Leben ohne ihn vorstellen können? Und er sah absolut heiß aus mit den kurzen Haaren.

Sie wollte ihn umarmen, aber er zog sie Richtung Ausgang.

»Schnell, bevor wir Beyer in die Arme laufen!«

»Jeremy Beyer? Der ist auch hier? Woher kennst du den denn?«

»Erzähl ich dir gleich. Er wollte mich vom Flieger abholen. Aber er hängt irgendwo auf der Autobahn fest. Nehmen wir ein Taxi?«

»Ich bin mit Muttis Auto da.«

»Geil!« Jetzt nahm er sie doch in die Arme. »Dann fahren wir zur Reeperbahn.«

Es war kurz vor zehn Uhr morgens.

»Reeperbahn? Glaube nicht, dass da jetzt viel los ist.«

»Frühstück wird's wohl geben.« Er grinste sie an. »Hat Stine ein Navi in ihrer alten Kiste?«

»Navi?« Sie grinste zurück. »Wir sind in Hamburg, min Jong! Da werden wir doch die Reeperbahn finden.«

Die Reeperbahn fanden sie, aber die Auswahl an Frühstückslokalen war was für Hartgesottene. Bei »Olle Hannsen« gab es rund um die Uhr Hering mit Bratkartoffeln und Spiegelei. Paul bestellte dazu ein Astra.

»Du glaubst nicht, wie ich diese Pancakes satt habe«, sagte er. »Außerdem wohne ich mit einer Veganerin zusammen. Die geht mir langsam echt auf den Zeiger.«

Mitten in der Nacht hatte er sie angerufen, gleich nachdem er am Flughafen Schiphol in Amsterdam seine amerikanische SIM-Karte gegen die deutsche ausgetauscht hatte. Er sei auf dem Weg nach Hamburg, ob sie dorthin kommen könne. Er müsse ihr etwas erzählen, etwas, worüber er mit niemand anderem reden könne. Er hatte total verzweifelt geklungen, aber sie hätte schreien können vor Glück. ER RIEF SIE AN. ER WOLLTE NUR MIT IHR REDEN. Und Hamburg hatte sie ja sowieso auf der Agenda, so bald wie möglich sogar.

Was Paul dann weiter erzählt hatte, hatte sie vor lauter Glückseligkeit nur noch zur Hälfte kapiert. Er musste zur Beerdigung seines Vaters. Seines Vaters? Wo kam der denn auf einmal her? Aber dann hatte sie einfach ein paar Sachen in ihren Rucksack gestopft, das Handy aus Gretas Zimmer geholt und ihrer Großmutter einen Zettel auf den Küchentisch gelegt. Kurz nach vier am Morgen hatte sie das Auto ihrer Mutter vom Hof rollen lassen.

Bei Hering und Astra klärte Paul sie auf. Der Dippeling war sein Vater. Er stammte aus demselben Kaff bei Stuttgart wie Ariane. Die beiden hatten vor Urzeiten was miteinander gehabt, wobei Paul entstanden war. Der Dippeling hatte ihn nicht gewollt, und Ariane war schwanger nach Berlin gegangen, um ihn allein großzuziehen. Sie hatte weder ihm noch sonst irgendjemandem gesagt, wer sein Vater war. Vor ungefähr drei Jahren hatten die beiden sich dann zufällig in Berlin wiedergetroffen. Seitdem hatte der Dippeling Ariane regelmäßig Geld für ihn geschickt, und zwar über das Anwaltsbüro von Jeremy Beyer. Jeremy Beyer wiederum stammte ebenfalls aus diesem Schwaben-Kaff und war mal der beste Freund des Dippelings gewesen. Er hatte bei ihm auch so eine Art Testament hinterlegt. Wie Beyer Paul gesagt hatte, hatten Ariane und der Dippeling fest vorgehabt, sich an Pauls achtzehntem Geburtstag zu outen und die Familienverhältnisse offiziell zu machen. Aber dann war seine Amiland-Reise dazwischengekommen. Deshalb hatten sie die Sache verschieben wollen.

Und jetzt war der Dippeling tot.

An der Stelle begann er zu heulen. Sie konnte es verstehen. Was sollte man auch sonst tun, wenn man seinen Vater, den man ein einziges Mal gesehen hatte, nur noch beerdigen konnte?

Sie zog seinen Kopf an ihre Brust und fuhr mit den Fingern durch die weichen Haarstoppeln. Jetzt verstand sie auch, warum Ariane so durch den Wind gewesen war, als sie sie zuletzt getroffen hatte.

»Sie ist eine Schlampe«, zischte Paul und wischte sich mit dem Handrücken Rotz und Wasser aus dem Gesicht.

»Ach komm, Pauli!«

»Wenn's nach ihr gegangen wäre, hätte ich wahrscheinlich über Skype von der Beerdigung meines eigenen Vaters erfahren!«

»Quatsch. Sie hat diesem Beyer doch deine amerikanische Nummer gegeben. Sonst hätte der dich doch gar nicht erreicht.«

»Sie hat mit mir über seinen Tod gesprochen, über Skype. Sie hat getan, als sei er ein Fremder. Einfach so ein Dippeling.«

Sie drückte seine Hand. »Wahrscheinlich musste sie die Sache erst einmal selber verdauen. Sie konnte ja mit niemandem darüber reden, nachdem sie die Beziehung jahrelang geheim gehalten hatte. Was würden die Leute in der Flora denken, wenn plötzlich rauskäme, dass der Dippeling dein Vater war? Stell dir mal das Getratsche vor. Sie ist in Pankow ja auch Geschäftsfrau.«

»Sie ist einfach feige. Zu feige, um mir die Wahrheit zu sagen, und zu feige, um zu meinem Vater zu stehen.«

»Zu feige, um zu einem Typen zu stehen, der sie mit einem Baby sitzen gelassen hat? Das könnte man auch ein bisschen anders sehen, Paul!«

»Findest du?«

Sie drückte seine Hand noch fester. »Finde ich. Außerdem könnt ihr ja jetzt drüber reden.«

»Jetzt.« Er wischte sich noch einmal über das Gesicht. »Jetzt ist es ein bisschen spät.«

»Better late than never«, sagte sie und hielt ihre Cola in die Höhe. »Stoßen wir drauf an?«

Widerstrebend ließ er seine Astraflasche dagegen klacken.

Dann hielt er ihr seine offene Hand hin. »Hast du dieses Handy dabei?«

Sie zog es aus ihrer Jackentasche. Greta hatte fest geschlafen, weil Großmutter ihr etwas zur Beruhigung in die Abendmilch gerührt hatte. Aber am Morgen hatte sie bestimmt ein ziemliches Theater aufgeführt, als sie gemerkt hatte, dass es verschwunden war.

»Greta behauptet, es sei ihres. Beyer meint, es gehört Imhoff.« Sie brachte es noch nicht fertig, »deinem Vater« zu sagen.

Paul nickte. »Da Arianes und Beyers Nummern drauf sind, ist das wahrscheinlich.«

»Aber wie hat Greta es in die Finger gekriegt? Die bewegt sich doch kaum aus der Galerie heraus.«

»Vielleicht hat Imhoff es dort liegen gelassen.« Auch Paul sagte nicht »mein Vater«. »Er hatte ja immer wieder mal mit Hanka zu tun. Zuletzt wegen der Remise.«

Er checkte die Anrufe. Die letzten vier ausgehenden hatte Rieke von Pillnitz aus getätigt. Die davor waren interessant.

»Sieh mal, das letzte Mal wurde damit am 16. August, das war letzten Samstag, um 14 Uhr 32 meine Mutter angerufen. Um 11 Uhr 27, ebenfalls am 16. August, die Nr. A, die wir nicht kennen.«

»Das war Greta. Sie hat versucht, diesen Milan erreichen. Wahrscheinlich war gerade noch für diese zwei Anrufe Saft auf dem Gerät. Dann ging nichts mehr, und bei der nächstbesten Gelegenheit bat sie mich, ihr das Ladegerät zu besorgen.«

»Das heißt, sie hat dir vertraut.«

Sie nickte. »Ja. Ich musste ihr schwören, niemandem davon zu erzählen. Daran habe ich mich auch gehalten. Fast jedenfalls.«

Paul drückte sie an sich. »Mach dir keine Sorgen. Alles wird gut. Sieh mal hier: Am 6. August wurde um 15 Uhr 13 ebenfalls die Nummer A angerufen. Das war vermutlich der letzte Anruf, den Imhoff selber getätigt haben kann. Und was besonders interessant ist: Alle eingehenden Anrufe kommen bis dahin nur von A. Am Samstag, den 17. August, hat meine Mutter um 14 Uhr 33 angerufen. Das muss ein Rückruf zu dem Anruf gewesen sein, den sie kurz vorher erhalten hatte.«

»Der Rückruf auf Gretas Versuch, Milan zu erreichen. Glaubst du, deine Mutter kannte die Nummer von Imhoffs Handy?«

Paul grinste. »Ich denke schon. Und da er zu diesem Zeitpunkt bereits tot war, hat sie sich bestimmt ziemlich erschreckt.«

Sie nahm ihm das Handy aus der Hand.

»Die Nr. A hat sich nach seinem Tod nicht mehr gemeldet.«

»A wusste, dass er tot ist«, sagte Paul.

Sie sahen sich an.

»Vielleicht ist A der Mörder. Mir wird ganz schlecht, Pauli.« Sie drückte ihren Kopf an seine Schulter. Diesmal war er es, der ihr übers Haar strich.

»Wir kriegen das hin, Rieke.«

»Wir müssen damit zur Polizei«, flüsterte sie. »Und zwar so schnell wie möglich. Wieso haben die es eigentlich nicht vermisst? Es muss doch aufgefallen sein, dass er kein Handy dabei hatte.«

»Weil das ein Zweithandy ist. Der Dippeling hatte einen Job, in dem er pausenlos telefonieren musste. Und das hat er nicht mit diesem Museumsstück hier getan.«

Klang logisch. »Und wer ist diese Nummer A?«

Er zuckte mit den Schultern. »Dubioser Geschäftsfreund, Mafia, Geliebte? Ich tippe auf Letzteres. Der Dippeling hat ein Doppelleben geführt. Und weißt du, was mir daran so gefällt?« Er hob das Telefon in die Höhe.

»Was?«

»Nur noch hoffnungslose Romantiker glauben an ein Doppelleben. Mein Alter war ein Romantiker. Und ich schätze, diese Veranlagung habe ich geerbt.« Unvermittelt zog er sie an sich und küsste sie auf den Mund. »Ich werde dich nie, nie, nie verlassen.«

Dann wandte er sich wieder dem Telefon zu.

»Da Greta das Ding gefunden hat, ist Imhoff entweder kurz vor seinem Tod in der Panke-Galerie gewesen oder jemand, der ihn kurz vor seinem Tod getroffen hat, hat das Telefon an sich genommen und in die Panke-Galerie gebracht.« Er hielt inne. »Seit wann sind die Fausts bei deinen Großeltern?«

Die Frage hatte sie sich auch schon gestellt. Wenn sie sich recht erinnerte, hatte ihre Mutter die beiden am Abend vor der Gewitternacht nach Pillnitz gebracht. Den Dippeling hatten sie am nächsten Morgen gefunden. Deshalb hatten die beiden Alten von dem ganzen Trubel nichts mitbekommen. In Pillnitz war nie über den Toten in der Panke geredet worden. Warum eigentlich nicht? Sonst erzählte ihre Mutter ihrer Großmutter doch immer haarklein, was in Berlin alles passiert war. Hanka und die Galerie waren sogar immer ein besonders ergiebiges Thema. Warum wurde der Tote in der Panke so sorgsam ausgespart? Um die alten Fausts nicht zu verstören?

»Irgendwas ist da faul.«

»Absolut«, stimmte Paul ihr zu.

»Vielleicht ist es ja auch gar nicht so wichtig, wie Greta an dieses Handy gekommen ist. Mich interessiert eigentlich vor allem dieser Milan.«

»Und mich interessiert vor allem, wer meinen Vater umgebracht hat«, sagte Paul. »Und dieses Ding hier«, wieder hob er das Handy in die Höhe, »ist die Verbindung zu seinem Mörder.«

Ihr wurde ganz flau. Ihre Mutter hatte die beiden Fausts, die irgendwie außerplanmäßig in die Galerie zurückgekommen waren, Hals über Kopf nach Pillnitz gebracht. Dann war sie, was keiner in Pillnitz so recht verstanden hatte, noch am selben Abend nach Berlin zurückgefahren, um ein paar Sachen zu holen, die Ekkhardt und Greta angeblich vergessen hatten.

Hatte ihre Mutter etwas mit dem Mord zu tun?

»Natürlich glaube ich nicht, dass es Greta oder Ekke oder Stine waren«, sagte Paul nachdenklich. »Ich glaube auch nicht, dass es Hanka oder George waren. Aber alle könnten irgendwas wissen. Hast du mit Hanka über dieses Telefon gesprochen?«

Sie schüttelte den Kopf. »Greta hatte es mir doch verboten. Aber ...«

Paul sah sie an. »Aber?«

Sie schüttelte den Kopf. »Stine und Ariane waren echt schräg drauf in den letzten Tagen. Ich meine, deine Mutter muss doch supersauer auf den Dippeling gewesen sein, weil er sie sitzen gelassen hat.«

Er schüttelte den Kopf. »Ausgeschlossen!«

»Warum bist du dir so sicher?«

»Wenn meine Mutter Lust hat, jemanden umzubringen, wartet sie nicht achtzehn Jahre damit. Außerdem ist sie meine Mutter. Sie macht so was nicht.« Er griff zu seinem eigenen Handy und checkte die Uhrzeit. »Ich muss los. Beyer hat vor der Beerdigung noch eine Krisensitzung mit mir und meiner Mutter anberaumt. Wir sollen uns vor der Beerdigung bei irgend so einem Italiener treffen. Kommst du mit?«

Sie schüttelte den Kopf.

»Tut mir leid. Ich habe schon eine Verabredung.«

Morgens um zehn war es geradezu gespenstisch ruhig am Helmi. Morgens um zehn saßen da nur ein paar russische blonde Au-pairs auf dem Mäuerchen und philosphierten bei einer Latte, während ihre Schützlinge im Kinderwagen schliefen. Die echten Helmi-Bewohner saßen um diese Zeit in irgendwelchen schicken Büros oder noch schickeren Lofts, wo sie die Penunzen ranschafften, die sie benötigten, um ihren geilen Helmi-Standard zu halten. Die Wohnungen selbst hatten sie durchweg vom Familienvermögen oder Ererbten gekauft. Er hatte es mehrmals durchgerechnet. Anders konnte die Chose gar nicht funktionieren. Da es in seiner Familie nichts zu erben gab, konnte er sich den Helmi aus dem Kopf schlagen, forever. Nicht dass ihm das was ausgemacht hätte. Er fand den Kiez mit seinem Ambiente aus skandinavischen Kleinmöbelläden und Touri-Absteigen sowieso nicht besonders sexy. So ähnlich hatte sich auch Feuilleton-Kajsa geäußert, mit der er gestern Abend ein bisschen geflirtet hatte, damit sie ihm ihr Auto lieh. Mit Fluchtwagen fühlte man sich doch gleich sicherer und vielleicht wollten sie ja irgendwas mitnehmen, Beweismittel oder so. Allerdings war die Parksituation hier dermaßen beschissen, dass man sogar am helllichten Arbeitstag den nächsten freien Parkplatz in der Danziger fand. So viel zu Fluchtwagen. Und natürlich war die Sache ein kleines bisschen riskant wegen der Nachbarn. Aber nachdem sie im Laden der Chinesin, abgesehen von der Uhr, ja nicht groß was gefunden hatten, war die Lychener 37 ihre letzte Chance. Den Schlüssel hatte Hannah in einem Karton mit persönlichen Gegenständen gefunden, den Meike zusammengepackt und die trauernde Witwe immer noch nicht abgeholt hatte.

Da heute der Tag war, an dem Imhoff in Hamburg unter die Erde gebracht wurde, stand die Wohnung hundert pro leer.

Hannah ließ den Schlüssel unter seiner Nase kreisen.

»Nur noch mal zur Sicherheit: Wer bin ich?«

»Tilla Jenssen, eine Cousine Novas zweiten Grades. Und ich bin dein Kumpel Harry.«

»Guter Junge«, lobte sie und steckte den Schlüssel ins Schloss.

Die Wohnung war der Traum, den er nicht zu träumen wagte. Jedenfalls nicht am Helmi. Vielleicht in Neukölln oder Wedding, in einem anderen Leben. Schiefergraue Steinplatten in der amerikanischen Küche, Bang & Olufsen im Wohnzimmer. Eigentlich hatte man ja so große Boxen nicht mehr, aber geil waren sie trotzdem. Super Dachterrasse nach Süden raus und alle Räume picobello aufgeräumt, abgesehen von einer schmalen Kammer zwischen Elternschlafzimmer und Bad, in der Klamotten auf dem Boden lagen.

»Begehbarer Kleiderschrank«, sagte Hannah in süffisantem Ton. »Sieht nach einem kleinen Figurproblem der Wohnungseigentümerin aus.«

Schwungvoll riss sie die nächste Zimmertür auf.

»Aha. Hier wird's interessant.«

Sie befanden sich in einem Arbeitszimmer. Parfumflakons im Bücherregal und einige Modezeitschriften auf dem Beistelltisch wiesen darauf hin, dass es Novas war. Der Schreibtisch war leergefegt bis auf einen großen, nicht mehr ganz neuen Mac.

Hannah deutete auf eine Reihe Leitzordner.

»An die Arbeit, Meik! Ich nehme mir das Schlafzimmer vor.«

Im ersten Ordner fand er Novas Diplomzeugnis, ein Degree irgendeiner amerikanischen Uni, Kopien von Bewerbungsunterlagen und eine Auswahl durchaus beeindruckender Porträtfotos, die sie vermutlich ihren Bewerbungen beigelegt hatte. Seine Begeisterung relativierte sich, als er auf eine Ganzkörperaufnahme im Kollegenkreis stieß. Sie tendierte zu mollig.

Ein Geräusch über seinem Kopf lenkte ihn ab. Hörte sich an, als ob ein Stuhl über den Holzboden scharrte, dabei war da doch gar kein Stockwerk mehr drüber.

Er ging in die Diele und von dort aus noch einmal in die Küche. Hinter einem Wandvorsprung entdeckte er eine Nische, von der aus eine schmale Holztreppe, eigentlich mehr eine Hühnerleiter, nach oben führte. Er kletterte die Treppe hinauf und fand sich in einem lichtdurchfluteten Loft wieder. Durch die bodentiefen Fenster hatte man freie Sicht bis zum Alex, die lediglich von ein paar Spielzeugkisten verstellt war. An einem freigelegten Dachbalken hing eine Schaukel. Darum also sah es unten so geleckt aus. Das Spielzimmer der lieben Kleinen war hier oben. Mit energischem Schritt ging er auf die schmale Tür an der Rückseite des Kinderparadieses zu und riss sie auf. Vor ihm stand eine schmale Frau mit schwarz-weiß gestreiftem Pagenkopf. Sie zitterte am ganzen Körper.

»Hallo, Streifenhörnchen«, sagte er.

Eine Filmproduktionsgesellschaft hätte sie eher in einem öden Gewerbegebiet vermutet. Die Waterloostraße hingegen war eine freundliche Wohnstraße in Altona. Eine warme Frauenstimme bat sie über die Gegensprechanlage in den dritten Stock.

»Du bist also die Rieke.«

Zu der Stimme gehörte ein Paar braune Augen mit ernstem, geradezu durchdringendem Blick. Tereza Bokran, die Regisseurin, war Anfang vierzig, groß und kräftig und trug eine rote, mit exotischem Muster bedruckte Tunika, die über mehrere Lagen raschelnder Röcke fiel. Sie hatte glänzendes schwarzes Haar, das ihr bis zur Hüfte reichte.

Sie führte Rieke über einen langen, mit Filmplakaten und Kinderzeichnungen dekorierten Flur, an dessen Fußleiste sich Schuhe in allen Formen und Größen von 22 bis 46 reihten. Milan und Tereza mussten eine große Familie haben. Sie streifte ihre Turnschuhe ab und stellte sie dazu.

In dem Zimmer, in das sie eintraten, waren die Vorhänge zugezogen. Mit seinen Polstern und Teppichen erinnerte es Rieke an die Shisha-Bars vom Prenzlauer Berg.

»Milos hat heute leider einen Migränetag«, sagte Tereza Bokran. »Aber er erwartet dich. Magst du einen Tee?«

Rieke nickte.

Sie hatte ihren Tee fast ausgetrunken und drei der orientalischen Plätzchen gegessen, als Milan – Tereza sprach den Namen wie »Milosch« aus – endlich zu erscheinen geruhte.

Er war mindestens einen Kopf kleiner als seine Frau, trug eine Art Hirtenhemd, das wohl seinen Bauch kaschieren sollte, schlabbrige Jeans und eine Nerd-Brille. Seine graublonden Locken glänzten unappetitlich, und er zwinkerte mit den Augen, als sei er gerade erst aufgewacht.

»Du bist also die Rieke.«

Er setzte sich ihr gegenüber auf ein Polster und brachte seine Beine ungelenk in den Schneidersitz.

»Ob du's glaubst oder nicht, ich freue mich wahnsinnig, dich kennenzulernen.«

»Das stimmt.« Tereza trat mit einem zweiten Teegedeck ins Zimmer. »Wir haben so oft über dich gesprochen, dass es wirklich höchste Zeit ist.«

»Ich habe mich oft gefragt, wie du bist«, fuhr Milan Bokran fort, »wie du sprichst, lachst, wie du aussiehst. Und wo im Leben du inzwischen angekommen bist.«

War der Mann ein bisschen verrückt? Ein Psycho? Oder so ein komischer Wunderheiler, dem Greta sich in ihrer Not anvertraut hatte?

Ob ihre Mutter davon wusste? Ihre Mutter hielt von spiritistischen Quacksalbern überhaupt nichts. Die meisten waren nur hinter dem Geld ihrer Patienten her. Aber Milan Bokran war ja angeblich Kameramann. Sie konnte ihn sich beim besten Willen nicht mit einer Kamera vorstellen.

Hilfesuchend sah sie sich nach Tereza Bokran um. Tereza goss ihrem Mann Tee in ein zartes Glas und strich ihm mit sphinxhaftem Lächeln über die fettigen Haare. Dann huschte sie, ihre raschelnden Röcke raffend, aus dem Zimmer.

»Wie hast du uns eigentlich gefunden?« Milan Bokran führte sein Teeglas mit abgespreiztem kleinem Finger zum Mund. An dem dicklichen Finger klemmte ein goldener Siegelring. Alles an dem Mann stieß sie ab.

»Eine gute Freundin, Greta Faust, hat mich gebeten, Ihre Telefonnummer ausfindig zu machen. Greta möchte dringend mit Ihnen sprechen.«

»Aha.« Er stellte das Teeglas ab, ohne daraus getrunken zu haben.

»Was hat sie denn über mich erzählt, die Greta Faust?«

»Nichts. Nur dass sie mit Ihnen sprechen möchte, dringend.«

Er schüttelte ungläubig den Kopf. »Mehr haben sie dir wirklich nicht gesagt?«

Der Typ war ihr unheimlich. Am liebsten wäre sie aufgestanden und gegangen. Aber dann wäre der ganze Aufwand umsonst gewesen. Also riss sie sich zusammen und fragte: »Können Sie mir bitte sagen, in welcher Verbindung Sie mit Frau Faust stehen?«

»Ich bin ihr Sohn.«

Sie war mit einem Satz auf den Beinen. Ihr Teeglas kippte um, aber das war ihr so was von egal.

»Sie sind der Sohn von Greta? Wissen Sie eigentlich, wie schlecht es Ihrer Mutter geht? Sie kann sich nur noch im Rollstuhl bewegen. Sie sieht immer weniger. Und Ihr Vater ist vor zwei Tagen mit einem schweren Schlaganfall ins Krankenhaus gekommen. Was für eine Art von Sohn sind Sie eigentlich?«

»Eine denkbar schlechte«, antwortete Milan Bokran.

Das Streifenhörnchen war das Au-pair der Imhoffs, Russin. Für eine Russin fand er sie ziemlich schüchtern. Sie hörte gar nicht auf zu zittern und nahm Hannah die Geschichte mit der Cousine, die ein paar Klamotten für Nova aus der Wohnung holen sollte, sofort ab.

Nachdem sich Nicole, oder Nicci, wie sie genannt werden wollte, einigermaßen beruhigt hatte, gingen sie alle zusammen hinunter in die Küche, wo sie bei einem »echten russischen Tee« in Ruhe miteinander reden wollten.

Er hätte die Sache lieber abgebrochen, aber Hannah zwinkerte ihm hinter Niccis Rücken verschwörerisch zu. Sie hoffte, aus dem Mädchen ein paar interessante Informationen herausquetschen zu können.

»Wenn du Novas Cousine, warum du nicht zu Beerdigung?«, fragte die Russin mit wackliger Stimme, während sie Teeblätter in einen Papierfilter löffelte.

Hannah warf den Kopf in den Nacken und lachte. »Ach, weißt du, ich bin das schwarze Schaf der Familie. Die wollen mich nicht wirklich dabei haben. Außerdem war mal was zwischen Tommy und mir. Nichts Ernstes, nur so ein Flirt. Aber Nova hat mir das nie verziehen.«

Nicci starrte sie aus aufgerissenen Augen an. Das Teemaß zitterte in ihren dünnen Fingern.

Hannah fuhr fort: »Dabei war es nicht mal meine Schuld. Tommy ist nun mal ein Typ, der nichts anbrennen lässt. Und Nova hat beim Kinderkriegen ja ganz schön Speck angesetzt.«

Das Teemaß klirrte auf die Arbeitsplatte.

»Aha! Bei dir hat er's wohl auch probiert?«

Die Kleine schaffte es mit Mühe und Not, den Teefilter in die Kanne zu hängen.

»Nein«, stieß sie hervor. »Niemals!«

»Aber gefallen hätte es dir, oder?«, machte Hannah weiter. »Sag mal, wieso bist du eigentlich nicht auf der Beerdigung? Wollte Nova dich auch nicht dabei haben?«

»Nova macht kein Problem.« Die Unterlippe der Kleinen zitterte so sehr, dass er befürchtete, sie würde gleich in Tränen ausbrechen. Das brauchten sie jetzt aber wirklich nicht.

»Aha. Aber du wolltest nicht?«

»Doch, ich wollte. Aber ging nicht.«

Sie schüttelte den Kopf.

»Na ja, wenn du es uns nicht erzählen willst, kannst du es ja der Polizei erzählen. Die interessieren sich mächtig für Tommys Frauenbekanntschaften.«

»Nein!«

In dem kleinen herzförmigen Gesicht der Russin stand blankes Entsetzen. Sie griff hektisch nach dem Wasserkessel. Heißes Wasser schwappte über ihre linke Hand. Sie ließ den

Kessel zurück auf den Herd krachen und presste die Hand gegen ihre Brust. »Ich weiß gar nichts!«

Er stürzte hinter den Tresen, drehte das kalte Wasser auf und hielt ihr Handgelenk darunter. Man könnte förmlich sehen, wie die Haut anschwoll. »Scheiße! Hast du irgendwo Eiswürfel?«

»Lassen Sie mich los!«

Die Russin entriss ihm ihren Arm und griff wieder nach dem Kessel.

Hannah winkte ab.

»Lass mal, ich steh sowieso nicht so auf Tee. Wir holen uns nachher einen Kaffee. Tommy hatte also eine Geliebte. Kannst du uns sagen, wie sie heißt?«

Nicci schielte zur Tür.

»Wenn du uns alles über sie erzählst, sparst du dir das Gespräch mit den Bullen«, legte Hannah nach. »Wir haben nämlich gute Beziehungen zu denen. Und du bist doch bestimmt nicht scharf darauf, mit denen zu quatschen, schon wegen deiner Aufenthaltsgenehmigung und so, oder?«

Die Russin schlug die Augen nieder.

»Hanka«, flüsterte sie. »Sie heißt Hanka. Hat einmal angerufen und wollte Tommy sprechen. Ich sage, sie soll in Firma anrufen. Sie sagt, nein, nein, ist privat.«

Hannah drehte sich zu ihm.

»Hanka? Den Namen hab ich noch nie gehört. Du, Harry?«

In diesem Moment wurde die Wohnungstür aufgeschlossen. Eine Frauenstimme rief: »Nicci? Wo steckst du?«

»Hier!«, schrie das Mädchen und stürzte hinaus in die Diele.

Sie waren zu dritt. Zwei Polizisten und eine dunkelhaarige Frau mit einem Baby vor dem Bauch.

Nicci deutete mit ausgestrecktem Zeigefinger auf Hannah. »Sie sagt, sie Cousine aus Hamburg. Aber Nova hat nichts gesagt von Cousine. Und sie hat Schlüssel. Nova gibt niemand Fremdes Schlüssel ...«

Die Dunkelhaarige tätschelte ihr den Rücken. »Ist ja gut, Nicci, ist doch alles gut jetzt. Wir sind doch hier.«

Sie musste eine Freundin oder Nachbarin sein, die Nicci schon angerufen hatte, als sie ihn und Hannah hatte hereinkommen hören.

Die Polizisten stellten sich rechts und links neben Hannah und ihn.

»So, die Herrschaften, Ihre Papiere bitte.«

Trotz der zwei Espressi, die er inzwischen getrunken hatte, fielen Schade immer wieder die Augen zu. Er war um fünf Uhr aufgestanden und hatte sich kurz vor sechs auf einem der Parkplätze der Seniorenresidenz postiert. Er war keine Minute zu früh gekommen. Punkt sechs hatte sich die Haustür geöffnet und Ariane Keppler und Lee-An Tau waren herausgekommen. Sie waren in den alten hellblauen Alfa Romeo gestiegen, der direkt vor dem Haus bereitstand. Ariane hatte ihre Freundin zum Hauptbahnhof gefahren, wo die, wenn er nicht komplett daneben lag, in einen Zug nach Magdeburg gestiegen war. Taus Tante lebte in Magdeburg. Er hatte sich erlaubt, die exotische Inhaberin des Hut-Ateliers zu recherchieren. Sie war keineswegs Chinesin, sondern Vietnamesin mit deutscher Staatsbürgerschaft. Aktenkundig geworden war sie zum ersten Mal vor neunzehn Jahren, als sie einen Freier in einem Berliner Nobelhotel um seine Kreditkarte erleichtert hatte und anschließend dumm genug gewesen war, sich von der Überwachungskamera eines Bankautomaten filmen zu lassen. Sie hatte mildernde Umstände bekommen, weil sie sich zur Finanzierung ihres Studiums prostituiert hatte. Außerdem war der Freier verheiratet gewesen und weder er noch die Hotelverwaltung wollten den Zwischenfall an die große Glocke hängen. Ein paar Jahre später war sie bei einem Kaufhausdiebstahl erwischt worden. Danach war sie nicht mehr in den Akten aufgetaucht.

Den Alfa auf der Autobahn zu verfolgen, war kein Kunststück gewesen. Im Hamburger Stadtverkehr hatte er ihn kurz verloren, aber bei der Anfahrt auf den Eppendorfer Friedhof auf dem Gästeparkplatz eines Edel-Italieners wiederentdeckt, direkt neben einem dunkelblauen BMW mit Esslinger Kennzeichen. Er hatte sich einen Parkplatz in einer Seitenstraße gesucht und war zu Fuß zum Restaurant zurückgegangen. Nachdem er es unauffällig über den Eingang zur Bar betreten hatte, hatte er einen Fenstertisch mit Blick zur Terrasse gewählt, von dem aus er Ariane Keppler und ihren Begleiter diskret beobachten konnte. Der Mann musste Jeremy Beyer sein. Mit seinem milchkaffeebraunem Teint und dem kurz geschnittenen graumeliertem Haar hatte er eine verblüffende Ähnlichkeit mit Barack Obama. Da Obama in den frühen Siebzigern in Beyers schwäbischer Heimat noch nicht einmal Zukunftsmusik gewesen war, hatte er als Kind unter seinem Aussehen ziemlich gelitten. Sein Vater, ein sogenannter »Besatzer«, war kurz nach seiner Geburt zurück in die USA gegangen und seine Mutter hatte ihn allein groß gezogen. Die Imhoffs waren direkte Nachbarn gewesen und Jeremy Beyer und Thomas Imhoff Sandkastenfreunde. Ariane Keppler hatte eine Straße weiter gewohnt. Die drei besuchten dieselbe Grundschule, später sogar dasselbe Gymnasium und wurden, zusammen mit Arianes bester Freundin Vera, die Vierer-Clique: Tommy, Jerry, Ariane und Vera. Vera wurde später Lehrerin und Beyers Frau. Imhoff ging zum Architekturstudium nach Hamburg und Ariane zog in die Esslinger Innenstadt und machte eine Ausbildung zur Buchhändlerin im Laden ihrer Tante. All das hatte Jeremy Beyer ihm überraschend bereitwillig erzählt, als er gestern Abend mit ihm telefoniert hatte.

Leider konnte er nicht hören, worüber Ariane Keppler und Beyer jetzt redeten. Vor ein paar Minuten hatte der Kellner ihnen zwei unterschiedliche Varianten des Business-Lunches für siebzehn Euro kredenzt und nun pickten sie sich einvernehmlich die Happen von den Tellern. Kurz erwog er, sich ebenfalls etwas zu essen bestellen, verwarf den Gedanken dann aber wieder. So weit käme es noch, dass er mit seinem mickrigen Salär Eppendorfer Fernsehköche unterstützte. Zumal er auf eigene Kappe hier war, beziehungsweise sicher *nicht* hier wäre, wenn er die E-Mail, die ihm sein Chef gestern nach Dienstschluss geschickt hatte, noch geöffnet hätte. Er wusste auch so, was drinstand. Alle weiteren Untersuchungsschritte zum Fall Imhoff liefen von jetzt an über seinen, Rutbergs, Schreibtisch.

Er wusste auch, was das hieß. Rutberg wollte den Fall Imhoff unter dem Deckmäntelchen »aus dem Ruder gelaufener Raubüberfall« zu den Akten legen, genau wie es ihm Anja, das kluge Mädchen, prophezeit hatte. Also blieb ihm nichts anderes übrig, als noch einmal ordentlich Gas zu geben, bevor er Rutbergs E-Mail offiziell las. Und das würde erst am Montagmorgen, nach der Rückkehr aus seinem dienstfreien Wochenende, geschehen. Bis dahin musste er noch ein paar fehlende Puzzleteile ausfindig machen, die unter irgendeinem Teppichrand verschwunden waren.

Für diese Gegend geradezu unflätig quietschende Bremsen rissen ihn aus seinen Gedanken. Ein Taxi hielt vor der Restaurantterrasse. Ein junger Kahlkopf sprang heraus, knallte die Wagentür zu und lief auf Arianes und Beyers Tisch zu. Ariane Keppler sprang auf. Sie wollte den jungen Mann umarmen, wurde aber mit einer rigiden Handbewegung ausgebremst. Paul Keppler, frisch aus Amiland eingeflogen. Der Junge war ganz offensichtlich sauer. Er knallte seinen Rucksack auf einen der freien Stühle und sich selbst auf den anderen. Ein Kellner kam herbeigestürzt und nahm seine Bestellung auf, die, wie sich drei Minuten später herausstellte, aus einem Hefeweizen bestand. Vielleicht wollte der Junge was gegen seine Pickel tun.

Das Gespräch zwischen Mutter und Sohn verlief ziemlich lebhaft. Paul Keppler schien ihr Temperament geerbt zu haben. Jeremy intervenierte ab und zu mit einer beruhigenden Handbewegung, kam aber selber kaum zu Wort. Um halb zwei orderte er die Rechnung und alle drei erhoben sich. Auf dem Parkplatz kam es zu einer erneuten Auseinandersetzung zwischen Mutter und Sohn. Ariane Keppler hatte ein weißes Hemd und ein schwarzes Sakko vom Rücksitz ihres Wagens geholt und verlangte offenbar, dass Sohnemann es gegen sein am Ellenbogen durchlöchertes Sweatshirt tauschte. Nach einigem Hin und Her setzte sie sich durch. Ariane und Paul stiegen in den hellblauen Alfa, Jeremy Beyer fuhr in seinem BMW voraus.

Er ging zum Tresen und bezahlte seine zwei Espressi. Um die Ecke hatte er eine Currywurst-Bude gesehen, wo er sich vor der Beerdigung noch kurz stärken konnte.

Milan Bokran erzählte die gefühlt hundertfünfzigste Anekdote aus seiner Pillnitzer Kindheit, als ihr Handy anschlug. Es war der Klingelton ihrer Mutter. Sie machte eine entschuldigende Handbewegung und lief in den Flur. Stine rief genau im richtigen Moment an! Es gab da einiges, was sie ihr zu sagen hatte. Aber ihre Mutter ließ sie gar nicht erst zu Wort kommen.

»Bitte, Rieke, wo auch immer du bist, wir brauchen dich in Pillnitz. Großmutter ist ganz allein mit Greta und Mina. Ich habe noch zwei Patienten. Wenn du in Berlin bist, könntest du mich abholen.«

»Ich bin nicht in Berlin.«

»Dann fahr sofort nach Pillnitz. Ekkhardt geht's gar nicht gut.«

Ekkhardt. Der Mann, der verhindert hatte, dass ihr Vater ihr jemals ein Vater gewesen war.

Angeblich.

»Was ist mit ihm?«

»Sie glauben, er schafft es nicht. Du kannst dir vorstellen, in welcher Verfassung Greta ist. Bitte, beeil dich.«

Ihre Mutter klang so verzweifelt, dass sie die Vorwürfe auf später verschob. Greta war jetzt wichtiger. Greta hatte immer zu ihnen gehalten. Jetzt wusste sie, warum.

Als sie wieder ins Wohnzimmer trat, stand Tereza hinter Milan und massierte seine Schultern. Tereza, seine bessere Hälfte, seine Muse und Geliebte. Diese Wunderfrau, die ihm zwei wunderbare Kinder von einem anderen geschenkt hatte, damit er seine eigene Tochter nicht mehr so sehr vermisste. Was umso einfacher war, da er ja für die Kinder des anderen keine Verantwortung tragen musste. Denn Verantwortung und Kunst, das ging ja offenbar gar nicht zusammen. Arschloch.

»Sorry«, sagte sie. »Ich muss los.«

»Echt? Schon?« Milan Bokran rappelte sich steifbeinig hoch. Er schüttelte seinen rechten Fuß, der eingeschlafen war.

Ekkhardt war einer dieser dominanten Väter gewesen, die genau wussten, wie sie ihren Sohn haben wollten, und versuchten, diese Vorstellung mit aller Gewalt durchzusetzen. Auf diese Weise waren er und Milan sich immer fremd geblieben. Und wie konnte jemand Vater sein, der niemals hatte Sohn sein dürfen? Das verstand sie doch, oder?

»Dein Vater liegt im Sterben. Bald musst du keine Angst mehr vor ihm haben«, sagte sie.

Tereza schoss auf sie zu wie eine Viper und schüttelte sie an beiden Schultern.

»Wie kannst du so etwas Herzloses sagen? Wie kannst du dir anmaßen, deinen Vater zu verurteilen!«

Milan Bokran sagte nichts. Tereza war seine Stimme.

»Ach, rutscht mir doch den Buckel runter, alle beide«, sagte sie und ging in den Flur, wo ihre achtlos von den Füßen gestreiften Turnschuhe inzwischen in die Familiensammlung eingereiht worden waren.

»Rieke, warte!«

Milans nackte Füße tappsten hinter ihr her.

»Ich komme mit.«

Er musterte ebenfalls die Schuhsammlung, als wisse er nicht, für welches Paar er sich entscheiden solle. Schließlich griff er zu ausgelatschten blauen Turnschuhen.

»Du willst wirklich mit?«

»Unbedingt. Ich muss dieses Kapitel zu Ende bringen.«

»Zu Ende bringen? Du willst es zu Ende bringen?«, schrie sie ihn an. »Das Ende kommt von alleine. Deine Mutter braucht dich.«

Er wedelte hilflos mit den Armen, während seine Füße sich in die Schuhe arbeiteten.

»So habe ich das doch nicht gemeint! Natürlich will ich ihr beistehen.«

»Klingt schon besser«, sagte Rieke.

»Das klingt ganz wundervoll«, sagte Tereza und breitete beide Arme aus. »Soll ich euch begleiten?«

»Nein!«, rief Rieke.

»Nein«, sagte auch Milan, »lieber nicht.«

An dem Wachhund des Bestattungsinstituts kam Hella Ise anstandslos vorbei. Behutsam schob sie sich in ihren weißen Lack-Ballerinas, die leider einen Tick zu eng waren, durch den Mittelgang der Beerdigungskapelle. Dafür, dass nur der engste Familien- und Freundeskreis geladen war, war sie gut besucht. Die Ü-60-Langweiler mit ihren Kostümen, Seidentüchlein und Silberscheiteln gehörten alle zu Albert Jenssens Bekanntenkreis. Die meisten von ihnen hatten Alberts Schwiegersohn nie gesehen, es sei denn, sie waren zur Hochzeit der beiden auf Sylt geladen gewesen. Auch die hatte im engsten Familienkreis stattgefunden. Albert war immer sehr stolz auf seine schöne, kluge Tochter gewesen, aber bei der Wahl ihres Ehemannes hatte sie gründlich ins Klo gegriffen. Hella selber hatte Thomas erst sechs Monate nach der Hochzeit zu Gesicht bekommen, als das junge Paar in Eppendorf angerückt war, um Novas prächtige Schwangerschaftskugel vorzuführen. Nova hatte ihn mit in den Schwendnerschen Garten gebracht, damit sie unter den Tannen ein friedliches Zigarettchen miteinander rauchen konnten. Das hieß, sie und Thomas hatten geraucht, Nova natürlich nicht mehr. Das hätte sie ihrem Kind niemals angetan. Thomas war ein hübscher Mann mit einem gepflegten Körper und etwas oberflächlichem Charme. Sein voller Mund hatte amüsiert gezuckt, als er ihr mit einem übertriebenen Diener die Hand gegeben hatte. Sie hatte direkt sehen können, wie sein Gehirn die Worte »Huch, Transe!« gebildet hatte. Sie hätte Nova einen Gefährten mit etwas mehr Charakterstärke gewünscht. Aber vielleicht hatte sie sich gerade deshalb so einen hübschen, schwachen Mann ausgesucht, weil sie ihr Leben lang von dominanten Charakteren umgeben gewesen war. Bei diesem Treffen unter den Tannen hatte Nova jedenfalls glücklich gewirkt. Das hatte sich in den darauf folgenden Jahren leider geändert. Der Sunnyboy hatte sich als verkappter Karrierist entpuppt. Leider als ein Karrierist, dem die natürliche Begabung fehlte, der im Mittelmäßigen stecken blieb und sich am Vermögen der Familie Jenssen bediente, als handle es sich um die Portokasse. Berufliche Misserfolge versuchte er an der Spielbank zu kompensieren. Zum Glück hatte Sybilla Jenssen ihn eher als ihre Tochter durchschaut und daher, so nahm Hella jedenfalls an, das Schlimmste verhindert.

So wie bei der Hochzeit vor sechs Jahren war Sybilla auch Regisseurin der Schmierenkomödie, die jetzt aufgeführt wurde. Ihrem Argusauge unter der schwarzen Hutkrempe entging nichts. Hella fühlte es eine Viertelsekunde lang auf sich ruhen und erschauerte. Aber offenbar hielt Sybilla ihr Auftauchen für zu unwichtig, um tätig zu werden. Außerdem hatte sie sich alle Mühe gegeben mit ihrem weißen Chanel-Kostümchen mit den dunkelblauen Borten und den entzückenden Goldknöpfen.

Im Buddhismus, dem Hella anhing, war die Farbe der Trauer nämlich Weiß.

Als Sybilla an ihr vorüberschritt, wandte sie den Kopf ostentativ ihrem Gatten zu, der sich schwer auf den silbernen Knauf seines Spazierstocks stützte. Albert hatte ein gutes Herz, und er würde an Herzproblemen sterben, wie so viele seines Schlages. Und Nova, die arme kleine Nova, kam ganz nach ihm. Sie verschwand fast hinter der Jackie-Kennedy-Sonnenbrille, die ihre Mutter ihr aufgeschwatzt hatte, samt dem Pillbox-Hütchen und dem matronenhaften Mantelkleid, das verschämt auf Jil Sander machte. Lars hingegen wirkte familienuntypisch schmuddelig. Der Schmuddeleindruck verstärkte sich mit jedem Jahr, das er in den USA verbrachte. Trotzdem wurde der Junge immer unglücklicher. Auch das wunderte sie nicht. Die USA waren kein Land für feine Geister und empfindsame Seelen.

Zwischen dem Geschwister- und dem Elternpaar ging eine kleine weißhaarige Frau in grauem Kostüm ohne jeden Schnickschnack. Das musste Annegret Riesler sein, Thomas' Tante, von der Nova ihr erzählt hatte. Bei dieser Tante war Thomas aufgewachsen, nachdem seine Eltern bei einem Autounfall gestorben waren. Annegret Riesler, selber Witwe, hatte den Jungen zusammen mit ihren eigenen Kindern großgezogen. Hella empfand großen Respekt für diese Frau, die sie leider nicht kennenlernen würde. Zum Dank für ihre Liebe hatte Thomas sie nicht einmal zu seiner Hochzeit eingeladen. Laut Nova war er der Meinung gewesen, dass seine Tante sich zwischen der Verwandtschaft der Jenssens sowieso nicht wohlgefühlt hätte.

Die Jenssens und Frau Riesler nahmen ihre Plätze in der ersten Reihe ein. Dann sah Hella drei weitere Personen diese Bank ansteuern. Voran ging ein junger Mann mit starker erotischer Ausstrahlung. Viel älter als volljährig konnte er nicht sein. Er trug abgewetzte Jeans, in deren tiefsitzenden Bund er ein weißes Hemd gestopft hatte, und ein offenes, schwarzes Jackett, das in den Schultern nicht saß. Die Frau hinter ihm war vermutlich seine Mutter, eine gut erhaltene Mittvierzigerin mit schwarzen Locken. Sie trug ein dunkelrotes Kleid. Rot war die Farbe des Feuers, des Blutes und der Liebe. In jedem Fall war es die Farbe der Geliebten, die ihren Liebsten zu Grabe trägt. Aber in Thomas' Fall war die Geliebte ja angeblich eine Thailänderin, und eine Thailänderin war diese Frau nicht. Der Begleiter von Mutter und Sohn war farbig. Milchkaffeefarben, um genau zu sein, und ungewöhnlich gut aussehend. Leider bestand nicht die geringste erotische Spannung zwischen dem schönen Mann und der Frau im roten Kleid.

Schade verließ die Kapelle kurz vor dem Schlusssegen. Der Rambo an der Kapellentür, den er beim Hereinkommen mit seiner Hundemarke eingeschüchtert hatte, senkte den Blick. Er würde seinem Auftraggeber nicht rapportieren, dass er es trotz mittelmäßiger Verbrecherkarriere nicht verhindern konnte, dass sich ein Bulle eingeschlichen hatte.

Wenige Minuten später wurde der Sarg von sechs professionellen Trägern in die Spätsommersonne hinausgetragen. Den Männern strömte der Schweiß über die Gesichter.

Nova Jenssen ging am Arm ihres Bruders, den Kopf gesenkt, die Augen hinter einer riesigen Sonnenbrille verborgen. Ihre Eltern hatten eine heftig weinende weißhaarige Frau in die Mitte genommen. Man hätte sie für Imhoffs Mutter halten können, aber wahrscheinlich war sie die Tante, die ihn aufgenommen hatte, nachdem seine Eltern verunglückt waren. Nach seiner Heirat mit Nova Jenssen hatte er den Kontakt zu Annegret Riesler und ihren zwei Kindern abgebrochen. Die beiden waren auch nicht zur Beerdigung gekommen.

Er begleitete den Trauerzug auf einem Seitenweg und sah sich nach anderen Friedhofsbesuchern um, die sich ähnlich unauffällig verhielten. Abgesehen von zwei älteren Damen, die mit ihren Gießkannen und Harken respektvoll zur Seite traten, traf er niemanden, keine weiteren Geliebten, keine weiteren Kinder, auch niemanden von der NordInvest.

Er suchte sich einen Platz hinter ein paar halbhohen Tannen, von dem aus er das Zeremoniell beobachten konnte. Eine Schaufel und eine Schubkarre mit Erde standen bereit. Nova Jenssen zitterte so sehr, dass ihr Bruder ihre Hand führen musste. Hinter Sybilla Jenssen und ihrem Gatten stand eine ungewöhnlich große Dame um die sechzig, die in ihrem weißen Kostüm im Matrosenstil ein bisschen wie einem Varieté entsprungen wirkte. Vielleicht die unvermeidliche komische Verwandte in der stilsicheren Familie Jenssen. Er beobachtete, wie Albert Jenssen durchaus respektvoll mit der Frau sprach, während seine Gattin irgendwas, das er nicht erkennen konnte, vielleicht ein Paar Handschuhe, ins Grab warf. Es war verblüffend, was Trauernde den Verstorbenen heutzutage alles mit in die Gräber gaben. Als Albert ans Grab trat, drehte Sybilla Jenssen der Matrosenkostüm-Dame ostentativ den Rücken zu.

Ariane Keppler, Jeremy Beyer und Paul Keppler traten als Letzte vor. Ariane teilte ihren Rosenstrauß und wollte ihrem Sohn die Hälfte davon in die Hand drücken. Aber der schüttelte den Kopf. Es war einfach eine ziemliche Zumutung, seinen Vater erst bei dessen Beerdigung kennenzulernen. Und natürlich gab Paul seiner Mutter die Schuld daran. Was den Vater betraf, war man auf das glückliche Händchen seiner Mutter angewiesen. Und das hatte Ariane Keppler eindeutig nicht gehabt. Sie reichte die Hälfte des Straußes Jeremy Beyer, der eine einzelne Rose daraus hervorzog und sie Paul erneut anbot. Der Junge gab nach. Als er vom Grab zurücktrat, weinte er.

Auf dem Weg zum Friedhofsausgang stießen die drei auf Nova Jenssen und ihren Bruder, die mit der Dame im weißen Kostüm zusammenstanden. Ariane blieb abrupt stehen. Nova Jenssen wich einen Schritt zurück und legte eine schwarzbehandschuhte Hand an ihren Mund. Die auffällig gekleidete Dame wandte sich mit einer interessierten Geste an Ariane. Die beiden wechselten einige Sätze. Dann traten

Nova und Ariane aufeinander zu und gaben sich die Hand. Danach reichte Nova, wenn auch ein wenig zögernd, auch Paul die Hand. Jeremy Beyer sagte etwas und reichte den Geschwistern Jenssen und der Dame in Weiß ebenfalls die Hand. Ein paar Minuten lang standen die sechs in ratloser Haltung beieinander. Dann hakte Ariane sich bei ihrem Sohn und Jeremy Beyer unter und dirigierte beide zügigen Schrittes zum Friedhofsausgang.

Samstag, 23. August

Paul schlug mit beiden Fäusten gegen die Eichentür der Galerie.

Hanka brauchte ungefähr zwei Minuten. Sie trug einen alten Bademantel von undefinierbarer Farbe und das Haar stand ihr wie rostige Drahtwolle vom Kopf ab.

»Weißt du, wie spät es ist?«

Er war halb sieben. Vor einer halben Stunde hatte Rieke aus Pillnitz angerufen.

»Der alte Faust ist heute Nacht gestorben«, sagte er.

»Komm rein.«

Er folgte ihr in die Küche. Sie stellte einen verbeulten Kessel auf den Gasherd und löffelte Kaffeepulver in zwei ihrer selbst getöpferten Tassen. Sie und George tranken ihren Kaffee »türkisch«, wie es zu Ostzeiten üblich gewesen war. Seine Mutter hasste diesen Krümelkaffee. Er war in dem Punkt leidenschaftslos.

»Warum bist du eigentlich hier? Solltest du nicht in Amerika sein?«

Sie musterte ihn aus vom Schlaf verquollenen Augen. Er konnte ein paar silberne Fäden in ihrem Haar sehen. Sie war alt und gerissen. Kein Wunder, dass George sich für Nadja entschieden hatte, die vielleicht nicht so klug, aber dafür freundlich war.

»Ich bin zur Beerdigung meines Vaters gekommen.«

Der Satz fuhr ihm durch den Körper. Es war das erste Mal, dass er es ausgesprochen hatte: »meines Vaters«. Es fühlte sich gar nicht schlecht an. Ein bisschen, als ob er ein anderer Mensch geworden wäre. Einer, der einen Vater hatte, so wie alle anderen auch. Der Dippeling war zwar nicht gerade der weltbeste aller Väter gewesen, aber er hatte immerhin versucht, seinen Fehler wieder gutzumachen. Wenn er nicht hinterhältig ermordet worden wäre, hätten sie sich demnächst richtig kennengelernt. Was dann passiert wäre, konnte er sich zwar nicht so recht vorstellen, aber es wäre mindestens spannend und vielleicht sogar gut geworden. Sie hätten eine Chance verdient gehabt, sein Vater und er. Und deshalb würde er seinen Mörder finden, selbst wenn er sein ganzes Leben dafür brauchte.

Er war sich allerdings ziemlich sicher, dass er nicht sein ganzes Leben dafür brauchen würde. So viele Möglichkeiten gab es nämlich gar nicht, wenn man die Sache wie einen Mord anging und sich nicht wie Beyer, der Anwalt und beste Freund seines Vaters, mit einer »Verkettung unglücklicher Zufälle« vor der Wahrheitsfindung drückte.

Wer hatte einen Grund gehabt, seinen Vater umzubringen?

Die Witwe wäre eine Möglichkeit, diese Nova Imhoff-Jenssen. Der Dippeling hatte sie betrogen und laut Beyer war sie auf Psychopharmaka. Gestern auf dem Friedhof hatte sie allerdings ziemlich klar gewirkt, vernünftig sogar. Warum sollte sie ihren Mann umgebracht haben? Sie hatte drei kleine Kinder von ihm. Drei Menschen, die ihren Vater ihr Leben lang vermissen würden. Welche Mutter machte denn so was? Sogar seine eigene Mutter hatte gesagt, dass ihr die Frau und die Kinder wahnsinnig leid täten.

Die zweite verdächtige Person war die Geliebte seines Vaters. Die Nr. A, die ihn permanent auf seinem Zweithandy angerufen hatte. Wie sich herausgestellt hatte, gehörte die Nummer Lee-An Tau, der Freundin seiner Mutter. Ariane war kreidebleich geworden, als er ihr das Handy gezeigt hatte.

Natürlich traute sie ihrer Freundin keinen Mord zu, wer tat das schon? Aber die Tatsache, dass Lee-An Tau kurz nach dem Tod seines Vaters verschwunden war, sprach eindeutig gegen sie. Die Krux an der Sache war Lee-Ans Körpergröße. Sie war eigentlich zu klein, um einen Kerl wie seinen Vater zu erschlagen. Obwohl dabei natürlich das Mordinstrument, das die Polizei immer noch nicht gefunden hatte, und die

Stellung, in der die Personen sich befunden hatten, eine Rolle spielten. Darüber hätte er am liebsten sofort mit jemandem von der Polizei gesprochen, aber das wollte seine Mutter selber übernehmen. Sie hatte offenbar einen der Ermittler besonders in ihr Herz geschlossen.

Hanka stellte eine dampfende Kaffeetasse vor ihn hin.

»Ich wusste gar nicht, dass du Kontakt zu deinem Vater hattest.«

»Hatte ich auch nicht.«

»Wie jetzt?«

»Thomas Imhoff war mein Vater. Er wurde gestern in Hamburg beigesetzt.«

Sie zuckte so heftig zusammen, dass der Kaffee aus ihrer Tasse auf ihren Bademantel schwappte. »Imhoff ist dein Vater?«

»Meine Mutter wollte es nicht an die große Glocke hängen.« Auf ihren ungläubigen Blick hin fügte er hinzu: »Sie waren eigentlich nie richtig zusammen.«

Sie setzte sich ihm gegenüber.

»Woher weiß du, dass Ekkhardt gestorben ist?«

»Rieke hat angerufen.«

Sie nickte in ihre Tasse.

»Ich muss dich was fragen.«

Sie nickte weiter.

»Wie ist Greta Faust an das Handy meines Vaters gekommen?«

»Ich verstehe die Frage nicht.«

Er erklärte sie ihr.

Sie schüttelte den Kopf. »Thomas Imhoff war zwei Mal hier in der Galerie. Das erste Mal Ende Mai zusammen mit zwei Kollegen von der NordInvest, um zu klären, wo genau die Grundstücksgrenze verläuft. Ein paar Wochen später hat er noch einmal allein vorbeigeschaut, um sich die Remise anzusehen. Wenn er dabei ein Telefon verloren hätte, hätte nicht Greta es gefunden, sondern ich.«

»Er könnte durch den Skulpturengarten zur Villa gegangen sein, ohne dass du es überhaupt bemerkt hättest.«

Hanka zögerte. Es war tatsächlich einfacher, vom Garten der Galerie aus durch den kaputten Zaun aufs Nachbargrundstück zu schlüpfen, als jedes Mal das schwere Tor an der Straße zu öffnen. Auch die Kids, die früher in der alten Villa heimlich gekifft und getrunken hatten, hatten diesen Weg genommen. »Möglich ist fast alles, Paul«, sagte sie. »Vielleicht sollten wir uns lieber fragen, was wahrscheinlich ist.«

Damit lag sie nicht ganz falsch.

»Waren Ekke und Greta allein hier in der Galerie, als du auf Rügen warst?«

Sie schüttelte den Kopf.

»Stine und ich haben sie schon lange nicht mehr allein gelassen. Sie waren bei einem befreundeten Ehepaar am Müggelsee untergebracht. Dort sollten sie bis Mitte September bleiben und dann direkt nach Pillnitz ziehen. Aber dann ist der Mann des Paares krank geworden. Die erwachsenen Kinder, die anreisten, um ihre Eltern zu unterstützen, brauchten eigentlich das Gästezimmer. Greta und Ekke wollten nicht stören und sind auf eigene Faust nach Pankow zurückgefahren.«

»Und das war wann?«

Hanka fuhr sich mit beiden Fingern durch ihre zerzausten Hexenhaare.

»Am Mittwoch. 6. August. Die Freundin vom Müggelsee rief mich auf Rügen an und sagte, dass Ekke und Greta unterwegs seien. Daraufhin habe ich meine Zelte abgebrochen und bin in den Zug nach Berlin gestiegen.«

»Also waren die beiden Alten an diesem Tag allein in der Galerie.«

»Aber doch nur ein paar Stunden! Ich habe sofort Stine informiert. Und die hat die beiden noch am selben Tag nach Pillnitz gebracht.«

»Wieso eigentlich? Sie wusste doch, dass die Apartments noch alle belegt sind.«

Hanka starrte in ihre Tasse.

»Ich hatte schon vor meiner Abreise nach Rügen angefangen, die Remise auszuräumen. Die großen Möbel standen zwar noch, aber es herrschte ein heilloses Durcheinander. Ich wollte eigentlich vermeiden, dass die beiden das Chaos sehen.«

»Was? Du hast hinter ihrem Rücken angefangen, die Remise auszuräumen?«

Hanka rang theatralisch beide Hände.

»Was hätte ich denn sonst tun sollen, Paul? Die NordInvest saß mir im Nacken. Die reißen die Remise demnächst ab. Aber das konnten wir den beiden Alten nicht beibringen. Sie wollten es einfach nicht kapieren!«

»Könnte es sein, dass Ekke sich hier mit meinem Vater getroffen hat?«

Sie schüttelte den Kopf. »Ausgeschlossen. Ekke kannte Imhoff gar nicht. Er und Greta lebten ganz in ihrer eigenen Welt. Dieser Garten ist Ekkes Lebenswerk und Gretas Paradies. Wenn du mich fragst, hat es ihm das Herz gebrochen, dass er hier weg musste.« Sie fuhr sich mit dem Handrücken über die Augen.

»Und wo soll Greta jetzt wohnen? Bei Riekes Großeltern?«

Sie zuckte mit den Schultern. »Frag mich nicht.«

Er stand auf. Mina wartete auf ihn. Und die Pillnitzer brauchten jede erdenkliche Hilfe in dieser Situation.

»Richte ihnen mein Beileid aus«, sagte Hanka. »Sie sollen anrufen, wenn ich irgendwas für sie tun kann.«

Anja hatte ihn Punkt sieben mit einem Espresso geweckt. Danach waren sie an der Elbe entlang bis nach Övelgönne gelaufen. Anja war verdammt gut in Form. Wie er geahnt hatte, war sie in festen Händen. Ihr Verlobter war Internet-Weinhändler. Die beiden bewohnten ein kleines, aber feines Reihenhäuschen im weniger spektakulären Teil von Blankenese.

Da der Weinhändler gerade auf Geschäftsreise in Südfrankreich war, hatte Anja ihm das Gästezimmer angeboten. Es war zartgelb gestrichen und die Möblierung verdächtig provisorisch. Beim Abendessen bei einem Blankeneser Italiener hatte sie ihm mehr über hormonell unterstützte Empfängnis erzählt, als er jemals wissen wollte. Familienplanung war nun mal ein heikles Thema, wenn die Frau die vierzig überschritten hatte. Er verzichtete darauf, ihr von Nova Jenssens postnataler Depression zu berichten, zumal sie für seinen Besuch »strikt nichts Dienstliches« ausgemacht hatten.

In Övelgönne hatte sie ihn zu ihrem Lieblingsstrandcafé geführt, einem Bretterverschlag mit dem romantischen Namen »Piratennest«. Sie waren zusammen mit der Tagschicht, einer hübschen Latina namens Ramona, mit der Anja befreundet war, dort angekommen. Jetzt lagen sie mit zwei fetten Milchkaffees in ihren Liegestühlen am morgensonnigen Elbstrand und warteten auf das Bagelfrühstück, das Ramona gerade zusammenbastelte. Das Einzige, was ihn nervös machte, war das stumme Vibrieren des Handys an seinem Hüftgurt. Er erwartete einen wichtigen Anruf aus dem Labor, wollte Anja aber nicht brüskieren, indem er dranging.

»Ist das Leben nicht schön?«, fragte Anja. Eine rein rhetorische Frage, die bekräftigen sollte, dass sie immer noch privat, also strikt nicht dienstlich unterwegs waren. Und dass sie lieber über ihre geplante Schwangerschaft und die Einrichtung ihres Kinderzimmers reden wollte als über die Familie Jenssen. Das Blöde war, dass ihm einige Fragen auf den Nägeln brannten, zum Beispiel die, wer die ulkige Lady in White gewesen war, die sich mit den Jenssen-Geschwistern so vertraut gezeigt hatte.

»Ich seh dir doch an der Nasenspitze an, dass du an die Arbeit denkst«, sagte Anja. »Also, schieß schon los!«

»Habt ihr eigentlich jemals mit Lars Jenssen gesprochen?«

»Das ist der Sohn, oder?«

Er nickte.

»Der war im Ausland, als sein Schwager umgekommen ist.«

»Er könnte trotzdem Interesse an Imhoffs Tod gehabt haben. Vielleicht betrachtete er ihn als Konkurrenten im Hinblick auf seine Erbschaft. Im Gegensatz zu ihm kam Imhoff immerhin aus der Branche.«

»Lars Jenssen hat nie Interesse an der Firma seines Vaters gezeigt. Er hat sich mehr oder weniger mit seinen Eltern entzweit und lebt seit Jahren in den USA. Wenn du mich fragst, konnte er ohnehin nicht mehr als seinen Pflichtteil erwarten, ganz egal was für einen Schwiegersohn seine Schwester ins Haus brachte. Und wenn ich Frau Ise richtig verstanden habe, waren die alten Jenssens von Imhoff sowieso nicht begeistert.«

Ramonas lange Beine tauchten zwischen ihnen auf. Sie stellte einen umgekippten Bierkasten zwischen ihre Liegestühle und das Tablett mit den Frühstückstellern darauf.

»O-Saft kommt gleich.«

Er zog sich den Teller mit dem Frischkäse-Lachs-Ruccola-Bagel auf den Schoß.

»Sieht lecker aus, oder?«, fragte Anja.

Sie hatte sich für Hüttenkäse-Avocado-Kresse entschieden.

Er nickte. »Wer ist noch mal Frau Ise?«

»Die Haushälterin der Nachbarn.«

Sie biss in ihren Bagel.

»So eine schrille Blondine, die ein bisschen aussieht wie Tootsie?«

Sie musterte ihn empört. »Für einen coolen Hauptstädter bist du ganz schön von Vorurteilen belastet.«

»Tschuldige!« Er wischte sich mit dem Handrücken einen Krümel vom Mund.

»Was hat sie noch mal über Imhoffs Verhältnis zu seinen Schwiegereltern gesagt?«

Anja kaute seelenruhig zu Ende.

»Gesagt hat sie gar nichts. Sie hat angedeutet, dass er Sybilla Jenssens Erwartungen nicht entsprach. Und die waren wohl ziemlich hoch.«

»Diese Ise scheint ein recht enges Verhältnis zu den Nachbarkindern zu haben.«

»Das habe ich dir doch schon erzählt. Was sie zu Hause an Nestwärme nicht bekamen, haben sie sich bei ihr geholt. Und eigene Kinder hatte Frau Ise ja nie.« Sie seufzte abgrundtief. »In dem Punkt hatte sie noch schlechtere Karten, als ich sie habe.«

Er legte ihr schnell seine Hand auf den Arm. »Das wird schon, Anja. Ihr müsst einfach am Ball bleiben.«

Sie stöhnte laut auf. »Am Ball bleiben! Wie naiv ist das denn? Das kann echt nur ein Mann sagen.«

Er nahm Ramona, deren Beine wieder zwischen ihnen aufgetaucht waren, das Glas mit dem O-Saft ab.

»Dieser Mann kann dir noch was sagen, wenn du möchtest.« Er nahm einen Schluck Saft.

»Ja? Ich höre?«

»Kinder sind eigenständige Lebewesen und somit als Lebensaufgabe ziemlich ungeeignet.«

»Oh! Läuft's gerade nicht so gut mit dir und Becca?«

»Es läuft gerade hervorragend mit mir und Becca.«

»Das heißt?«

»Sie lebt ihr Leben und ich meins. Und wenn wir uns treffen, gehen wir uns nicht *nur* auf die Nerven. Und das ist so ziemlich das beste Ergebnis, das du nach achtzehn anstrengenden Jahren erwarten kann.«

»Weißt du was, Schade? Du hast echt ein Talent, einem die romantischsten Themen zu vermiesen.«

»Kinder sind kein romantisches Thema«, sagte er und zog das Handy von der Hüfte. Es war eine SMS von Kollegin Jana Schwarz. Sie bat um umgehenden Rückruf.

»Ist es okay, wenn ich da mal eben antworte?«

Anja seufzte.

Am liebsten hätte sie Paul nach Pillnitz begleitet. Aber da nun auch Stine ausfiel, wollte sie Bente und Maddy nicht allein lassen, wenn um dreizehn Uhr der Startschuss für das Straßenfest fiel.

Weil ihr die Beerdigung noch in den Knochen saß, war sie laufen gegangen. Ihre Beine fühlten sich an wie aus Blei. Es war fürchterlich gewesen: Pauls Verzweiflung über den Verlust seines Vaters, Jeremys stille Resignation, Frau Rieslers Tränenfluten, der Anblick der Witwe. Sie hatte die ganze Zeit an die drei kleinen Kinder denken müssen.

Nachdem sie sich zwei Mal durch den feuchtschwülen Schlosspark gekämpft hatte, überquerte sie die Ossietzkystraße und lehnte sich an der gegenüberliegenden Seite ans Brückengeländer. Die Panke plätscherte verhalten, als wolle sie sich keinesfalls überanstrengen an diesem späten Sommertag. Hier, in diesem scheinheiligen Wässerchen, hatte sie Tommy vor zweieinhalb Wochen gefunden. Und heute wusste sie immer noch nicht, wie er gestorben war. WER IHN UMGEBRACHT HATTE. Aber sie würde nicht aufgeben wie Jeremy, der sich auf die unergründlichen Wege des Herrn zurückzog. Sie konnte das nicht. Schon wegen Paul nicht. Und weil sie das Gefühl hatte, Tommy etwas schuldig zu sein. Die Wahrheit nämlich. Sie *würde* herausfinden, wie Tommy gestorben war.

Sie schlug mit der flachen Hand auf die Steinbrüstung und lief weiter.

Vom Tor des Skulpturengartens trat unerwartet ein Mann auf den Gehweg. Sie schaffte es nicht mehr, ihr Tempo zu drosseln, und versuchte nach links auszuweichen. Er ebenfalls. Sie knallten frontal gegeneinander und taumelten, aneinandergeklammert auf die Straße. Der Mann war Noby.

»Ariane! Du hast ja ein Tempo drauf so früh am Morgen.«

»Tut mir leid.« Sie massierte ihre linke Schulter, die mit seiner rechten kollidiert war.

Dann bemerkte sie das Pflaster auf seiner Stirn und die orthopädische Halskrause.

»Wie du siehst, bin ich schon vorgeschädigt«, sagte er mit einem schwachen Grinsen.

»Was ist denn passiert?«

»Wir hatten einen kleinen Autounfall.«

»Ihr?«

»Lee-An und ich. Auf der Rückfahrt von Zürich. Aber keine Angst, dem Baby ist nichts passiert.«

Sie versuchte, ihre Mimik unter Kontrolle zu kriegen, aber ihr Gesicht zuckte wie verrückt.

»Ist Lee-An verletzt?«

»Ein paar Prellungen. Ein unschönes Hämatom am Auge. Bei eurer Modenschau kann sie nicht auftreten«, er zwinkerte, »aber sonst ist alles im grünen Bereich.«

Sie lehnte sich an den Zaun der Galerie.

»Und wo steckt sie jetzt?«

»Zu Hause natürlich. Wo sonst?« Er musterte sie besorgt. »Ist wirklich alles okay, Ari? Soll ich dich nach Hause bringen?«

Er deute auf einen silbernen Mercedes mit Schweizer Kennzeichen, der auf der anderen Straßenseite im Parkverbot stand. Der Mercedes war ein Dienstwagen, das Auto, mit dem er immer in Berlin aufkreuzte. Er zeigte keine Unfallspuren, keine, die man mit bloßem Auge erkennen konnte jedenfalls.

Sie schüttelte den Kopf. »Danke, Noby. Alles gut. Grüß Lee-An von mir.«

»Aber natürlich.«

Fröhlich winkend stieg er in den Mercedes und fuhr davon.

Sie drückte den Rücken gegen die Gitterstäbe des Zaunes, schloss die Augen, atmete dreimal tief ein und aus und öffnete sie wieder.

Sie spürte immer noch die Stäbe des Zaunes in ihrem Rücken. Sie hatte nicht geträumt. Noby hatte Lee-An in seine Finger gekriegt und zog unverfroren seine Schmierenkomödie ab. Es war höchste Zeit, Schade anzurufen. Sie tastete nach ihrem Handy und stellte fest, dass sie Laufshorts trug. Sie nahm das Handy nie mit, wenn sie laufen ging.

Catherine erwachte von einem Geräusch im Hof. Marc schlief noch. Sie hatte ihnen für Freitagnacht eine sturmfreie Bude organisiert. Die Zwillinge übernachteten bei Freundinnen, Anton hatte sie bei Rosa einquartiert. Sie hatte ihr fünfzig Euro zugesteckt, damit sie mit den Jungen eine Pizza essen gehen konnte, was Rosa natürlich nicht tun würde. Rosa würde die Jungen mit Tiefkühlpizza abspeisen und den Fünfziger in die Haushaltskasse stecken. Rosa stand das Wasser bis zum Hals. Sie brauchte jeden Cent.

Marc war erst um zwei Uhr morgens nach Hause gekommen und, nach Alkohol und Zigaretten stinkend, wie ein Stein ins Bett gefallen. Sein Schnarchen hatte sie bis um fünf wach gehalten. Dann musste sie doch noch weggedämmert sein.

Sie tastete nach dem Handy auf ihrem Nachttisch. Gleich neun. In Anbetracht der kurzen Zeit, die ihnen blieb, bis Rosa Anton zurückbringen würde – sie hatten zwischen zehn und elf ausgemacht –, musste sie Marc schleunigst wach kriegen. Sie rollte sich auf seine Seite und schlüpfte unter die Bettdecke. Sie hatte das schon immer gehasst und er hatte es schon immer geliebt. So einfühlsam wie möglich machte sie sich an ihm zu schaffen. Trotzdem dauerte es eine gute halbe Stunde, bis er endlich in ihrem Mund kam. Sie lief ins Bad, um sich die Zähne zu putzen. Als sie unter der Dusche stand, kam er herein. Einen Moment lang befürchtete sie, er wolle ihr eine Gegenleistung aufdrängen, aber er hatte es nur eilig. Er war am späteren Vormittag in einem Golfresort in Brandenburg verabredet, mit einem Klienten. Während sie das Frühstück vorbereitete, versuchte sie sich daran zu erinnern, wann er aufgehört hatte, ihr von solchen Verabredungen zu erzählen.

Sie beschloss, den Tisch auf dem Balkon zu decken, und trug alle Zutaten hinaus: seine englische Orangenmarmelade, seinen deutschen Bienenhonig, seine irische Butter. Von den französischen Aufback-Croissants, die er so liebte, waren keine mehr im Gefrierfach. Sie sollte Camilla, ihre Halbtagshaushälterin, endlich feuern. Sie vergaß dauernd was.

Catherine kannte den Klienten, mit dem Marc verabredet war. Sie kannte auch diesen Golfplatz. Früher hatte Marc sie ab und zu dorthin mitgeschleppt, wobei sie sich jedes Mal fast zu Tode gelangweilt hatte. Was anderes könne man auf einem Golfplatz ohnehin nicht tun, hatte Jaguar gesagt.

Während er, in einer Hand den mit Honig beträufelten Toast, die Termine auf seinem Smartphone checkte, überlegte sie, wann er aufgehört hatte, sie zu fragen, ob sie ihn zu diesen halb privaten Terminen begleiten wolle. Hatte er endlich begriffen, dass ihr Pariser Chic in den Kreisen, aus denen er seine Klienten bezog, längst obsolet geworden war und sich eine russische Geliebte viel besser machte?

Hatte sie es wirklich nötig, sich solche Fragen zu stellen?

Mit bebenden Fingern griff sie nach der Schachtel mit Cerealien, die sie, in fettfreien Yoghurt gerührt, morgens zu sich nahm. Dabei stieß sie mit der Hand gegen ihren O-Saft. Sie schrie leise auf.

»Alles okay?«, fragte Marc.

Sie nickte so heftig, dass ihr dünnes, vom Duschen feuchtes Haar um ihr Gesicht schwang. Jaguar hatte gesagt, ihre zierliche Nase, ihr zarter Teint und ihr feines Haar erinnerten an Isabelle Huppert. Sie bezweifelte, dass Marc Isabelle Huppert jemals in seinem Leben wahrgenommen hatte. Sie bezweifelte, dass Marc eine Alternative zu Jaguar sein konnte. Aber eine andere hatte sie nicht.

»Alles gut«, sagte sie und setzte, damit er sich nicht sofort wieder in sein Handy vertiefte, hinzu: »Ich mache mir nur Sorgen um Nova.«

»Hat sie sich schon gemeldet? Sie haben Tommy doch gestern unter die Erde gebracht, oder?«

Sie hatten von der Kanzlei aus ein Gesteck nach Hamburg geschickt.

Marc hatte mit Tommy zwar mehr zu tun gehabt als mit Nova, aber besonders eng waren sie auch nicht gewesen. Sie hatten ab und zu auf dem Helmi ein Bier zusammen getrunken und das Grillgut fürs Sommerfest eingekauft. Offenbar ging Marc Ähnliches durch den Kopf, denn er fragte: »Das jährliche Grillen sparen wir uns in diesem Jahr lieber, oder?«

Sie nickte. »Nova wird den Rest des Sommers vermutlich ohnehin in Hamburg verbringen. Und Rosa wohnt auch nur noch ein paar Wochen hier.«

Rosa hatte keine Gütertrennung mit Reiko vereinbart. Wahrscheinlich hatte sie angenommen, durch eine Heirat nur gewinnen zu können. Wenn man ihre Herkunft betrachtete, hatte sie sich auch nicht wirklich verschlechtert. Trotzdem waren es ziemlich trübe Aussichten, mittellos mit zwei kleinen Kindern dazustehen.

»That's life.« Marc griff nach der Kaffeekanne.

Er bevorzugte starken, bitteren Filterkaffee, wie sie ihn nur aus »typisch deutschen« Haushalten kannte. Sie selbst trank seit Jahren morgens nur noch grünen Tee, um die freien Radikale auszubremsen.

»Du weißt ja, dass ich mich immer verantwortlich fühle für Nova.«

»Und ich hab dir immer gesagt, dass ich das für einen Fehler halte. Die Frau braucht einen Arzt.«

»Das weiß ich doch, Marc.«

Er sah nicht von seinem Handy auf. »Tatsächlich?«

Sie seufzte demütig. »Ich fürchte, ich habe etwas Dummes getan.«

»Ach? Was denn?«

»Ich habe Nova ein Foto geschickt, auf dem Tommy mit einer anderen Frau zu sehen ist.«

Er versetzte seinem Handy genervt einen Schubs. Es schlitterte einige Zentimeter über die Tischplatte, bis es von der Butterdose gestoppt wurde.

»Du hast was getan?«

Sie erzählte ihm, wie sie mit Evelin Bender beim Chinesen gewesen und Tommy mit dieser exotischen Schönen hereingekommen war und die beiden bis spät in die Nacht an der Bar miteinander geflirtet hatten.

»So what?«, fragte er.

»Du glaubst, das ist kein Problem?«

Er zuckte mit den Schultern.

»Frauen machen so was. Und Männer wissen, dass Frauen so was machen. Tommy hätte sich vorsehen müssen. Im Dim Sum, ich bitte dich!«

»Und wenn das Foto mit seinem Tod zu tun hatte?«

»Inwiefern sollte es das?«

Marc sah sie endlich an. Das Alter hatte seinem Gesicht nicht viel anhaben können. Es war etwas schmaler, die Züge etwas schärfer geworden. Die meisten Frauen würden ihn vermutlich sogar noch attraktiver finden als vor zwanzig Jahren. Bei ihr war das anders. Sie empfand nicht mehr das Geringste für ihn. Nicht einmal Abneigung. Das Einzige, woran sie denken konnte, war dieser Karton im Keller. Und dass er der Einzige war, der ihr helfen konnte, wenn dieser Karton explodierte. Und das würde er über kurz oder lang.

»Glaubst du etwa, dass Nova Tommy umgebracht hat, weil er sie betrogen hat?«

Seine Stimme klang ganz sachlich.

»Nein, eigentlich nicht.«

»Worum sorgst du dich dann?«

Sie biss sich auf die Unterlippe. Plötzlich hatte sie das Gefühl, dass das hier alles sinnlos war, dieses Gespräch, ihr ganzes Leben. Dass es eigentlich egal war, ob dieser Karton explodierte, dass er es sogar besser früher als später tun sollte.

»Wer weiß sonst noch von dem Foto?«, fragte er weiter. »Evelin Bender?«

Natürlich, Klienten first! Hauptsache, die Kanzlei stand makellos da. Nicht dass sie das anders sah, normalerweise.

Er musterte sie scharf. »Also, was ist?«
»Evelin Bender weiß nichts von dem Foto.«
»Na, dann ist doch alles gut.«
»Ich bin einfach ein bisschen müde«, sagte sie. »Die Sache mit Tommy ist mir an die Nieren gegangen. Dir nicht?«
Er steckte das Handy in die Brusttasche seines Polohemdes.
»Du siehst wirklich fertig aus.«
»Findest du?«
Er nickte. »Wenn du dir eine kleine Auszeit nehmen willst, tu dir keinen Zwang an. Ich komme mit Anton und den Mädels ganz gut alleine klar.«
Er stürzte im Aufstehen den Rest seines Kaffees hinunter und ging.
Fallen gelassen, dachte sie.
Er hat mich fallen gelassen wie eine heiße Kartoffel.
Auch wenn die Redewendung sinngemäß nicht ganz hinkam. Er hatte sie fallen gelassen wie eine *alte, verschrumpelte* Kartoffel. Aber sollte sie das wirklich noch stören?

Als er in Pillnitz ankam, war niemand da. Stine und ihre Eltern hatten einen Termin beim Bestatter. Rieke und Milan Bokran hatten Greta in das Krankenhaus begleitet, in dem Ekke aufgebahrt war.
Mina fand er mit den Kindern der Feriengäste in der Scheune. Er sagte, er habe noch was zu erledigen, und ging ins Haus, wo er sofort ins Dachgeschoss hochstieg. In Gretas Zimmer befanden sich nur ein hohes Bett mit geschnitztem Kopfteil, ein Tisch und ein Lehnstuhl, der so ans Fenster gerückt war, dass sie in den Garten sehen konnte.
Er öffnete das Fenster. Würziger Lavendelduft vom Kräutergarten lag in der Luft. Auf dem Hof mühte sich ein Dreikäsehoch auf einem Dreirad ab. Paul schloss das Fenster und ging durch die schmale Verbindungstür in Ekkes Schlafstube. Die war noch enger. Außer dem Bett passte nur

noch ein alter Bauernschrank hinein. Die Tür quietschte, als er sie vorsichtig aufzog. In der einen Schrankhälfte hingen ein paar Sachen auf Bügeln, Kleider und Röcke von Greta. Die andere war mit Regalbrettern unterteilt. Er fuhr mit der flachen Hand unter die Wäschestapel und kam sich total bescheuert vor. Bestimmt hatte er gleich ein Postsparbuch aus der Vorwendezeit oder ein Päckchen vergilbter Liebesbriefe in der Hand. Er wusste ja nicht mal, wonach er suchte. Unten in der Waschküche hatte er zwei große Umzugskartons mit persönlichem Kram der Alten gefunden, hier oben auf dem Treppenpodest stand noch ein dritter. Sollte er die wirklich alle durchwühlen? Andererseits: Wer nicht suchte, konnte nichts finden. Und er war sich ziemlich sicher, dass hier etwas zu finden war.

Er hatte den alten Faust vor längerer Zeit in den Obstbäumen des Skulpturengartens beobachtet. Der Alte hatte alles andere als gebrechlich auf ihn gewirkt. Außerdem waren er und Greta die Einzigen, die ein handfestes Motiv hatten. Sein Vater war der Feind, der sie aus ihrem geliebten Garten vertreiben wollte.

Im Schrank war nichts.

Widerstrebend ließ er sich auf die Knie sinken, um unter dem Bett nachzusehen.

Der Abstand zwischen Bett und Dielen war so schmal, dass er sich flach auf den Bauch legen musste. Die Nase im Staub, entdeckte er etwas Schwarzes, das in die Lücke zwischen dem Kopfende und der Wand geschoben worden war. Er zog das Bett ein paar Zentimeter von der Wand weg und holte eine abgewetzte braune Aktentasche mit Messingschlössern hervor.

Die Tasche war überraschend schwer. Er musste eine Weile an den Messingrädchen in den Schlössern herumfummeln, bevor er sie aufkriegte. Im ersten Moment hielt er das Ding in seiner Hand für ein Werkzeug, dann sah er das Schildchen an dem bronzenen Metallfuß und kapierte, dass es sich um eine von Ekkes Skulpturen handelte. Sie bestand aus einem etwa dreißig Zentimeter langen Metallrohr, in dessen oberem Drittel zwei dünne, scharfkantige Dreiecke eingelassenen waren. Das Gebilde sah eigentlich eher aus wie ein doppeltes Wetterfähnchen als wie ein Tomahawk. Aber vermutlich konnte man es als Tomahawk verwenden, wenn man die Nerven dazu hatte. Er hielt das Ding ins Licht, das durchs Dachfenster fiel. Das gebürstete Metall schimmerte wie frisch poliert. Alle Blutspuren waren sorgsam abgewischt. Trotzdem war das hundertprozentig der Gegenstand, mit dem seinem Vater der Schädel eingeschlagen worden war. Er ließ den Griff los und die Skulptur krachte auf den Holzboden. Er schmiss sich aufs Bett und heulte laut auf.

Nachdem sie Schade zwei Mal auf die Mailbox gesprochen hatte, machte sie sich schweren Herzens auf den Weg in die Florastraße. Sie verstand nicht, warum er sie nicht zurückrief. Ob er noch in Hamburg war? Auf dem Rückweg war er ihr jedenfalls nicht mehr hinterhergefahren. Auf der Hinfahrt hatte sie ihn schon bei der Auffahrt auf die Autobahn bemerkt. Sie hatte fast damit gerechnet. Und, ehrlich gesagt, hatte sie seine Anwesenheit sogar beruhigt. Tommys Tod war immer noch nicht aufgeklärt. Was, wenn derjenige, der mit Tommy ein Problem hatte, auch eines mit ihr und Paul hatte? Irgendein durchgeknallter Hamburger Familienangehöriger, der um sein Erbteil fürchtete? Zwar war der Tommy, den sie kannte, nicht gerade dazu prädestiniert, ein Vermögen zu machen, aber sie wusste nicht, was in all den Jahren dazwischen passiert war. Außerdem hatte er eine Frau geheiratet, die offenbar so neurotisch war, dass sie nicht einmal die Existenz eines vor achtzehn Jahren gezeugten vorehelichen Kindes verkraftete.

Da Schade sein Inkognito wichtig schien, hatte sie weder Jeremy noch Paul auf ihn aufmerksam gemacht. Später auf dem Friedhof hatte sie ihn aus den Augen verloren, während sie sich mit Tommys Witwe bekanntgemacht hatten. Darauf hatte Jeremy bestanden. Natürlich hatte sie Nova Jenssen auf den ersten Blick erkannt, auch wenn sie ein bisschen anders ausgesehen hatte als vor zwei Wochen, als sie mit dem Foto von Lee-An im Faden aufgetaucht war. Hatte sie damals Tommys Geliebte gesucht oder Tommys Mörder? Oder beide in einer Person?

Als Paul ihr auf der Rückfahrt von Hamburg das Handy gezeigt hatte, wäre sie fast zusammengebrochen. Lee-An hatte Tommy in den Tagen vor seinem Tod täglich mehrmals angerufen. So verhielt sich keine Frau, die eine Affäre auf die leichte Schulter nahm.

War Noby dahintergekommen und hatte Tommy aus Eifersucht erschlagen? Was hatte er heute in aller Herrgottsfrühe in Hankas Galerie gewollt? Soweit sie wusste, kannte er Hanka gar nicht. Lee-An und Hanka konnten sich nicht ausstehen und achteten sorgsam darauf, möglichst wenig miteinander zu tun zu haben. Suchte Noby Tommys Handy, das sie in der Handtasche mit sich herumtrug, weil sie Schade nicht erreichte?

Warum rief Schade sie nicht an?

Vor dem Vorgarten von Luigis Enoteca blieb sie stehen. Das Straßenfest war bereits in vollem Gange. Aber bei Luigi waren die Jalousien heruntergelassen. Sie trat näher, um den Zettel an der Ladentür zu lesen. Wegen Krankheit geschlossen. Luigi hatte für das Fest mehrere Kisten Prosecco von einem italienischen Bio-Weingut liefern lassen. Ein paar Flaschen sollten als Kostproben während der Modenschau gereicht werden. Hatte Luigi Maddy oder Bente die Flaschen noch vorbeigebracht? Und wenn nicht, war er so geistesgegenwärtig gewesen, einer der beiden seinen Ladenschlüssel zu geben?

Sie spürte den Schweiß auf ihrer Stirn. Die fröhlichen Stimmen um sie herum dröhnten in ihren Ohren.

Warum nur meldete Schade sich nicht?

Langsam ging sie weiter.

Auf der Hauptbühne stellte die Leiterin der Musikschule den Kinderchor auf, während die Eltern sich auf den Zuschauerbänken drängten. Vor der Bühne standen George, Nadja und Hanka und unterhielten sich. Hanka war als Moderatorin für Stine eingesprungen. George hatte einen Arm um Nadjas Schultern gelegt, mit dem anderen hielt er Flo auf seiner Hüfte.

Als sie vor dem Faden ankam, verzierten Maddy und Bente den Laufsteg, den Hans und seine Jungs am Morgen aufgebaut hatten, mit Luftballons. In der Küche fand sie eine Kiste von Luigis Prosecco neben zwei Kartons mit Billig-Sektgläsern. Sie griff nach einem Geschirrtuch und begann mechanisch die Gläser auszureiben.

»Schon gehört, dass Lee-An und Noby zurück sind?« Bente streckte den Kopf durch die Küchentür. »Sie sind gestern Abend angekommen. Blöderweise hatten sie auf der Rückfahrt einen Unfall. Deshalb fällt Lee-An für den Laufsteg aus. Dem Baby ist aber nichts passiert.«

Ariane ließ das Geschirrtuch sinken. »Hast du sie persönlich gesprochen?«

»Nee, sie hat mich angerufen.«

»Und was ist mit Luigi?«

Bente kicherte. »Das weiß keiner so genau. Noby hat ihm heute Morgen einen Besuch abgestattet. Offenbar war er stinksauer über die Gerüchte, die Luigi über Imhoff und Lee-An verbreitet hat. Kann sein, dass ihm die Hand ausgerutscht ist.«

»Gerüchte?«, echote Ariane.

»Na, über ihre angebliche Affäre. Offenbar beruht alles auf einem großen Missverständnis. Dieses Foto ist bei dem Essen einer Kulturstiftung entstanden, in der sowohl Noby wie Imhoff sitzen. Und Lee-An war eben auch manchmal dabei. Daher kannte sie Imhoff.« Bente zuckte mit den Schultern. »Vielleicht gar nicht so schlecht, wenn Luigi mal Grenzen aufgezeigt bekommt, oder? Bei Hanka war Noby übrigens auch. Die hat das Gerücht ja eifrig mitgeschürt.«

»Aber wieso hat Lee-An uns nie erzählt, dass sie mit Imhoff befreundet war?«

Bente zuckte wieder mit den Schultern. »Hätte ich vielleicht auch nicht gemacht. Du weißt ja, wie allergisch Maddy auf die NordInvest reagiert.«

Sie legte beide Arme um Ariane und schüttelte sie leicht. »Jetzt guck doch nicht so! Hauptsache, sie ist wieder da. Und jetzt müssen wir dich für die erste Runde einkleiden. Was hältst du von diesem entzückenden Modell?« Sie hielt einen taubengrauen Hosenanzug aus einem leichten Wollstoff in die Höhe.

Nach dem Telefonat mit Jana hatte er darauf bestanden, dass sie sofort mit einem Taxi nach Blankenese zurückfuhren. Anja war aus dem Kopfschütteln gar nicht mehr herausgekommen.

»Dieser Fall scheint dich echt gepackt zu haben, Schade. Ich möchte wirklich gern wissen, wem du hier was beweisen willst.« Das fragte er sich, ehrlich gesagt, auch.

Er bat sie, ihren Weinhändler zu grüßen, und fuhr auf die Autobahn nach Berlin.

Kurz nach zwei kam er am Labor an, wo ihm die Wochenendbesetzung kopfschüttelnd die Tüte mit den Stiefeln aushändigte. Dass die Kleine von der Spusi die Stiefel aus dem Hut-Atelier mitgenommen hatte, erklärte sie für beförderungsreif. Es war ihr aufgefallen, dass die Sohlen der Stiefel sandig gewesen waren, während sich sonst nirgends in den frisch geputzten Ladenräumen Sand befunden habe. Und dann sei ihr der Fleck am Rand der Sohle aufgefallen.

Wie immer, wenn er kurz davor war, einen Fall zu lösen, überkam ihn eine große Ruhe. Gerade wenn man spürte, dass man kurz davor war, durfte man nichts überstürzen. Denn kurz davor war halt kurz davor. Das Blatt konnte sich immer noch wenden.

Und dann war man raus.

Die Flora war wegen des Straßenfestes gesperrt. Er musste am U-Bahnhof Pankow wenden. Während er sich wieder von Pankow entfernte, überlegte er, wie er von hinten in die Gaillardstraße kam. Schließlich suchte er sich einen Parkplatz jenseits der S-Bahnunterführung, von dem aus er fünf Minuten zu Fuß gehen musste, mit der Plastiktüte in der Hand. Auf einer Bank am Spielplatz im Flora-Park saßen zwei Mütter mit Kaffeebechern und genossen die Stille. Alles, was auf eigenen Füßen stehen konnte, tummelte sich auf der Festmeile.

Das Garagentor der Lossamer-Taus war zu, genau wie am Donnerstag. Daneben stand ein silberner Mercedes mit Schweizer Kennzeichen im Carport.

Norbert Lossamer war klein und rundlich und sprach ein gepflegtes, akzentfreies Hochdeutsch. Nach einem wohlwollenden Blick auf seinen Dienstausweis bat er ihn einzutreten. Seine Frau sei auf der Terrasse. Sie hätten gerade überlegt, mal beim Straßenfest vorbeizuschauen, aber seine Frau fühle sich noch ein wenig blessiert von ihrem Unfall und wolle doch lieber zu Hause bleiben.

Lee-An Tau trug einen geblümten Seidenkimono und eine Sonnenbrille. Nachdem sie ihm die Hand gegeben hatte, schob sie die Brille ins Haar.

»Entschuldigen Sie den Anblick, aber wir hatten auf der Heimfahrt einen Auffahrunfall.«

Die Verletzung sah zwar eher nach der feisten Faust ihres Ehemanns aus als nach einem Auffahrunfall, aber das musste sie selber entscheiden.

»Waren Sie schon in Ihrem Geschäft?«

Sie schüttelte den Kopf. »Ich wollte. Aber die Hausverwaltung hat die Schlösser ausgewechselt. Und die ist erst am Montag wieder erreichbar.«

»Ich bringe Ihnen etwas vorbei, was meine Kollegen in Ihren Geschäftsräumen sichergestellt haben.«

Verständnislos blickte sie auf die Tüte, durch die Stiefel hindurchschienen.

»Stiefel?«

»Die Kollegen vom Einbruch haben sie im Labor untersuchen lassen.«

Sie verschränkte die Arme hinter dem Rücken, als könne sie auf diese Weise das Unheil von sich abhalten.

»Das sind nicht meine Stiefel.«

»Sie besitzen keine solchen Cowboystiefel?«

Endlich griff sie zur Tüte und sah hinein.

»Ich habe ähnliche. Aber das sind nicht meine.«

»Größe 38 tragen Sie nicht?«

»Ich habe Größe 38, aber das sind trotzdem nicht meine Stiefel.«

»Wollen Sie sie nicht genauer ansehen?«

Er hörte ein Schnaufen. Es kam von Norbert Lossamer, der, ein Tablett mit einer Wasserkaraffe und Gläsern in den Händen, hinter ihm stand.

»Glauben Sie mir, Herr Kommissar, wenn meine Frau eine Sache aus fünfhundert Metern Entfernung mit hundertprozentiger Sicherheit erkennt, sind es ihre Schuhe.«

»Ich habe tatsächlich ganz ähnliche Stiefel, aber diese gehören mir nicht«, wiederholte Lee-An Tau. »Außerdem bewahre ich keine Schuhe in meinem Atelier auf. Meine gesamte Garderobe befindet sich hier im Haus.«

»Ach!« Er griff nach dem Wasserglas, das Noby Lossamer ihm reichte. »Dann könnte ich Sie ja direkt bitten, Ihr Paar mal eben aus dem Schuhschrank zu holen.«

»Ich glaube, Noby, wir sollten unseren Anwalt anrufen«, sagte sie.

Ihr Ehemann zuckte mit den Schultern.

»Hol sie doch einfach, Butterfly.«

»Das geht nicht.«

»Warum nicht?« Seine Stimme hat einen leicht gereizten Unterton angenommen.

»Weil die Stiefel nicht hier sind. Sie sind in Magdeburg.« Sie wandte das Gesicht wieder Schade zu. »Bei meiner Tante. In Magdeburg. Ich habe sie bei meinem letzten Besuch dort vergessen.«

Lossamer tippte sich mit den Fingerspitzen an die Stirn, als sei ihm soeben eingefallen, dass seine Frau natürlich recht hatte. Er drehte sich mit einem bedauernden Lächeln zu ihm. »Wir müssten tatsächlich einen kleinen Ausflug nach Magdeburg machen, um die Stiefel herbeizuschaffen. Aber vielleicht können Sie uns erst einmal erklären, was es mit diesen hier«, er deute auf die Tüte, »auf sich hat?«

Schade lächelte freundlich zurück. »An diesen Stiefeln, die die Kollegen im Atelier Ihrer Frau gefunden haben, wurden Blutspuren festgestellt.« Er drehte sich zu Lee-An. »Blutspuren von Thomas Imhoff.«

»Mag sein. Aber es sind trotzdem nicht meine Stiefel«, antwortete Lee-Ann.

Der Schweizer erhob sich mit überraschender Behändigkeit.

»Du hast recht, Butterfly. Ich rufe doch mal eben Marc Teuffel an.«

»Du kleines Arschloch!«, schrie Milan Bokran ihn an. »Du hättest sie fast umgebracht!«

Das hatte er natürlich nicht gewollt. Aber als er Greta den Tomahawk gezeigt hatte, hatte sie so heftig angefangen zu hyperventilieren, dass Stine und ihre Mutter drauf und dran gewesen war, einen Krankenwagen zu rufen. Aber dann hatte Stine sie beruhigen können und ihr ein leichtes Schlafmittel verabreicht.

»Wie kann man nur so unsensibel sein«, schrie Milan Bokran und fuhr sich mit der Hand durch sein fettiges Haar. Er wollte echt nicht wissen, wie oft der Typ sich die Haare wusch. Saß da mit der Bierflasche in der Hand im Fernsehsessel von Riekes Opa und führte sich auf wie Graf Koks.

Auch Rieke verdrehte die Augen. Mit Manni, Stines Neuem, war sie echt besser dran als mit diesem Flachbohrer. Der wollte es doch nur nicht wahrhaben, dass sein Vater ein Mörder war. Aber so war's halt nun mal.

Stine kam die Treppe vom Dachgeschoss herunter.

»Greta schläft jetzt«, sagte sie. »Und Oma hat sich auch hingelegt.«

»Ich finde, wir sollten uns mal unterhalten, Mama.« Rieke deutete auf den Tomahawk, der immer noch auf dem Esstisch lag. »Und zwar darüber.«

Stine sah auf ihre Armbanduhr. Es war kurz nach acht.

»Wolltet ihr nicht noch nach Berlin zurückfahren?«

»Heute nicht mehr«, sagte Paul.

Sie nickte. »Na schön. Setzen wir uns raus.«

Er und Rieke erhoben sich. Milan Bokran ebenfalls. Stine stoppte ihn mit ausgestrecktem Arm.

»Du nicht, Milan. Mit dir rede ich nicht. Du hast auch jahrelang nicht mit mir geredet.«

Sie holten sich jeder eine Flasche Bier aus der Waschküche und setzten sich auf die Bank hinterm Haus. Vor ihnen erstreckte sich die Obstwiese, in der Ekkhardt in den letzten Tagen seines Lebens etwas Frieden gesucht hatte. Hinter den Bäumen ging die Sonne unter. Rieke begann zu zittern. Er zog sein Sweatshirt aus und legte es um ihre Schultern.

»Ekke hat deinen Vater nicht umgebracht«, sagte Stine.

»Der Tomahawk ist nicht die Tatwaffe?«

»*Zukunft II*, wie die Skulptur übrigens heißt, *ist* die Tatwaffe. Aber Ekke hat Imhoff nicht damit erschlagen. Als Ekke ihn fand, war er schon tot.«

»Mama, bitte«, Rieke drückte ihr Gesicht an seinen Arm. »Sag einfach, wie's war.«

»Ekke und Greta kamen früher als geplant aus Friedrichshagen zurück. Sie hatten vom Bahnhof zur Galerie ein Taxi genommen. Ekke hat Greta mit dem Rollstuhl zur Remise gefahren und ist dann noch mal umgekehrt, um das Gepäck zu holen, das der freundliche Taxifahrer einfach in die Einfahrt gestellt hatte. Greta hat sich mit ihren Krücken in die Remise gearbeitet und fand Imhoff quer über dem Bett in einer Blutlache. Die Skulptur lag neben ihm. Es muss so ein schrecklicher Anblick gewesen sein, dass sie in eine Art Schockstarre fiel. Wahrscheinlich so ähnlich, wie gerade eben. Ekke fand sie, zog sie aus der Schlafnische und versuchte, sie irgendwie zu beruhigen. Dann rief er mich an.«

»Und woher weißt du, dass *er* meinen Vater nicht erschlagen hat?«, fuhr er auf.

Sie machte eine abwehrende Handbewegung. »Warte ab, Paul. Im dem Moment, in dem ich die Remise betrat und Imhoff in der Blutlache sah, habe ich tatsächlich dasselbe gedacht wie du.«

»Und du hast nicht die Polizei gerufen?«, schrie er.

»Nein, hab ich nicht! Denn ich dachte, wenn die Ekke mitnehmen, dann stirbt mir Greta unter den Fingern weg. Das steht sie nicht durch. Also habe ich mir Handschuhe gesucht, den Wagen des Dippeling hinter die Remise gefahren, die Alten samt Gepäck in mein Auto gepackt und nach Pillnitz gebracht. Aber schon unterwegs ist mir klar geworden, dass Ekke es nicht getan haben konnte. Ich war in der Praxis, als sein Anruf mich erreichte. Es war kurz vor sieben, ich habe noch ein bisschen aufgeräumt. Meine letzte Patientin war vor einer halben Stunde gegangen. Ich war panisch, als Ekke sagte, was passiert ist, und bin sofort ins Auto gesprungen. Zehn Minuten nach seinem Anruf war ich in der Galerie. Das Blut war ziemlich tief in die Matratze gelaufen. Auf dem Bettvorleger war es schon geronnen. Der Tote lag mindestens schon eine Stunde da. Und die beiden waren gerade erst angekommen. Ihr Koffer stand vor der Remise, Greta hatte noch nicht mal ihre Jacke ausgezogen. Von unterwegs habe ich Hanka angerufen. Die war zum Glück schon auf dem Weg nach Berlin. Als ich so gegen so 23 Uhr wieder an der Galerie ankam, war sie mitten in den Aufräumarbeiten.«

»Aufräumarbeiten?«, echote Rieke.

Stine nickte.

»Sie hatte sich wie ich dagegen entschieden, die Polizei zu rufen. Sie war auch überzeugt davon, dass Ekke den Dippeling nicht umgebracht hatte. Und Greta hat es später bestätigt.«

Rieke und er sahen sich an. »Aber Greta ist fast blind!«

»Manchmal sieht sie mehr, als sie zugeben möchte«, sagte Stine. »Außerdem hat sie mir gesagt, sie habe das Blut sofort gerochen, als sie die Remise betrat. Ich weiß nicht, ob ihr schon mal irgendwo so viel Blut gesehen habt. Man riecht es wirklich.«

Rieke presste die Hände an ihre Wangen. »Bitte, hör auf, Mama!«

»Und dann?«, fragte er.

»Wir haben überlegt, wie wir die Leiche loswerden könnten. Ich wollte George um Hilfe bitten, aber Hanka war absolut dagegen, noch jemanden reinzuziehen. Im Garten vergraben wollte sie ihn nicht wegen der Bauarbeiten, die über kurz oder lang anstehen. Dann kam uns das Gewitter zur Hilfe. Die Straßen waren wie leergefegt, es goss wie aus Kübeln. Das Wasser würde alle Spuren wegwaschen. Wir hoben Imhoff in Gretas alten Rollstuhl und fuhren ihn zur Panke. Nachdem wir ihn ins Wasser befördert hatten, begann Hanka die Remise sauber zu machen, und ich versuchte, Imhoffs Auto loszuwerden. Ich wollte es auf dem Parkplatz des Projektbüros abstellen, aber in der Gaillardstraße war ein Feuerwehreinsatz und ich kam nicht durch. Also habe ich den Wagen vor Arianes Schaufenster geparkt.« Sie warf ihm einen entschuldigenden Blick zu. »Ich hatte keine Ahnung, dass ihr mit Imhoff sozusagen verwandt seid, sonst hätte ich mir was anderes gesucht. Dann bin ich zurück zur Panke gelaufen, habe den Autoschlüssel zu Imhoff ins Wasser geworfen, die Sachen von Greta und Ekke, die ich angeblich holen wollte, ins Auto gepackt und bin zurück nach Pillnitz gefahren.«

»Das Handy meines Vaters war nicht bei diesen Sachen, nehme ich an?«

Sie sah ihn einen Moment lang irritiert an.

»Sein Handy steckte in der Freisprechvorrichtung seines Wagens. Ich habe es nicht angerührt.«

»Er besaß noch ein zweites. Greta hat es gefunden«, sagte Rieke. »Sie hat versucht, damit Kontakt zu ihm«, sie machte eine Kopfbewegung zur Haustür, »aufzunehmen.«

»Sie ahnte, dass es für sie und Ekke brenzlig werden würde«, sagte Stine. »Deshalb hat sie bei Milan Hilfe gesucht.«

»Und wenn die Polizei euch doch noch draufkommt?« Rieke griff nach der Hand ihrer Mutter.

Stine schüttelte den Kopf. »Ich habe einen von Hankas Arbeitsoveralls übergezogen, als ich den Wagen weggefahren habe, und Hanka hat die Remise regelrecht ausgeweidet. Das Bettzeug ist längst in der Müllverbrennungsanlage. Sie hat sogar das Linoleum rausgerissen. Ich glaube nicht, dass da noch was zu finden ist.«

»Aber wer hat ihn umgebracht?« Rieke sah von ihm zu ihrer Mutter und zurück. »Und wie ist dein Vater überhaupt in die Galerie gekommen? War die nicht abgeschlossen, während Hanka im Urlaub war?«

Stine zögerte.

»George hatte einen Schlüssel. Er muss das Tor offen gelassen haben. Ebenso die Remise. Er und Hanka hatten ja schon begonnen, sie auszuräumen, während Ekke und Greta in Friedrichshagen waren. Abgesehen von ein paar Möbeln war da nichts Wertvolles mehr drin.«

»Wenn es Ekke nicht war, war es doch die Geliebte«, sagte er.

»Wer? Lee-An?«, fragte Stine.

»Sie hat ihn kurz vor seinem Tod mindestens dreimal täglich angerufen. Und sie ist schwanger. Wahrscheinlich ist das Kind sogar von ihm.«

»Also Paul«, sagte Stine, »jetzt spinnst du wirklich.«

Kurz nach zehn klingelte es. Einen Augenblick lang hoffte sie, dass Paul und Mina doch noch aus Pillnitz zurückgekommen wären. Aber sie hatte erst vor einer halben Stunde mit Paul telefoniert. Und Elfis Alfa konnte nicht fliegen.

Es war Rainer Schade.

Er überreichte ihr eine Plastiktüte und eine Flasche von Luigis Hausfrauen-Merlot.

Sie ging vor ihm her in die Küche, wo sie am offenen Fenster gesessen hatte.

Auf dem Tisch stand bereits eine angebrochene Flasche ihrer Lieblingssorte.

Sie holte ein zweites Glas aus dem Schrank.

»Sie waren also bei Luigi. Wie geht's ihm denn?«

»Er behauptet, dass er unter ein einstürzendes Regal in seinem Vorratskeller geraten ist. Aber auf gut Berlinerisch würde ich sagen, jemand hat ihm gründlich die Fresse poliert.«

Sie goss Wein ein und schob ihm das Glas zu.

»Noby.«

Er setzte sich an den Tisch. »Glaube ich auch.«

»Wissen Sie, ob die Halskrause echt ist?«

Er nahm einen Schluck Wein und behielt ihn prüfend im Mund.

»Gar nicht so schlecht, Ihre Lieblingssorte.«

»Die Halskrause?«

Er zuckte mit den Schultern. »Es gab gestern Nachmittag tatsächlich eine Massenkarambolage kurz hinter Zürich. Aber ich habe noch nicht herausbekommen, ob Norbert Lossamer darin verwickelt war. Vielleicht kriege ich am Montag Amtshilfe. Als er seine Frau am Samstagvormittag bei ihrer Tante in Magdeburg begrüßte, hatte er das Ding jedenfalls um.«

»Noby hat Lee-An aus Magdeburg geholt? Woher wissen Sie das?«

Er grinste sie breit an.

»Nach Magdeburg habe ich genug persönliche Beziehungen, um nicht auf Amtshilfe angewiesen zu sein. Ich habe einen Kollegen gebeten, sich vors Haus zu stellen.«

»Und woher wusste Noby, dass Lee-An dorthin wollte?«

»Ich nehme mal an, als gewiefter Jurist hat er sich über das Vorleben seiner Frau informiert. Ihre Freundin Lee-An ist die Tochter ehemaliger vietnamesischer Vertragsarbeiter und in Magdeburg aufgewachsen. In die chinesische Hutmacherin hat sie sich erst nach ihrem Modedesign-Studium verwandelt.«

Genau so etwas hatte sie schon geahnt.

»Und woher wissen *Sie* das?«

»Ich habe ein wenig in unseren Archiven recherchiert.« Er grinste wieder. »Sie wissen ja, wie schnell man bei uns aktenkundig wird.«

»Weshalb wurde Lee-An denn aktenkundig?«

Er schüttelte den Kopf.

»Tststs!«

Sie seufzte. »Okay. Wie geht's ihr?«

»Das Hämatom am Auge geht zurück. Sonst ganz fidel. Streitet jedenfalls jegliche unlauteren Machenschaften ab.«

Sie stand auf und ging in den Flur, wo sie ihre Handtasche abgelegt hatte. Sie legte das Handy nebst Ladegerät vor ihn auf den Tisch.

»Thomas Imhoffs Zweithandy. Sie hat ihn in den Tagen vor seinem Tod ständig angerufen.«

Schade schaltete das Handy ein. Sie beugte sich über seine Schulter, um ihm die Codierung der Nummern zu erklären.

»Sie glauben also, dass Ihre Freundin ihn erschlagen hat? Warum? Weil er mit ihr Schluss machen wollte?«

Sie starrte ihn an.

»Nein! Ich glaube zwar, dass die Sache zwischen den beiden sehr viel ernster war, als sie sie mir gegenüber dargestellt hat. Aber deswegen hat sie ihn eben nicht umgebracht. Im

Gegenteil. Ich vermute, dass sie mit ihm durchbrennen wollte. Und dass Noby davon Wind gekriegt hat.«

»Und Imhoff erschlagen hat?«

»Hat er es getan?«, fragte sie zurück.

Er schüttelte den Kopf. »Lossamer hat ein wasserdichtes Alibi. An dem Tag, an dem Imhoff getötet wurde, hatte er ein Geschäftsessen in Zürich. Danach ist er in sein Hotel gegangen und am nächsten Morgen in aller Herrgottsfrühe nach Luzern gefahren.«

Sie spürte, wie ihr Herzschlag sich beschleunigt. »Und Lee-An?«

Er wiegte den Kopf. »Ihr Alibi konnte ich noch nicht überprüfen. Angeblich hatte sie um 17 Uhr einen Massagetermin und von 17 Uhr 30 bis 19 Uhr mit ihrer Physiotherapeutin und einem befreundeten Logopäden im Garten der Physio-Praxis Wein getrunken. Leider sind sowohl die Therapeutin wie auch der Logopäde gerade nicht erreichbar.« Er seufzte. »Für mich jedenfalls nicht. Aber wie ich Herrn Lossamer einschätze, ist er gerade mit seinem findigen Anwalt dabei, diese Zeugen entsprechend zu präparieren. Wir müssen uns also beeilen, wenn wir ihr noch was nachweisen wollen.«

»Was wollen Sie Lee-An denn nachweisen?«

»Den Mord an Imhoff.«

Sie hätte fast ihren Wein umgestoßen.

»Das ist nicht Ihr Ernst!«

Er nahm die Plastiktüte, die er neben seinem Stuhl abgelegt hatte, und zog einen Stiefel hervor.

»Kennen Sie den?«

Es musste einer des Paares sein, das sie aus Lee-Ans Wohnung geholt hatte. Lee-An hatte die Cowboystiefel mit nach Magdeburg genommen.

Er deutete auf einen winzigen dunkelbraunen Fleck an der Spitze des Schuhs, der sich an der Sohle fortsetzte.

»Das ist Blut. Thomas Imhoffs Blut. Er muss mächtig geblutet haben. Dieser Stiefel war am Tatort.«

Als sie die Stiefel aus dem Schrank genommen hatte, war ihr der Fleck nicht aufgefallen. Sie hatte Lee-An also die Stiefel eingepackt, die Tommys Blutspuren trugen! Sie stand auf, nahm ein Glas aus dem Schrank, ließ es voll Leitungswasser laufen und trank es in einem Zug aus.

»Haben Sie die Stiefel bei ihrer Tante in Magdeburg gefunden?«

Er sah sie verständnislos an.

»Wieso in Magdeburg?«

»Ich habe sie aus ihrer Wohnung geholt, weil sie was zum Anziehen brauchte. Sie hat sie mit nach Magdeburg genommen.«

»Das kann nicht sein«, sagte Schade entschieden. »Die Kollegen haben diese Stiefel in Frau Taus Atelier sichergestellt. Und zwar in der Nacht, als der Brandanschlag verübt wurde. Sie können sie ihr gar nicht eingepackt haben. Oder ist es möglich, dass Frau Tau mehrere Paare brauner Cowboystiefel besitzt?«

»Möglich ist alles.« Lee-An besaß Unmengen von Schuhen. »Aber ich war vor dem Einbruch in dem Atelier. Ich habe keine Stiefel gesehen.«

Er schluckte.

»Vielleicht haben Sie sie übersehen.«

»Wo sollen sie denn gewesen sein?«

Er zog ein Notizbuch aus seiner Brusttasche und schlug es auf. »Die Schuhe lagen in dem kleinen Flur zwischen Laden und Hinterzimmer auf dem Boden.«

»Nee! Dort wären sie mir aufgefallen.«

Er schlug mit der flachen Hand auf den Tisch. »Scheiße! Jetzt fange ich wieder von vorne an.«

Sie hielt die Weingläser fest, die ins Schwanken geraten waren.

»Müssen Sie doch gar nicht. Sie müssen nur die Frau finden, die diese Schuhe getragen hat.«

»Super Idee. Größe 38!«

Sie überlegte. »Oder Sie suchen die Person, die die Schuhe in die Wohnung gebracht hat. Und wenn ich diese Schuhe nicht gesehen habe, aber Ihre Kollegen sie gefunden haben, dann …«

»Hat der Einbrecher diese Schuhe mitgebracht.«

Er sprang auf. »Das erklärt den Einbruch, verstehen Sie?«

»Jemand wollte die Schuhe in den Laden bringen? Warum?«

»Jemand wollte Ihrer Freundin einen Mord anhängen!«

Er tigerte durch ihre Küche wie auf Speed. »Und ich habe auch schon eine Idee, wer. Kommen Sie mit? Wir sind ganz nah dran.«

»Um diese Zeit?«

Es war kurz vor elf.

»Mord kennt keine Sperrstunde«, sagte er.

»Was soll der Scheiß?«

Rosa Mercurio musterte Ariane Keppler böse. Er hatte die Keppler »Ich bin's, Catherine« in die Gegensprechanlage rufen lassen.

»Nur eine Kollegin, Frau Mercurio«, sagte er und schob sich an den beiden Frauen vorbei in die Wohnung.

Auf dem Sofa in der guten Stube saß eine junge Frau mit dickem Make-up und grau-weiß gesträhnten Haaren. Er erkannte sie sofort. Das Au-pair der Imhoff-Jenssens.

»Na, wen haben wir denn hier?«

»Mein Besuch geht Sie gar nichts an! Außerdem ist das Hausfriedensbruch«, keifte die Mercurio hinter ihm.

Er ließ sich neben das eingeschüchterte Au-pair in die Polster sinken und gab Ariane Keppler mit einer Handbewegung zu verstehen, dass sie sich in einen Sessel setzen sollte. Dann wendete er sich wieder Rosa Mercurio zu.

»Danny und die Kids schlafen schon?«

»Danny ist nicht hier. Ich hab Schluss gemacht.«

»Kluges Mädchen.«

Er knipste die Stehlampe neben dem Sofa an, ließ sich von Ariane die Plastiktüte reichen und zog die Stiefel heraus.

Rosa Mercurios Kinn begann zu zittern.

»Die kommen Ihnen bekannt vor?«

Sie presste die Lippen zusammen und schüttelte den Kopf.

»Da sind Blutflecken dran, Frau Mercurio.«

Er hielt ihr die Stiefelspitze unter die Nase und tippte auf den Fleck.

»Thomas Imhoffs Blut.«

»Warum zeigen Sie mir das?«

Ihre Stimme kiekste hysterisch. Gleich würde sie anfangen zu schreien.

»Wenn Sie damit nichts zu tun hätten, würden Sie nicht so reagieren.« Er bemühte sich um einen väterlichen Ton. »Ich weiß, dass Sie niemanden umgebracht haben. Also, raus mit der Sprache: Was ist hier passiert? Ist Lade der Gaul durchgegangen? Hat er seinen Zimmermannshammer gezückt?«

Sie starrte ihn aus aufgerissenen Augen an. »Sie sind ja wahnsinnig! Danny kennt Tommy doch gar nicht.«

»Das verkompliziert die Sache natürlich.«

»Danny hat nur die Stiefel in diese Wohnung gebracht. Aber das hat mit Tommy überhaupt nichts zu tun.«

»Doch, hat es«, sagte er. »Warum hat Danny die Stiefel dahin gebracht und wem gehören die?«

»Keine Ahnung! Die Stiefel hat Catherine vorbeigebracht.«

»Die Tillier-Teuffel!? Dass ich da nicht allein drauf gekommen bin!«

Rosa Mercurio schlug sich mit der Hand auf den Mund, beschloss dann aber weiter zu singen. Sie hatte es sowieso vermasselt.

»Catherine hat mich gebeten, diese Stiefel in so einen Hutladen in Pankow zu bringen. Es ging um eine Klientin von ihr, bei der ein bisschen was getrickst werden musste. Sie hat mir tausend Euro dafür gegeben. Ich brauchte das Geld.«

»Und wie sollten Sie das bewerkstelligen? Hatten Sie einen Schlüssel für den Laden?«

Sie seufzte. »Nee. Aber ich hatte doch Danny. Für den ist so was ein Kinderspiel. Es sollte aussehen wie ein ganz normaler Bruch, aber eigentlich ging's darum, die Stiefel reinzuschaffen.«

Jetzt verstand er auch die Sache mit dem Molli. Lade war schon immer ein Hirnheimer gewesen.

»Kam Ihnen das nicht komisch vor?«

»Natürlich kam mir das komisch vor! Aber wenn Sie kein Geld haben, fragen Sie nicht lange. Außerdem meinte Danny, wenn irgendwas schiefläuft, nimmt er es auf seine Kappe. Dafür hat er fünfhundert gekriegt.«

»Und hat dann vor lauter Übermut gleich die Bude abgefackelt.«

Sie zuckte mit den Schultern. »Er ist in Panik geraten, weil eine Frau in der Wohnung war. Eigentlich sollte die leer sein. Da hat er den Molli geschmissen.«

»Und einen Molli hat Danny immer für alle Fälle dabei, oder wie?«

»Ich hab mich ja schon von ihm getrennt!«

»Besser ist das! Und wegen der Stiefel muss ich mich also an die Kanzlei Tillier-Teuffel wenden?«

Er sah sich nach dem Corpus Delicti um.

Das Au-pair hielt den Stiefel mit dem Blutfleck in den Händen.

»Das sind Sybillas Stiefel«, sagte sie mit leicht rauer Stimme. »Hat Sybilla immer in Sommerhaus in Sylt. Trägt sie bei Strandspaziergang und so. Hat Nummer 38. Ganz sicher.«

Es war schon nach Mitternacht. Sie saßen im Garten hinter der Schwendnerschen Villa und zogen immer abwechselnd an Frau Ises Elektrosmoker. Die Luft war weich und roch nach Spätsommer und Meer. Auf dem Metalltisch lag das Babyphone. Die Kinder schliefen fest. Sie hatten den Tag bei

Planten un Blomen verbracht und sogar den alten Herrn Schwendner im Rollstuhl mitgenommen. Der alte Schwendner schlief ebenfalls tief. Er hatte kein Babyphone, aber das Fenster zu seinem Schlafzimmer im ersten Stock stand einen Spalt offen. Alle paar Minuten legte Frau Ise ihre Hand an die Ohrmuschel und warf einen prüfenden Blick nach oben.

Ihre Eltern waren gleich nach der Beerdigung nach Sylt gefahren. Allein mit den Kindern, konnte sie die Stadt fast ein bisschen genießen. Morgen musste sie trotzdem zurück nach Berlin. Unbefugte hatten sich Zugang zu ihrer Wohnung verschafft, irgend so ein Schmierlappen von Journalist und seine Komplizin. Nicci hatte die beiden auf frischer Tat ertappt und Rosa hatte die Polizei gerufen. Bei Rosas Verhältnis zur Polizei musste sie ihr das hoch anrechnen. Plötzlich verspürte sie Sehnsucht nach Berlin, nach ihrer Wohnung und nach all den Verrückten wie Rosa. Natürlich mochte sie auch Hamburg. Hamburg war kühl und edel und hatte die bessere Luft. Hamburg war der Designerstuhl und Berlin das Sofa in der Küche. In Berlin hatte sie wenigstens eine Chance, so zu sein, wie sie war.

Es war ein kluger Schachzug ihrer Mutter gewesen, darauf zu bestehen, dass Tommy in Hamburg beerdigt wurde. Auf diese Weise hielt sie sie in der Stadt. Sie und die kostbaren Enkelkinder. Dafür wurde dem unerwünschten Schwiegersohn sogar ein Plätzchen in der Familiengruft zuteil.

»Sie wollte erreichen, dass ich nicht nach Berlin zurückgehe, und sie hat es erreicht«, sagte sie zu Frau Ise.

»Und wenn du es einfach doch tust?«

Unbekümmert paffte Frau Ise Wölkchen in die Hamburger Nacht.

»Dann können die Kinder nicht ans Grab ihres Vaters. Die Kinderpsychologin meint, das sei wichtig.«

»Dann kommt ihr eben öfter zu Besuch.«

Frau Ise ließ ihre E-Zigarette sinken und sah nach oben. »Er macht's nicht mehr lange. Ich bin seine Alleinerbin.

Ihr könntet bei mir wohnen. So lange ihr wollt, so oft ihr wollt.«

»Das ist lieb, Frau Ise. Aber vermutlich würde ich eine Unterkunft etwas weiter weg von meinem Elternhaus bevorzugen.«

»Ich könnte die Bude verkaufen und mir was in Sankt Pauli suchen.«

»Schon besser.«

»Oder ich ziehe nach Berlin.«

»Berlin würde dir bestimmt gefallen, Frau Ise.«

»Sankt Pauli ist aber auch nicht schlecht.«

»Aber Berlin ist besser.«

Frau Ise seufzte laut. »Vermutlich hast du recht.«

Sie saßen ein paar Minuten in friedlichem Schweigen, dann fragte Frau Ise: »Was war das eigentlich für eine Aktion mit den Handschuhen?«

Sie verstand nicht. »Handschuhe?«

»Die Handschuhe, die deine Mutter in Tommys Grab geworfen hat. Ist dir das nicht aufgefallen?«

Sie schüttelte den Kopf. Sie hatte sich am Freitagmorgen nur schwer konzentrieren können, obwohl sie die Pillen, die ihre Mutter ihr auf die Untertasse gelegt hatte, unter die Serviette geschoben und später weggeworfen hatte. Sie hatte sich die ganze Zeit nach Tommys Erstgeborenem umgesehen, der ihr von Jeremy Beyer angekündigt worden war. Sie hatte gehofft, dass sie ihn sympathisch finden würde. Sie hatte sogar überlegt, ob er ihren Kindern als Halbbruder nicht ein Stück weit Tommy ersetzen könnte. Dann hatte sie angefangen, sich Sorgen um die Kinder zu machen, die sie an diesem Tag einem wildfremden Kindermädchen anvertrauen musste, nur weil ihre Mutter darauf bestanden hatte, Nicci nach Hause zu schicken. Und sie hatte beschlossen, mit allen Kräften zu verhindern, dass Nicci nach Russland zurückgeschickt wurde. Nein, es waren ihr so viele Dinge durch den Kopf gegangen auf dem Friedhof, dass sie nicht darauf geachtet hatte, was ihre Mutter in Tommys Grab geworfen hatte. Aber ihre schwarzen Seidenhandschuhe hatte sie später, beim Empfang im Café, noch getragen.

»Nicht die, die sie anhatte«, sagte Frau Ise. »Sie hat am Grab ein Paar Handschuhe aus ihrer Handtasche genommen und ins Grab geworfen wie einen letzten Gruß. Es waren Lederhandschuhe, dunkelrot, wenn ich mich nicht täusche.«

»Die?«

»Was meinst du mit ›die‹?«, fragte Frau Ise.

»Die burgunderroten? Das sind ihre Lieblingshandschuhe. Mein Vater hat sie ihr aus Venedig mitgebracht, als sie noch nicht verheiratet waren.«

Die Handschuhe waren eine Familienlegende, handgearbeitet und sündhaft teuer. Nach diesem Geschenk wusste Sybilla, dass sie Albert heiraten würde. Betrogen hatte er sie später trotzdem, mit dieser Tove, zum Beispiel. Es war seltsam, dass sie ausgerechnet diese Handschuhe in Tommys Grab geworfen haben sollte. Andererseits war ihre Mutter ein ziemlich theatralischer Charakter.

Sie wollte gerade den Mund öffnen, um Frau Ise an ihren Überlegungen teilhaben zu lassen, als ein leises Klingeln zu hören war. Es kam nicht aus dem Kinderzimmer. Jemand läutete an der Haustür.

»Ganz schön spät«, sagte Frau Ise und erhob sich schwerfällig. »Ich guck mal, was los ist. Siehst du nach den Kleinen?«

Zwei Minuten später standen die beiden Polizisten im Garten. Ein Mann in Uniform und eine blonde Frau in Zivilkleidung, die Frau Ise duzte. Sie hieß Anja und war in ihrer Tai-Chi-Gruppe.

Während Frau Ise die ganze Zeit ihre Hand festhielt, erzählte die blonde Anja, dass sie in den Dünen zwei Kilometer hinter ihrem Strandhaus auf Sylt ihre Mutter gefunden hatten, tot. Mit einem Loch in der Stirn. Ihre Mutter war nicht allein gewesen. Neben ihr hatte eine Frau im Strandhafer gelegen. Die Frau war ebenfalls tot. Sie hatte sich in den Mund geschossen. Die Pistole hatte noch in ihrer Hand gelegen. In ihrer Manteltasche hatte sich ein Abschiedsbrief befunden, den sie, sorgfältig zusammengefaltet, in ihren französischen Pass gelegt hatte.

Freitag, der 12. September

Er hielt sich diskret im Schatten einer mannshohen Thuja. Die Beerdigungsgesellschaft auf dem Waldfriedhof Zehlendorf war überschaubar. Die Dame im dunkelblauen Kostüm war Catherine Tilliers Cousine. Sie besaß eine Patisserie in der Stargarder Straße und hatte nicht viel mit Catherine zu tun gehabt, behauptete sie jedenfalls. Eine weitere ältere Dame im Kostüm war Catherines Psychotherapeutin. Neben ihr stand Rosa Mercurio mit dem Baby vor dem Bauch. Sie wirkte eher resigniert als erschüttert. Dabei hatte sich das Leben für sie durchaus zum Guten gewendet. Sie war nicht auf der Straße gelandet. Nova Jenssen hatte ihr angeboten, mit den Kindern zu ihr und Nicci zu ziehen, bis sie eine Wohnung gefunden hatte, die sie sich leisten konnte. Nova und das Au-pair hielten sich gerade in Hamburg auf, wo Sybilla Jenssen unter die Erde gebracht werden musste.

Sonst waren nur Marc Teuffel und die Kinder gekommen. Vater und Sohn waren von den Teenager-Töchtern flankiert, eine karamellblond wie die Mutter, die andere dunkel wie der Vater. Beide versteckten sich hinter auffällig modischen Sonnenbrillen. Er konnte gar nicht anders, als sich zu fragen, wie Becca wohl mit so einer Situation umgegangen wäre, mit noch nicht einmal siebzehn Jahren. Unvorstellbar.

Er fühlte sich wie immer, wenn er einen Fall abgeschlossen hatte: Einerseits war er froh, dass er mit der Geschichte durch war. Andererseits war er alles andere als zufrieden. Ende gut, alles gut, gab es in seinem Job nicht. Stattdessen jede Menge Selbstzweifel und, wenn er Pech hatte, das wenig schmeichelhafte Gefühl, wochenlang auf dem Schlauch gestanden zu haben.

Warum hatte er Sybilla Jenssen eigentlich nie als Imhoffs Mörderin auf dem Schirm gehabt? Wegen der Aussagen der Nachbarn auf Sylt? Dabei hatte er doch von Anfang an befürchtet, dass die Hamburger Kollegen schlampten! Bei den

Nachuntersuchungen hatte sich herausgestellt, dass alle Zeugen Albert Jenssen, Nova und die Kinder, aber kein einziger Sybilla gesehen hatte. Albert Jenssen selbst hatte angenommen, dass seine Frau an jenem Mittwoch für ein paar Erledigungen nach Hamburg gefahren war. Wenn die Kollegen seine Aussage überprüft hätten, könnten die drei Kinder da drüben noch eine Mutter haben.

Das Drama zwischen Catherine Tillier-Teuffel und Sybilla Jenssen hatte er mit Hilfe von Catherines ausführlichem Abschiedsschreiben und Gesprächen mit den Familienangehörigen einigermaßen rekonstruieren können. Die beiden Frauen waren sich offenbar auf der letztjährigen Sylvesterparty der Imhoff-Jenssens in Berlin nähergekommen. Zumindest war Nova Jenssen aufgefallen, dass sie den ganzen Abend in Decken gehüllt zusammen auf der Terrasse verbracht hatten. An eine erotische Beziehung zwischen ihrer Freundin und ihrer Mutter hatte sie allerdings nicht gedacht. Auch Albert Jenssen und Marc Teuffel behaupteten, von der homosexuellen Neigung ihrer Frauen keine Ahnung gehabt zu haben. Marc Teuffel hatte in der letzten Zeit zwar ein »gewisses sexuelles Desinteresse« bei seiner Gattin festgestellt, dieses aber auf die nahenden Wechseljahre geschoben. Außerdem sei sie sowieso nie besonders leidenschaftlich gewesen. »Typische männliche Fehleinschätzung«, hatte die Polizeipsychologin dazu nur bemerkt.

Nach der Einschätzung der Psychologin, die ihm bei der Auswertung von Catherine Tillier-Teuffels Abschiedsbrief geholfen hatte, schien sich zwischen den beiden Frauen eine klassische Amour fou entwickelt zu haben, die bei Catherine Tillier die Form sexueller Abhängigkeit oder Hörigkeit – ein Wort, bei dem sich ihm unwillkürlich die Zehennägel aufrollten – angenommen hatte. Catherine, so hatte ihm die Psychologin erklärt, sei vermutlich bereit gewesen, so ziemlich alles für ihre Geliebte zu tun. Außerdem ließen einige Formulierungen in dem Brief darauf schließen, dass Sybilla

Jenssen ihr eine gemeinsame Zukunft in Aussicht gestellt hatte – mit großer Wahrscheinlichkeit ein leeres Versprechen, denn alles wies darauf hin, dass sie ihre Geliebte schamlos für ihre Zwecke ausgenutzt und instrumentalisiert hatte. In erster Linie hatte sie sie als Agentin in familiären Angelegenheiten benutzt.

Der lockere Lebenswandel und die hohen Lebenshaltungskosten von Tochter und Schwiegersohn mussten Sybilla Jenssen schon lange ein Dorn im Auge gewesen sein. Nach einigen Wochen romantischer Verliebtheit hatte sie Catherine gebeten, die finanziellen Verhältnisse von Nova und Imhoff diskret zu überprüfen. Da Catherine mit Nova gut befreundet war und juristischen Sachverstand besaß, war sie die ideale Person dafür.

Am Anfang, so schrieb Catherine Tillier, habe sie Sybillas »mütterliche Besorgnis« verstanden und ihr diese kleinen Gefälligkeiten gern erwiesen. Zumal Imhoff tatsächlich alles andere als ein Musterknabe war.

Nachdem er mit seinem kleinen Architekturbüro in Prenzlauer Berg Pleite gegangen war, hatte Albert Jenssen ihm eine leitende Position bei der NordInvest in Potsdam vermittelt. Dort hatte es Imhoff jedoch nicht gefallen und er hatte sich zu Kiez am Park versetzen lassen. In der neuen Stellung verdiente er weniger, aber da die Eigentumswohnung in der Lychener voll finanziert war – ein Geschenk von Albert zur Geburt seines ersten Enkelsohnes –, hätte sein Gehalt trotzdem für den Helmi-Standard der Familie reichen müssen.

Das tat es aber nicht. Wie Catherine herausfand, floss ein großer Teil seines Einkommens in heimliche Spielbankbesuche. Außerdem leistete er regelmäßige Zahlungen an ein Anwaltsbüro in Süddeutschland und hielt sich, wie Catherine eher zufällig herausfand, eine Geliebte, Lee-An Tau. Catherine machte ein Foto von Imhoff und Lee-An Tau und schickte es Sybilla, die es ihrer Tochter zuspielte – anonym. Beide Frauen versuchten nun mit vereinten Kräften, Nova zu einer Scheidung zu überreden. Aber Nova sträubte sich. Dann stieß Catherine auf die Sache mit dem Villengrundstück neben der Panke-Galerie.

Schade ballte unwillkürlich die Fäuste. Diese verdammte Villa! Er könnte sich immer noch in den Hintern beißen, wenn er daran dachte, dass sie Imhoffs Rolle bei der NordInvest überprüft hatten, ohne einen einzigen Gedanken an diese Villa zu verschwenden. Das Villengrundstück, von dem jeder glaubte, dass es der NordInvest gehörte, wurde nämlich von der Firma nur verwaltet. Der Eigentümer war schon seit längerem Albert Jenssen. Der wiederum hatte es vor zwei Jahren seiner Tochter und seinem Schwiegersohn geschenkt, diesmal zur Geburt der Zwillinge.

Bei ihren Recherchen war Catherine Tillier auf die Information gestoßen, dass Imhoff das Grundstück über eine Immobilienplattform verkaufen wollte, hinter Novas Rücken, verstand sich. Für Sybilla Jenssen war das Maß jetzt voll. Sie beschloss einzuschreiten, und zwar ohne Wissen ihres Mannes, der seinen Schwiegersohn, im Gegensatz zu ihr, ganz gern mochte. Sie meldete sich unter falschem Namen auf der Plattform an und machte Imhoff ein Angebot, das so lukrativ war, dass er sofort anbiss. Der Plan, den Sybilla zusammen mit Catherine ausgeheckt hatte, sah vor, dass sie sich inkognito mit Imhoff zu einer Verkaufsverhandlung in der Villa verabredete. Bei dem Treffen würde sie ihm unmissverständlich klarmachen, dass er in der Familie nicht mehr erwünscht sei und mit einer Anzeige wegen Betrugs zu rechnen habe, wenn er nicht von sich aus die Scheidung anstrebe.

Catherine Tillier versorgte Sybilla Jenssen mit den nötigen Informationen zu den Örtlichkeiten, fand heraus, wann die Panke-Galerie Sommerferien hatte und die Zeit für ein Treffen am günstigsten sein würde. Schließlich kam es zu einer Verabredung am 6. August. In ihrem Brief nannte Catherine Tillier diesen Tag »den Anfang vom Ende meiner Beziehung zu Sybilla Jenssen«.

Am späten Nachmittag des 6. August, sie war gerade dabei, die Kanzlei zu verlassen, erhielt sie einen Anruf von Sybilla. Das Date mit Imhoff sei geplatzt, Catherine solle so schnell wie möglich zu einer Tankstelle in Pankow-Heinersdorf kommen. Catherine fuhr sofort los. Sie traf Sybilla an der Tankstelle in ziemlich aufgelöstem Zustand an. Sie weigerte sich aber, ihr zu erzählen, was passiert war. Stattdessen überreichte sie ihr einen Karton, den sie an einem sicheren Ort aufbewahren sollte.

Sobald Sybilla in Richtung Hamburg aufgebrochen war, fuhr Catherine in die Kanzlei und öffnete den Karton. Er enthielt eine schwarze Perücke, einen grünen Lederblouson, dessen Vorderteil blutbespritzt war, ein Paar Cowboystiefel, die ebenfalls leichte Blutspuren aufwiesen, und eine Pistole. Da sie Marc, der früher Sportschütze gewesen war, ab und zu auf den Schießstand begleitet hatte, kannte sie sich ein bisschen mit Pistolen aus. Die Munition steckte in der Waffe, aber sie war nicht geladen. Sybilla hatte sie offenbar nicht benutzt. Aber warum hatte sie sie zu dem Treffen überhaupt mitgenommen? Warum diese Kostümierung? Und woher stammte das Blut auf Blouson und Stiefeln? Catherine versteckte den Karton in einem ungenutzten Kellerraum der Kanzlei und versuchte, ihre Geliebte über das Handy zu erreichen. Aber Sybilla ging nicht ans Telefon.

Zwei Tage nach ihrem Treffen an der Tankstelle las Catherine Tillier-Teuffel in der Zeitung, dass der Geschäftsfrüherer einer Immobilienfirma in der Panke gefunden worden war – tot durch Gewalteinwirkung. Endlich erreichte sie Sybilla telefonisch, was aber nicht bedeutete, dass diese ihre Fragen beantwortet hätte. Sie fertigte sie mit der Aussage ab, dass sie mit Imhoffs Tod nichts zu tun habe. Gleichzeitig konfrontierte sie Catherine mit neuen Forderungen. Nova sei psychisch labil und würde sich und die Familie womöglich um Kopf und Kragen reden. Catherine solle sie mit Medikamenten ruhigstellen und so schnell wie möglich nach Hamburg schaffen. Außerdem solle sie dafür sorgen, dass Nicci, das unangenehm neugierige Au-pair, nach Russland zurückgeschickt würde.

Das aber klappte einfach nicht. Nova wollte sich nicht von Nicci trennen. Und Sybilla verlangte mehr. Imhoffs chinesische Geliebte, Lee-An Tau, sei seine Mörderin und müsse überführt werden. Dabei müsse Catherine nur ein bisschen nachhelfen.

In einem letzten verzweifelten Versuch, ihrer Geliebten gefällig zu sein, ließ Catherine Rosa und Danny die Stiefel mit Tommys Blut in Lee-An Taus Atelier bringen. Als sie später mit Sybilla telefonierte, war ihr eigentlich schon klar gewesen, dass diese Imhoffs Mörderin war.

Marc Teuffel hatte den Ermittlern bestätigt, dass er am Samstag, den 23. August, noch gemeinsam mit seiner Frau gefrühstückt habe. Dabei habe er nichts Besonderes an Catherine bemerkt. Nachdem er die Wohnung verlassen hatte, musste Catherine Rosa Mercurio angerufen und sie gefragt haben, ob sie Anton bis zum Abend bei ihr lassen könne. Rosa hatte zugesagt. Auch ihr war während des Telefonats nichts aufgefallen.

Dann hatte Catherine sich hingesetzt und das Abschiedsschreiben, in dem sie weder ihren Mann noch ihre Kinder grüßte, in ihren Laptop getippt. Sie hatte den Brief zwei Mal ausgedruckt und jeden Ausdruck in ein Kuvert gesteckt. Einen Umschlag hatte sie an ihren Mann adressiert und in den Safe im Schlafzimmer gelegt, den zweiten in die Tasche ihres Sommermantels gesteckt, bevor sie sich auf den Weg nach Sylt gemacht hatte.

Bei ihrem Abendspaziergang in die Dünen hatten die Frauen Alberts Hund dabei gehabt, einen schon etwas in die Jahre gekommenen Irish Setter. Wenigstens das Tier hatte das letzte Stelldichein überlebt.

Imhoffs Tod ließ sich im Gegensatz zu dem der beiden Frauen nur sehr vage rekonstruieren. Sogar der eigentliche

Tatort war immer noch unklar. Er nahm an, dass das Treffen zwischen Imhoff und Sybilla Jenssen nicht auf dem Villengrundstück, sondern in einem der Galeriegebäude, vermutlich der Remise, stattgefunden hatte. Wie sonst hätte Sybilla an *Zukunft II* kommen sollen? Laut Aussage der Galeriebesitzerin hatte die Statue auf einer Kommode in der Schlafnische der Fausts gestanden.

Warum Sybilla überhaupt zu der Skulptur gegriffen und nicht die Pistole benutzt hatte, war ihm ebenfalls ein Rätsel. Seine persönliche Theorie war, dass irgendjemand sie und Imhoff überrascht hatte. Aber wer?

Die Spurenlage war äußerst mau. Von der Remise war kaum mehr als das blanke Mauerwerk übrig. Wandverkleidungen, Fußbodenbelag, alles, was sich irgendwie entfernen ließ, hatte die Galeriebesitzerin in der Zwischenzeit herausreißen lassen. Die Möbel waren verschrottet oder nicht mehr auffindbar, Gardinen und Teppiche verbrannt. Imhoffs Blut war tatsächlich nur an Sybillas Jenssens rechtem Stiefel, dem Lederblouson und den roten Handschuhen gefunden worden. Die schwarze Lederhose, die sie am Tag des Mordes an Thomas Imhoff getragen hatte, musste sie in Hamburg entsorgt haben.

Was er ebenfalls noch nicht hatten klären können, war die Rolle, die Lee-An Tau in der Geschichte spielte. Er war sich sicher, dass sie eine spielte – oder zumindest gespielt hatte. Aber die schöne Schwangere lächelte und schwieg, geschützt von einem hochkarätigen Anwaltsteam in einem Schweizer Dornröschenschloss.

Der Bestatter ließ die Kiste mit der Urne langsam ins Grab sinken.

Marc Teuffel drückte seinen Sohn an sich. Das Familienmobiliar rollte gerade Richtung Essen, Marc Teuffels Heimatstadt. Dort wollte er mit Anton einen Neubeginn wagen. Die Zwillingstöchter würden für ein Jahr nach Australien gehen und danach in einer anderen Stadt ihr Abitur machen. Die Kanzlei würde er verkaufen, die Wohnung einem Makler übergeben. Sogar seine blutjunge Freundin hatte ihn verlassen.

Die Trauerfeier für Ekkhardt Faust fand um vierzehn Uhr im historischen Festsaal von Schloss Pillnitz statt. »Schloss« war leicht übertrieben. Es handelte sich um das Hauptgebäude eines ehemaligen Landguts, in dem heute das Fremdenverkehrsbüro untergebracht war. Als Kajsa und er ankamen, war der Saal schon fast voll, sodass sie sich mit Plätzen auf den hinteren Rängen begnügen mussten. Seinen Presseausweis ließ er lieber stecken. Nachdem Hannah, die kleine Schlange, allen Ernstes behauptet hatte, er habe sie mit einem Praktikumsplatz bei der FP bestochen, um Zugang zu Imhoffs Wohnung zu bekommen, hatte Moni ihn achtkantig gefeuert. Was den Einbruch betraf, war er mit einem blauen Auge davongekommen. Nova Jenssen hatte gerade andere Sorgen und auf eine Anzeige verzichtet.

Die Einzige, die nach dem Rausschmiss noch mit ihm sprach, war Kajsa vom Feuilleton. Die Frau hatte er echt verkannt. Der Name Ekkhardt Faust war ihr sofort ein Begriff gewesen, sie arbeitete nämlich gerade an einem Buchprojekt über dessen Schwiegertochter, die Filmemacherin Tereza Bokran. Bokran hatte sich auf Dokus über Polit-Kunst spezialisiert. Vor zwei Jahren hatte sie einen Streifen über eine ehemalige Künstlerkolonie in der Uckermark gedreht, die von westlichen Investoren aufgekauft und an eine Kette von Yoga-Retreats vertickt worden war. Da hatte es bei ihm natürlich sofort geklingelt. Kajsa hatte ihm angeboten, ihn als Co-Autor mit ins Boot zu nehmen, wenn er seine Beziehungen ein bisschen spielen ließ. Das Thema reizte ihn total. Kultur sagte viel mehr über den Menschen aus als die lokalpolitische Krümelkacke, mit der er sich in der Vergangenheit beschäftigt hatte.

Nachdem ein paar künstlerische Weggefährten Gedichte, Anekdoten und Sketche zum Besten gegeben hatten, hielt ein altlinker Freigeist die Abschiedsrede, dann wurde der Sarg geschultert. Als Erste folgte die Witwe, eine zarte, weißhaarige Frau im Rollstuhl. Der Stuhl wurde von ihrem einzigen Sohn geschoben, Tereza Bokrans Ehe- und Kameramann. Sein Anzug erinnerte noch ein bisschen an die Münchner Schickimicki-Zeiten, in denen er versucht hatte, seine Ost-Kindheit loszuwerden. Inszwischen hatte er seinen Frieden bei Tereza gefunden, der Individualistin im orangefarbenen Sari, an jeder Hand ein Kind von wer weiß wem.

Hinter Terezas Familie kam ein Pärchen made in Friedrichshain, sie anämisch und rotblond, er mit zerrissenem Sweatshirt und Stoppelschnitt. Kajsa zischte ihm irgendwas von Terezas Stieftochter zu, was sie aber noch überprüfen müsse. Dann folgte eine Gruppe älterer Herrschaften, von denen er nur Hanka Israel, die Galeriebesitzerin, erkannte. Sie hing am Arm eines bulligen Typen in Latzhosen. Laut Kajsa war das George MacDonald, ein schottischer Kunstmaler, der in den Achtzigern als Senatsstipendiat nach West-Berlin gekommen war, vom Stil her gerade ein bisschen out. Er stieß auf einige weitere Gesichter, von denen er sich einbildete, sie schon einmal gesehen zu haben. Ganz sicher war er sich bei der Wollladen-Schnepfe aus der Florastraße, was auch immer die mit dem alten Faust zu gehabt haben mochte.

Vorsichtshalber grüßte er sie nicht. Er hatte ohnehin das Gefühl, dass es besser war, wenn er sich in der nächsten Zeit nicht in der Florastraße blicken ließ. Aber Kajsa stand ohnehin nicht auf Pankow. Für ein Familiendomizil oder so käme für sie am ehesten Neukölln in Frage. Ein bisschen Zeit wollten sie sich noch lassen, obwohl Kajsa stramm auf die vierzig zuging. Und da wurde es ja bald kritisch.

Er hoffte, dass der Zirkus nicht mehr allzu lange dauern würde, da sie noch auf einen Empfang in der Filmakademie eingeladen waren. Er sah auf die Armbanduhr an seinem Handgelenk. Er trug wieder eine, ganz old school. Zwar keine Patek Philippe, aber für den Anfang okay.

Nach dem Trubel auf Ekkhardts Beerdigung genossen sie die buddhistische Stille am See. Die veganen Torten des »Tea-Room« waren auch nicht schlecht.

»Idyllisch, oder?«, fragte Stine.

Ariane nickte.

Zwischen den Seerosen dümpelten ein paar Blesshühner und am gegenüberliegenden Ufer meditierte ein Graureiher auf einem Pfahl.

Ein Wochenende Yoga mit Vollverpflegung kostete schlappe fünfhundertzwanzig Euro. Bis Ende des Jahres seien sie komplett ausgebucht, hatte die Yogi-Mieze an der Rezeption gesagt.

»Und all das würde jetzt Milan und Rieke gehören, wenn Ekke sich nicht von den Yogis hätte über den Tisch ziehen lassen. Aber er brauchte das Geld für die Wohnung in der Gaillardstraße. Die, in der Greta es dann nicht ausgehalten hat.«

»Wieso eigentlich nicht?«, fragte Ariane. »Haben sie vor der Sanierung nicht auch dort gewohnt?«

»Ja. Aber in einer Vierzimmerparterrewohnung mit Zugang zum Garten. Nach der Sanierung war diese Wohnung so teuer, dass Ekke sie sich nicht leisten konnte. Also hat er das Apartment im vierten Stock gekauft. Aber das war viel zu eng für den Rollstuhl und die bodentiefen Fenster machten Greta Angst. Eines Tages hat sie sich geweigert, mit dem Aufzug hochzufahren.«

»Und dann hat Hanka die beiden gerettet.«

»Sagen wir es mal so: Sie hat ein Geschäft gemacht. Sie hat die Vermietung der Wohnung übernommen, die Miete in ihre Tasche gesteckt und dafür Ekke und Greta in ihrer maroden Remise hausen lassen.«

»Du wusstest davon?«

»Klar, aber was sollte ich machen? Greta liebte den Skulpturengarten. Und für Ekke zählte nur Greta.«

»Und jetzt? Kriegt Greta ihr Geld zurück?«

Stine zuckte mit den Schultern. »Damit soll Milan sich

auseinandersetzen. Greta möchte übrigens bei ihm leben. Er und Mutter Tereza nehmen sie mit nach Hamburg.«

»Bist du traurig?«

»Nee!«, antwortete Stine wie aus der Pistole geschossen. »Aber ich werde Greta bestimmt hin und wieder besuchen«, fügte sie hinzu.

Ariane legte ihr eine Hand aufs Knie.

»Verrätst du mir noch, was dich bewogen hat, Lee-An ein Alibi zu geben?«

Stine lächelte. »Es lief anders herum. Ich dachte, möglicherweise ist einem der Anwohner aufgefallen, dass ich am Nachmittag in der Galerie zugange war. Daher habe ich Lee-An und Johnny, unseren Kastanienhof-Logopäden, gebeten, mir ein Alibi zu geben. Der Einzige, der um diese Zeit wirklich im Hof ein Bierchen getrunken hat, war Johnny.«

»Hast du nie befürchtet, dass du eine Mörderin decken könntest?«

Sie schüttelte den Kopf. »Lee-An ist meine Patientin. Ich *kenne* sie.«

»Ich glaube, dass sie mehr über Thomas Imhoffs Tod weiß, als sie uns erzählt hat.«

»Tun wir das nicht alle?«

»Was?«

»Na, mehr wissen, als wir erzählen«, lächelte Stine.

»Was glaubst du, was sie wirklich getan hat in der Zeit zwischen 17 und 19 Uhr?«

»Keine Ahnung. Vielleicht erzählt sie es uns irgendwann, wenn das Kind auf der Welt ist.«

»Oder sie erzählte es gerade wegen des Kindes niemals.«

»Hat sie sich eigentlich mal bei dir gemeldet?«, frage Stine.

Ariane nickte.

Sie hatte eine Postkarte bekommen mit einer Kuh darauf, in deren Maul eine Margarite steckte. Auf der Rückseite hatte Lee-An geschrieben, dass sie überlege, in Luzern ein Studio für vegane Kindermode zu eröffnen. Die Kuh sah aus, als ob sie zwinkerte.

»Ich glaube, sie berappelt sich wieder.«

»Na klar. Wollen wir noch die Mangotorte probieren?«

»Unbedingt.«

Plötzlich stieß sich der Graureiher von seinem Pfahl ab, breitete die gezackten Flügel aus und glitt schwungvoll in den sattblauen Nachmittagshimmel.

Die Autorin

Edda Helmke, geboren 1964, kam Mitte der 1980er Jahre zum Studium der Germanistik und Anglistik nach Berlin. 1997 wurde sie mit dem Walter-Serner-Preis ausgezeichnet. Sie veröffentlichte mehrere Romane und Erzählungen, zuletzt die Kriminalromane »Der Tag nach dem Klassentreffen« und »Eine gefährliche Erbschaft«. Edda Helmke lebt heute in Berlin-Pankow, wo sie auch Kreatives und Biografisches Schreiben unterrichtet.

Ulrich Stoll
Totes Gleis
Kriminalroman
14,00 €
ISBN 978-3-89809-547-1

West-Berlin, Sommer 1988. TV-Reporter Lucas Hermes steht beruflich und privat vor dem Aus. Um wieder ins Geschäft zu kommen, braucht er dringend einen Knüller. Die Gelegenheit dazu bietet sich, als innerhalb von wenigen Tagen drei Menschen bei Bombenanschlägen ums Leben kommen. Für Hermes steht bald fest, dass die Spuren ins rechtsextreme Milieu führen. Doch als mehrere Zeugen sterben und seine Mitstreiterin, die attraktive Journalistin Anna Rademacher, entführt wird, zeigt sich, dass weit mehr hinter der Sache steckt.

Christoph Spielberg
Man stirbt nur dreimal
Ein Dr.-Hoffmann-Krimi
10,00 €
ISBN 978-3-89809-539-6

Oberarzt Dr. Felix Hoffmann ist irritiert: Der Tod seines Patienten kam nicht unerwartet – warum also die vielen Nachfragen? Nur weil er in dieser Nacht entgegen dem Dienstplan nicht erreichbar war? Und warum kann sich sein Chefarzt nicht an einen Patienten erinnern, den er über Monate hinweg selbst betreut hat? Es bleibt nicht bei diesen Ungereimtheiten. Plötzlich ist Hoffmann der Hauptverdächtige in zwei Mordfällen – und mehr denn je auf die Hilfe seiner cleveren Freundin Celine angewiesen …

Sue & Wilfried Schwerin von Krosigk
Der Minutenschläfer
Kriminalroman
10,00 €
ISBN 978-3-89809-544-0

Der ewig klamme Adelsspross Hartung Siegward Graf von Quermaten zu Oytinghausen gerät in Verdacht, einen Mord begangen zu haben. Beim Bemühen, seinen Kopf aus der Schlinge zu ziehen, verstrickt er sich jedoch immer tiefer in den Fall.

»Ein überaus unterhaltsames Buch mit einem sehr sympathischen, etwas vertrottelten, Helden und jeder Menge schräger Vögel. Mehr davon!«
Inforadio

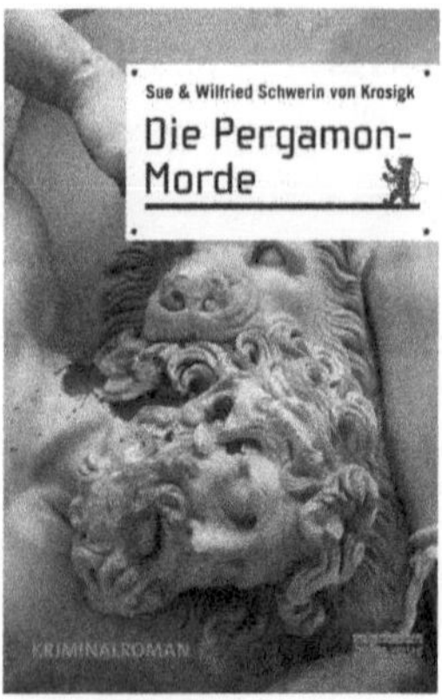

Sue & Wilfried Schwerin von Krosigk
Die Pergamon-Morde
Kriminalroman
12,00 €
ISBN 978-3-89809-545-7

Das Pergamonmuseum wird von einer grausigen Mordserie heimgesucht. Wieder einmal gerät ausgerechnet der lebensuntüchtige Hartung Siegward Graf von Quermaten zu Oytinghausen, von allen Hasi genannt, in das Visier der Ermittler.